Chiara Moscardelli

Teresa Papavero e lo scheletro nell'intercapedine

GIUNTI

Questo libro è un'opera di fantasia. Qualsiasi riferimento a persone, fatti e luoghi reali ha soltanto lo scopo di conferire veridicità alla narrazione, ed è quindi utilizzato in modo fittizio.

Copyright © 2020 Chiara Moscardelli
Edizione pubblicata in accordo con Donzelli Fietta Agency Srls

www.giunti.it

© 2020 Giunti Editore S.p.A.
Via Bolognese 165 – 50139 Firenze – Italia
Via G. B. Pirelli 30 – 20124 Milano – Italia

Prima edizione: settembre 2020

Quando mi libero di quello che sono divento quello che potrei essere.

Lao Tzu

Prologo

7 dicembre 2019

Si svegliò di soprassalto. Come al solito aveva sognato il luna park e quel maledetto giorno del suo dodicesimo compleanno, quando sua madre l'aveva portata a fare un giro sulla ruota panoramica e poi era scomparsa dalla sua vita. Vicine, l'una accanto all'altra, Luisa le aveva sussurrato all'orecchio parole di cui non ricordava nulla.

«Mamma, non sento, cosa dici?»

Di nuovo, nel sogno, si era scostata per guardarla in viso e osservare le sue labbra muoversi, ma non udiva alcun suono.

«Non ti capisco, parla più forte.»

A quel punto si era svegliata, come accadeva sempre, da più di un anno ormai.

Solo che di solito, quando apriva gli occhi, era a casa, distesa nel suo letto.

Quella volta no.

Era seduta per terra, in una posizione alquanto inconsueta, con la schiena appoggiata al muro, in una stanza completamente buia.

Una stanza che non era la sua.

Dove si trovava?

Tranne il sogno, non riusciva a ricordare niente, come era possibile?

Ragiona Teresa, si disse. *Mantieni la calma e ragiona.*

Non aveva alcuna memoria di come fosse finita in quel posto, né di chi ce l'avesse portata. Qual era l'ultima cosa che ricordava?

Si concentrò, ma aveva troppo mal di testa e il cervello ovattato.

Era come se il suo corpo fosse separato dalla mente. Si sentiva dissociata.

Dovevano averle somministrato delle droghe, ma come? E chi?

Esplorò a tentoni il pavimento intorno a sé e trovò la borsa. Con l'ultimo filo di ottimismo, frugò all'interno in cerca del cellulare. Un'idea stupida, se ne rendeva conto. Se lo avesse avuto ancora con sé, l'avrebbero già trovata.

Infatti, non c'era.

La strinse forte, come per proteggersi e si schiarì la voce: «C'è... c'è qualcuno???» gridò, mettendosi subito in ascolto, senza quasi respirare, pronta a cogliere qualsiasi impercettibile rumore. Ma le sue parole rimbombarono lungo le pareti della stanza e caddero nel vuoto.

«Qualcuno... qualcuno può sentirmi?»

Niente. Di nuovo un assoluto silenzio.

Era sola, dunque. Sola, in un luogo sconosciuto e al buio.

Deglutì.

Però se c'era una cosa che aveva imparato dal padre, forse l'unica, era gestire la paura. «Teresa» le diceva sempre, «inutile farsi venire un attacco di panico, non serve, offusca il giudizio. I serial killer contano proprio su questo per sopraffarti.»

E lei non voleva essere sopraffatta da nessuno.

Anche se, andava detto, Giovan Battista Papavero, suo padre, professore emerito di criminologia, non si era mai trovato di

fronte a un serial killer che volesse sopraffarlo, quindi, chi poteva stabilire come avrebbe realmente reagito se fosse successo?
Mise da parte quegli elaborati ragionamenti, che non le sarebbero serviti a molto, e provò ad alzarsi.

Bene, Teresa. Non hai niente di rotto.

Decisa a trovare a tutti i costi una via di uscita, infilò di nuovo le mani nella borsa: portava sempre con sé qualcosa di utile. Infatti, non ci mise molto a trovarlo. Il portachiavi di Serra: una bambolina formosa in plastica, mezza nuda, coperta solo di tulle, che quando veniva schiacciata emetteva un grido. Un regalo osceno, ma in quel momento davvero prezioso. Perché quella bambolina, ogni volta che veniva schiacciata, si illuminava. Non avrebbe mai creduto che un giorno si sarebbe ritrovata a doverlo ringraziare per un oggetto simile. La premette con forza e dopo il suono, raccapricciante, arrivò anche la flebile luce. Ma si spense subito e non le consentì di scorgere nulla. Provò di nuovo. Niente. Come tutte le cose che riguardavano Serra, anche questa era inutile. Pensò, allora, di testare il perimetro della stanza, facendo un giro completo per capire quanto fosse grande e per cercare una via di fuga. Una porta, o una finestra. Mise il portachiavi a terra per segnare il punto da cui era partita e cominciò a camminare rasente il muro. Si sentiva stanca, stordita, aveva la nausea e le gambe deboli. Sperò che gli occhi si abituassero presto a quel buio, consentendole di vedere meglio dove metteva i piedi. Fino a quel momento, però, non poteva rischiare di perdere l'equilibrio staccandosi dalla parete che la sosteneva. Si fece coraggio e partì. Iniziò a contare i passi, mentalmente. Si arrese quasi subito. Quanto era grande quel posto e come mai non aveva ancora calpestato il portachiavi?

Pazienza, Teresa. Abbi pazienza e continua a camminare.

Schiacciava i piedi a terra e con le mani toccava la parete. Di interruttori non c'era traccia, ma a un certo punto sentì una fessura. Con il cuore in gola, fece scorrere la mano lungo i bordi. Una porta! Era una porta. Per un momento pensò di avercela fatta e di poter scappare, ma quel momento durò pochissimo. Si rese subito conto che non c'erano maniglie. Provò a infilare le unghie all'interno della fessura, tirò, spinse, ma l'unico risultato fu che finì per ferirsi le dita. Niente. Era chiusa dall'esterno e non c'era modo di aprirla. La delusione fu cocente. Cosa era quella, una specie di tortura? Chi l'aveva rinchiusa lì sapeva che l'avrebbe trovata, ma che non sarebbe mai stata in grado di aprirla? Stava per arrendersi alle lacrime, quando si accorse di intravedere delle sagome, al centro della stanza. Gli occhi si erano abituati al buio e benché ancora non riuscisse a ricordare niente, sentì riaccendersi la fiammella della speranza. Provò a strizzarli, nel tentativo di metterle a fuoco. Potevano essere dei mobili, ma non ne era sicura. L'unico modo per capire cosa fossero era avvicinarsi. Prima di farlo, però, aveva bisogno di riprendere in mano la piccola, inutile, torcia. Ricominciò a camminare e dopo qualche passo sentì un grido. Sarebbe morta di infarto se non si fosse ricordata del portachiavi.

Buttò fuori l'aria, sollevata. Era tornata al punto di partenza.

Si chinò, raccolse la bambolina e dal momento che le sembrava di vedere molto meglio, decise di avanzare, con le braccia ben allungate in avanti.

Dopo neanche una decina di passi, arrivò la botta. Un colpo secco al ginocchio: metallo freddo contro pantaloni leggeri.

«Ah, che male!»

Si chinò a massaggiare la gamba, poi schiacciò la bambolina. Doveva vedere.

Il grido del portachiavi echeggiò per tutta la stanza e lei fece in tempo a scorgere, in un lampo, l'oggetto contro cui aveva sbattuto. Un lettino in metallo arrugginito. Il lettino di un ospedale. E allora ricordò. Ricordò tutto.

Come impazzita, cominciò a schiacciare ripetutamente la bambola per cercare conferma di ciò che temeva. Illuminò le pareti, ma la luce si spegneva troppo velocemente perché riuscisse a vedere qualcosa, e lei aveva bisogno di sapere. Così continuò a schiacciare, incurante delle grida pietose emesse dall'oggetto, finché non trovò quello che stava cercando, la scritta maledetta: "Chiunque faccia girare la giostrina, non riuscirà più a fermarla poiché le anime dei bambini giocheranno in eterno". Quel lettino non era un semplice lettino di ospedale. Era il lettino di un manicomio e lei era finita nella tana del lupo, nel covo del serial killer.

Papà, disse tra sé, *ora come la mettiamo?*

ns extension of neutrAl theme

 # Parte prima

Un mese prima, più o meno

Novembre 2019

1

«Floriano! Attento che cadi, non sei in equilibrio.»

Antonia, la bibliotecaria di Strangolagalli, aveva gli occhi ansiosi e preoccupati dell'amore puntati su Floriano Barbarossa, il macellaio, uomo dai forti appetiti sessuali e con un'alta considerazione delle proprie performance, nonché ignaro della passione che da anni consumava Antonia. Se ne stava in piedi su una scala, tutto impegnato a montare l'insegna del nuovo B&B di Teresa Papavero e Luigia Capperi, *Le combattenti*.

«Nun te preoccupa'» intervenne prontamente Ascanio, il gioielliere, «nun vedi che c'ha la panza che je fa da bilanciere?»

«Ha parlato Amedeo Nazzari. Perché invece di restare lì fermo a pontificare nun m'aiuti?»

«Perché te la stai a cava' benissimo da solo. Guarda lì, che classe e che eleganza. Leggiadro come 'na libellula, plastico come 'n'acrobata.»

«Ma porc...»

Il macellaio mise un piede in fallo.

«Floriano, attentooo!» gridò Antonia, correndo a tenere ferma la scala.

«Vedi? Che avevo detto? 'N'acrobata. Te lascio in buone mani, vado a controlla' i lavori.»

«Bravo, come gli anziani.»

Senza rispondere, fece il giro e si piazzò proprio davanti al nuovo edificio in ristrutturazione, adiacente a quello di proprietà di Teresa, che il comune di Strangolagalli le aveva ceduto dopo gli incredibili avvenimenti dei mesi precedenti.

Grazie a Teresa, infatti, che aveva brillantemente risolto il caso dell'omicidio di Paolo Barbieri e della scomparsa di Monica Tonelli, Strangolagalli stava vivendo un'epoca d'oro. La Papavero era ormai una consulente fissa della trasmissione di cronaca *Dove sei?*, e questo aveva trasformato il piccolo paese nel centro nevralgico del programma. Il flusso continuo di turisti che si riversavano incuriositi a Strangolagalli aveva reso necessario l'ampliamento del B&B *Papaverie&Capperi*, ribattezzato *Le combattenti*, un nome molto più appropriato, a detta di tutti. A quel punto il sindaco, Ignazio Vecchietta, non aveva esitato un attimo e dopo una velocissima riunione nella Sala consiliare, aveva generosamente donato l'immobile a Teresa.

Giunto sul posto, Ascanio incrociò le braccia dietro la schiena, proprio come gli anziani, ed entrò a osservare compiaciuto il cantiere. La parte superiore della casa, con le stanze da letto, era terminata, mancava solo qualche piccolo ritocco. Nel piano inferiore, invece, restava da abbattere una parete divisoria per allargare l'ambiente e trasformarlo nella sala della colazione.

All'interno c'erano già Peppino Tarantola, il medico, chiamato perché prevenire è meglio che curare, Teresa, con addosso una tuta da lavoro e un martello in mano, Gigia, preoccupata per il muro e per l'amica, e Pasquale il capocantiere, un uomo grande e grosso che emanava sicurezza anche solo dallo sguardo e che, al contrario di tutti i presenti, sembrava avere il controllo della situazione.

«Come va? Che serve 'na mano?» chiese Ascanio, sperando in una risposta negativa. Peppino allargò le braccia, come per dire che si affidavano al Signore, il capocantiere, invece, fece un cenno autoritario con la mano: «Nun c'è bisogno. Deve abbattere l'ultimo muro e poi è fatta. E ce tiene a farlo lei.»

«Grazie della fiducia, Pasquale» e così dicendo, come un toro durante una corrida, Teresa prese la rincorsa e si lanciò contro il muro, colpendolo con tutta la forza che aveva.

«Perbacco, che furia!» esclamò Tarantola.

«E che bicipiti! Che vi avevo detto? Quasi quasi la prendo a lavora' con me, almeno è più carina de' Anacleto.»

«Be', povero Anacleto, non è poi così male...» aveva provato a dire Gigia.

«L'hai visto bene? Sta de' sopra, se vòi lo chiamo.»

«Certo che l'ho visto, e...»

«Ma no, ci fidiamo di lei» intervenne il dottore rivolto a Pasquale. «Si capisce che è un uomo di parola...»

«E poi Gigia non è affidabile» aggiunse Teresa. «Per lei sono tutti bellissimi» e con immutata foga si accanì un altro paio di volte contro il muro. Forse rappresentava per lei qualcosa, o qualcuno, che non aveva il coraggio di nominare.

«Daje che hai quasi fatto. Lo sapete che ha pure ritinteggiato le pareti del piano di sopra?»

«Chi? Anacleto?» domandò Peppino.

«No, quello c'ha pure 'n'occhio che manda affanculo l'altro. Teresa! Per carità, ve farei vede' i colori. A me m'hanno fatto veni' la diarrea...»

«Se le serve un Imodium...»

«Grazie, gentilissimo, ho risolto. Però, dico io, se possono fa' i muri rosa e poi attacca' i piccioni d'oro?»

«Sono fenicotteri, Pasquale! Quante volte te lo devo ripetere?»

«E stanno così bene su quel rosa.»

«Grazie, Gigia.»

«Va be', che c'entra, sempre uccelli sono, no?»

«Avoja» intervenne Ascanio. Gli diede man forte persino il dottore, annuendo con enfasi.

Intanto, quasi tutto il muro era crollato. Mancava solo l'ultima martellata. E mentre gli occhi dei presenti erano puntati su Teresa, lei, già pronta per il colpo di grazia, si bloccò all'improvviso.

«Che è, 'na paralisi, 'na visione, che è?»

«Macché visione! Non vedete anche voi quello che vedo io?»

«Dove?» chiese Gigia.

«Lì dentro, nel muro.»

Come dei ballerini di danza classica, tutti e quattro contemporaneamente eseguirono dei piccoli passetti in avanti.

«Porca mignotta!» si lasciò sfuggire Pasquale.

«Cosa diavolo…?» bofonchiò Peppino.

Gigia si limitò a emettere uno strillo, anche se molto acuto, portandosi le mani alla bocca con gesto plateale. Teresa, rimasta bloccata con il martello in aria e incapace di reggere oltre quel peso, lo lasciò cadere a terra con un tonfo. Nello stesso istante risuonò un altro tonfo, ancora più forte. Pasquale era svenuto, crollato a terra come un sacco di patate. Gigia gridò di nuovo, Ascanio si produsse in una elaborata bestemmia, il medico, invece, per un istante sembrò incerto sul da farsi, se soccorrere l'uomo svenuto o precipitarsi a controllare se ciò che aveva davanti agli occhi potesse davvero, senza margine di errore, dall'alto della sua grande esperienza e professionalità, definirsi a tutti gli effetti uno scheletro umano.

2

«Questo è assurdo, incivile, indecoroso! Uno scandalo, insomma.» Il sindaco era sconvolto. «Un cadavere, qui, da noi, nascosto nel muro di un edificio in pieno centro! Chi è? Come ci è finito lì dentro? E siamo proprio sicuri che sia umano?»

«Te pare 'n'alieno?» aveva domandato retoricamente Floriano, guardandolo come lo aveva guardato anni prima quando non aveva capito il finale del film *Il sesto senso*.

«Intendo dire che potrebbe essere anche un animale, giusto? Giusto, Peppino? Dov'è finito Peppino?»

«Permesso, fatemi entrare, voglio vedereeee!» gridò qualcuno dalla folla assiepata all'ingresso del cantiere.

Dopo il ritrovamento del corpo, ma soprattutto dopo che il medico aveva preso la decisione, molto sofferta andava detto, di occuparsi dello scheletro anziché del povero Pasquale, l'edificio in ristrutturazione era stato preso d'assalto da tutti gli abitanti di Strangolagalli. Tranne che da Don Guarino, noto ipocondriaco, rimasto chiuso in canonica terrorizzato all'idea di poter essere contagiato da un cadavere. Il primo ad arrivare era stato Floriano, richiamato dai tonfi e dalle grida. Dietro di lui Antonia, aggrappata al suo maglione come un koala al suo albero. Poi Ignazio Vecchietta che, come era sua abitudine fare ormai ogni mattina da quando erano cominciati i lavori, passava di lì per un controllo. Appena entrato, era stato sopraffatto dalla vista dello scheletro e, ignorando garbatamente il capocantiere che giaceva a terra, lo aveva scavalcato e aveva subito avvisato il maresciallo Nicola Lamonica. E il maresciallo era giunto, in capo a dieci minuti, trafelato e con il tovagliolo del pranzo ancora intorno al collo, accompagnato dal suo fidato Romoletto. Romoletto a sua volta aveva chiamato Chantal, l'estetista, la quale aveva mandato un sms alla madre, Monica Tonelli e un altro alla signora Marisa. Quest'ultima, sul posto già da un po', non era però ancora stata notata da nessuno, essendo alta sì e no un metro e quaranta.

Il capocantiere, intanto, era stato opportunamente rianimato dal famigerato Anacleto, che aveva mollato la carta da parati coi fenicotteri per precipitarsi al piano di sotto e capire che cosa fosse successo. A quel punto, tutti avevano avuto modo di constatare che in effetti il ragazzo aveva gli occhi strabici. Per discrezione, ovviamente, nessuno aveva commentato.

«Si tratta decisamente di uno scheletro umano» affermò Peppino, facendosi largo e mettendosi accanto al sindaco.

«Dov'eri finito?»

«A prendere la valigetta in studio.»

«Capirai, ce saranno dentro due aspirine» borbottò Ascanio.

«Le vorrà dare ar cadavere, per rianimarlo!» rincarò Floriano, ed entrambi scoppiarono a ridere.

«Basta! Vi pare il momento?»

«Perché? Che ho detto?»

«Floriano, il tuo *humor* nero non aiuta. Come ci è finito questo disgraziato qui dentro e come è possibile che qualcuno lo abbia murato senza che nessuno se ne accorgesse?»

«Giusto, papà, ottima domanda!»

Irma, la figlia di Ignazio Vecchietta, cento chili di grasso e ormoni, arrotolata in una specie di burqa dai colori accesi da cui spuntavano praticamente solo gli occhi, lo guardava ammirata. Da quando era tornata dall'Iran, qualche settimana prima, si aggirava per Strangolagalli agghindata come una sciita in attesa di una proposta di matrimonio dallo Scià di Persia.

Nella futura stanza della colazione era calato il silenzio.

«Credo che non ci sia finito di sua volontà» intervenne Teresa, salvando dall'imbarazzo i presenti.

«Ah, no?»

«No.»

«E quindi?»

«Igna'!» esclamò Floriano. «E mica c'è arrivato da solo nell'intercapedine, no?»

«Be', perché? Un incidente domestico può sempre capitare...»

«Famme capi' 'na cosa. Tu stai a rivernicia' casa, inciampi, cadi dentro er muro e ce rimani finché qualcuno nun te passa lo stucco?»

«Forse, in effetti, è una possibilità remota.»

«Meno male. Mo' facciamo parlare Teresa.»

«Sì, dunque, la questione è semplice. Prima di tutto bisogna analizzare la scena del crimine, cioè questa. Giusto maresciallo?»

Lamonica riemerse dal fondo: «Certo, certo, ovvio, stavo proprio per farlo» disse, poi tossì per schiarirsi la voce e assumere un tono più sicuro. «Preleviamo il corpo, vero Romoletto? Cioè lo scheletro, e...»

«Marescia', almeno se tolga il bavaglino» lo invitò Ascanio sarcastico.

«Giusto, scusate. Colpa dei polipetti di mia moglie. Stavo dicendo che Romoletto è già pronto a prelevare il...»

23

«No! Non può prelevare niente» gridò Teresa, afferrando il braccio del povero Romoletto e bloccando la sua triste e lenta avanzata.

«Meno male» scappò detto al ragazzo che proprio non aveva voglia di toccare lo scheletro.

«Appunto, era quello che dicevo» riprese il maresciallo. Poi, come colpito da una folgore, aggiunse: «Cioè?».

«Il dottore deve prima analizzare la scena, isolarla e fare i rilevamenti. Solo in un secondo momento il corpo potrà essere estratto. Bisognerà fare un'autopsia molto accurata per cercare di capire come è morto, quando, e risalire alla sua identità.»

Peppino, sentendosi chiamato in causa, squadrò le spalle: «Sì, maresciallo, Teresa ha ragione. Che poi, per un uomo di scienza come me, è un'operazione di routine. Insomma, una cosa all'ordine del giorno.»

«All'ordine del giorno?» lo interruppe Floriano. «Cioè, tutti i giorni te ritrovi 'no scheletro in cantina e lo analizzi? Sarà contenta tu' moglie…»

«Chiamiamo Don Guarino» propose qualcuno.

«Figuriamoci. Quello sta chiuso in canonica. Non lo rivedremo per giorni. Secondo me crede de' prende il virus dei morti viventi e de' trasformasse in uno scheletro pure lui. C'avete presente il film?»

Nessuno rispose, ma si ritrovarono tutti a pensare a Don Guarino tramutato in zombie. Tutti tranne Teresa che, in mezzo a quella confusione, stava combattendo una personalissima battaglia interiore. Le si era formato in testa, e nella pancia, un pensiero strisciante che cercava disperatamente di ricacciare indietro. Era così impegnata nella sua lotta da non accorgersi quasi che qualcuno, come leggendole nel pensiero, interveniva con una proposta.

«Scusate» disse la voce. «Ascoltatemi un momento.»
«Chi è? Chi ha parlato?» Ignazio Vecchietta si guardò intorno con aria sospettosa.

«Io.»

«Io chi?»

A quel punto, apparve la testa della signora Marisa che si faceva largo tra i presenti. Che abbassarono in coro lo sguardo verso il pavimento, o quasi.

«Ah, Marisa, non sapevo ci fosse anche lei.»

«Non lo sapeva nessuno, Igna'.»

«Bisogna chiamare una persona da fuori» proseguì Marisa, «una persona che si intenda di queste faccende.»

E Teresa ebbe un tuffo al cuore.

«Non credo sia necessario» intervenne categorica. Sapeva a chi si stava riferendo Marisa. «Grazie per il consiglio, ma siamo perfettamente in grado di cavarcela da soli, vero maresciallo?»

Quello, impegnato ancora a sciogliere il nodo del tovagliolo dietro al collo, non aveva seguito granché la discussione.

«Maresciallo?»

«Come? Certo, certo. Ha assolutamente ragione la signora Marisa.»

«Cioè, lei crede davvero che non saremmo capaci di fare da soli?»

«No, no, chi lo ha detto?»

«Mi state facendo diventare matto» intervenne il sindaco, «ditemi chi devo chiamare e lo chiamo! Il capo della Protezione civile, James Bond, il presidente degli Stati Uniti? Non mi tirerò certo indietro di fronte alle mie responsabilità!»

«Ma che je devi di' a Borrelli? Che c'è n'alieno nell'intercapedine?»

«E allora chi dovrei chiamare, per l'amor di Dio?»

«Leonardo Serra» dissero in coro Teresa e la signora Marisa.
«Serra? *Quel* Serra, dite?»
«Oddio, papà, ma è fantastico! Sei un genio.» Irma si mise a saltellare e a slacciarsi il burqa.
«Buona, bambina mia, fammi prima capire bene. Intendete suggerire che qui c'è bisogno dell'intervento di Leonardo Serra?»
Teresa scosse la testa, mentre la signora Marisa annuì. Entrambe con veemenza.
«Ma Serra è un cretino!» sentenziò il sindaco, lapidario.
«Per una volta, Ignazio» assentì Teresa, «sono totalmente d'accordo con lei!»

Strangolagalli, febbraio 1988

A notte fonda Strangolagalli era avvolta nel buio. Un uomo alto, grosso, con il cappuccio del giaccone ben tirato sulla testa, scese dalla macchina che aveva parcheggiato sul retro di un edificio in ristrutturazione, ben nascosta alla vista di chiunque.

Era lì da meno di ventiquattr'ore e l'unica cosa che desiderava fare era allontanarsi il prima possibile. Non era stato difficile trovare il nascondiglio adatto: un'abitazione abbandonata a se stessa in quel paese dimenticato da Dio. Aveva solo dovuto aspettare che facesse notte.

Mentre entrava nel piccolo borgo, l'unico suono percepibile era provocato dal motore della sua macchina. Persino le luci della chiesa erano spente e nessuno si era accorto della sua presenza. Nessuno.

In fondo, si disse, *non era stato sempre così?*

Il suo passaggio sulla terra era stato silenzioso e discreto.

Sorrise, mentre lacrime di dolore e pazzia rigavano le sue guance.

Da quando, poche ore prima, aveva dovuto prendere una decisione velocemente, e da solo, non riusciva più a pensare.

Alzò gli occhi verso le mura della casa adiacente, che affacciava su una strada piccola e soffocante, proprio come la sua stessa esistenza. Conosceva le persone che ci vivevano, ma sapeva che non si sarebbero accorti di nulla. Dormivano, a quell'ora. Tutti dormivano a Strangolagalli.

Luisa Tatti, pensò. Chi l'avrebbe mai detto? Dopo tutti quegli anni...

Ebbe paura. Lo avrebbero scoperto? Si sentiva perduto, senza sua madre.

Poi si riscosse. Doveva chiudere per sempre quella storia. Murarla. Solo così, nessuno avrebbe mai saputo. E non sapere, sarebbe stato sufficiente per dimenticare, per smettere di scavare nel passato.

Perché, se non c'è nulla da dissotterrare, nulla può ritornare in superficie.

L'unica persona che avrebbe potuto parlare, adesso, non lo avrebbe più fatto.

Sì, era la cosa giusta.

Aprì lo sportello posteriore e con le mani tremanti tirò fuori un sacco nero. Pesava più di quanto si aspettasse, non riusciva a sollevarlo. Eppure il suo corpo era così leggero.

Era sempre stato un debole. Sua madre glielo ricordava in continuazione, quando era piccolo: «Perché il Signore ha voluto darmi un figlio storpio?» gli diceva. «Non troverai mai qualcuno disposto ad amarti. Adesso vai nella stanza e aspettami. Pregheremo insieme.»

E lui ci andava, in quella stanza, e pregava. Eppure non bastava mai. Lei lo picchiava con violenza, a volte lo legava a una sedia, gli toglieva le scarpe e gli colpiva forte le piante dei piedi con un legno. Diceva che era per il suo bene, che era Dio a volerlo, per fargli espiare i suoi peccati. Ma che peccati poteva avere mai commesso un bambino, diventato zoppo per i colpi inferti dalla sua stessa madre?

«Seguirete il Signore vostro Dio» recitava davanti a lui, dopo

averlo punito, «lo temerete, osserverete i suoi comandi, obbedirete alla sua voce, lo servirete e gli resterete fedeli.»
Quante volte i medici avevano dovuto suturare le sue ferite? Non se lo ricordava neanche più. E poi, un giorno, erano venuti a portarlo via. Da lei e da quella stanza.
Lasciò cadere il sacco a terra e si voltò verso la casa. Non era distante e poteva arrivarci trascinandolo fino all'ingresso.
Lo afferrò dalla parte inferiore e cominciò a tirare, tirare, tirare...
Piangeva e tirava.
Quando arrivò sulla soglia, con il fiatone, si tamponò la fronte.
Hai visto, mamma? Ce l'ho fatta.

3

Dopo essersi allontanata di poco dalla stanza incriminata per non farsi sentire dagli altri, prese il cellulare e cominciò a rigirarselo tra le mani.

Serra. Possibile che non le rimanesse altro da fare che chiamare lui?

Perché la signora Marisa aveva ragione, come sempre: loro, da soli, non sarebbero stati capaci di gestire quella situazione e c'era sicuramente bisogno di un aiuto esterno. Ma non di *quell'*aiuto. Non voleva, non doveva.

Non solo non si era fatto vivo dopo che grazie a lei avevano risolto il caso della Farmavid e arrestato l'assassino di Paolo Barbieri, ma aveva perseverato nel silenzio anche dopo. Dopo tutto anche lei avrebbe potuto morire, e non solo per cause naturali.

Insomma, era stata quasi strangolata e uccisa, e lui non si era degnato neanche di farle una telefonata! Le aveva mandato un paio di messaggini sul cellulare. Lei aveva rischiato di morire e lui le aveva mandato degli sms!

Ecco perché evitava i legami. Per non essere delusa.

Già era stata abbandonata da sua madre, non voleva che accadesse di nuovo.

E non poteva contare neanche su Corrado Zanni. Dopo l'impennata degli ascolti della sua trasmissione – sempre grazie a lei – aveva ricevuto un'offerta dalla BBC, con base a Londra, impossibile rifiutare. E Corrado non l'aveva fatto. Così si erano salutati definitivamente.

Non le restava che suo padre. Il suo vero e unico punto di riferimento, il solo uomo che le fosse rimasto sempre accanto, nel bene e nel male.

«Uno scheletro? A Strangolagalli?» Giovan Battista era allibito. «Ma sarà quello di una massaia! Chi vuoi che vada a Strangolagalli a nascondere qualcuno in un'intercapedine?»

«Lo ha detto anche il sindaco.»

«Mio grande amico, per l'appunto.»

Giovan Battista Papavero, rinomato criminologo ormai in pensione da anni, viveva a Ventotene da dove continuava a elargire le sue perle di saggezza ogni qual volta qualcuno, un giornalista o un medico, aveva bisogno di un consiglio. Teresa era cresciuta all'ombra della sua fama e il Professore, come veniva chiamato da tutti, l'aveva sempre considerata una cretina, nonostante il Master di Psicologia Applicata all'Analisi Criminale che lei aveva frequentato a L'Aquila, dove aveva conosciuto Zanni. Certo, aver lavorato in un sexy shop per anni e poi in un call center non aveva aiutato la povera Teresa a salire nella considerazione paterna. Ma nemmeno risolvere il complicato caso dell'omicidio Barbieri e della sparizione di Monica Tonelli era bastato, e neanche tutti quei casi di scomparsa come consulente della trasmissione *Dove sei?*. Niente da fare: l'opinione che il padre aveva di lei non era cambiata.

«Papà, è ovvio che si tratti di un omicidio.»

«Ovvio? E chi te lo dice? Qui di ovvio c'è solo il fatto che avete trovato uno scheletro che molto semplicemente qualcuno si è dimenticato di seppellire!»

«Chi lo avrebbe dimenticato, scusa?»
«E cosa ne so? L'imbianchino?»
«Papà! Vuoi aiutarmi oppure no?»
«Aspetta, faccio un paio di telefonate e ti richiamo. Intanto, per cortesia, cercate di non toccare niente.»
«Certo. Isoliamo la zona e...»
«Isolate la zona? Gesù, ma come parli? Mica sei in una puntata di *CSI*. E come pensi di riuscirci, con lo scotch?»
E mentre il padre riattaccava, esasperato, Teresa tornò dagli altri, trionfante.
«Sigilli non ne abbiamo, vero?» domandò al maresciallo.
«Sigilli? E dove li trovo adesso dei sigilli? Intendi quelli gialli? Giusto per chiarezza, eh!»
«Lo scotch andrà bene lo stesso.»
Lamonica sembrò sollevato, per poi incupirsi nuovamente. «Ce ne vorrà tanto...»
Pasquale, che fino a quel momento era rimasto disteso sul divano ancora coperto dal cellophane, riemerse dal suo stordimento, scattò in piedi e, con ritrovato vigore, si diresse verso una pila di scatole estraendone rotoli e rotoli di scotch da imballaggio. «Che nun ve basta?»
Con entusiasmo, tutti ne afferrarono uno, si divisero in coppie e cominciarono a delimitare la zona srotolando ciascuna il proprio. Questo creò parecchi incidenti. Il sindaco per sbaglio attaccò la signora Marisa allo stipite della porta, Irma se lo appiccicò addosso per tamponare le vampate ormonali, Peppino e Floriano litigarono per chi doveva restare fermo e chi tirare e come al solito arrivarono agli insulti rispolverando una partita di scopone di qualche anno prima. Romoletto era distratto da Chantal, ma fu riportato all'ordine dal maresciallo. Ci volle comunque oltre un'ora per avere una scena del crimine delimita-

ta in modo accettabile. E sembrava comunque più che altro la scena di un trasloco.

Stremati, sciolsero le righe e tornarono ognuno a casa propria, tranne Teresa che, ormai rimasta sola, ricevette una telefonata del padre, il quale, però, non aveva novità, più che altro cercava aggiornamenti. Mentre lei non riusciva a distogliere lo sguardo da quello scheletro.

«Papà, ora devo lasciarti» cercava ripetutamente di concludere la conversazione.

«Perché? Cos'hai in programma di così urgente?»

«Be', ho appena trovato delle ossa...»

«E ci vuoi fare una collana?»

Quando finalmente riuscì a riattaccare si avvicinò a ciò che restava del muro per osservare meglio. Prima, per la sorpresa e con tutte quelle persone intorno, non era riuscita a fotografare mentalmente ciò che aveva visto. Doveva farlo adesso. Scavalcò lo scotch che, a giudicare dall'altezza, era stato appiccicato dalla signora Marisa, e si piazzò proprio davanti all'intercapedine, facendo attenzione a non inquinare ulteriormente la scena.

Chi sei? pensò fissando quelle ossa. *Chi ti ha fatto questo?* Domande a cui lei era determinata a dare una risposta. Si piegò sulle ginocchia e restò a guardare lo scheletro a lungo. Aveva come la sensazione che le stesse parlando, che stesse provando a comunicarle qualcosa. «Aiutami a capire» disse, questa volta ad alta voce. «Da quanto tempo sei chiuso qui dentro?»

Fu allora che lo vide. In principio le sembrò frutto della sua immaginazione, o semplicemente un'ombra. Poi, si rese conto che invece c'era davvero qualcosa. Si sporse in avanti. Eccolo lì, forse scivolato fuori dai vestiti deteriorati dal tempo. Allungò immediatamente una mano ma bloccò il gesto a metà. Non poteva prenderlo, il senso del dovere le imponeva di lasciarlo a chi avrebbe condotto le indagini. Ma il suo intuito le suggeriva esattamente il contrario. Cosa doveva fare? Deglutì e si guardò intorno, come se qualcuno avesse potuto coglierla con le mani nel sacco, anche se sapeva di essere sola. «Okay, Teresa, avanti. Sai che devi farlo.»

E infatti, lo fece.

4

Un paio di giorni dopo, il cadavere era sparito. O meglio, se lo era portato via Maurizio Tancredi, il medico legale di Roma contattato da suo padre. Era arrivato a Strangolagalli e lo aveva prelevato.

«Maresciallo, come ha potuto lasciarglielo fare? E di nascosto, poi?»

Teresa era arrabbiata. Certo, sapeva di averla combinata grossa, e lei davvero di nascosto, però...

«Ma nooo...» le aveva risposto prontamente Lamonica, «aveva tutti i permessi.»

Quel riferimento ai permessi le fece subito aumentare i sensi di colpa e la spinse ad abbracciare la borsa nella quale da due giorni custodiva la prova trafugata.

«Sì, be', vero, non il mio, però!»

Il maresciallo si sentì punto sul vivo. «Come sai, nutro immensa stima nei tuoi confronti, ma questo Tancredi il tuo permesso non me lo ha proprio chiesto. E poi sono due giorni che qui nessuno sapeva dove fossi finita. Cominciavo anche a preoccuparmi.»

«La ringrazio.»

«Ci mancherebbe. Ma dove eri finita?»

«Sommersa dalle scartoffie dell'archivio comunale.»

35

«Ah, certo, certo. E perché?»
«Cercavo di datare lo scheletro.»
Il maresciallo finse di avere capito e annuì comprensivo. Da tempo, ormai, aveva smesso di tentare di orientarsi nei complessi labirinti mentali di quella ragazza.

In effetti, il giorno successivo al ritrovamento e al furto, come se inconsciamente stesse cercando un modo per nascondersi, Teresa si era buttata anima e corpo alla ricerca dei fattori circostanziali. Dal momento che un'autopsia, per quanto accurata, non sarebbe stata in grado di determinare con precisione l'età di un corpo ritrovato in quelle condizioni, la cosa importante era scoprire di chi fosse quella casa prima di diventare proprietà del comune e soprattutto quando questo passaggio fosse avvenuto.

Per questo, aveva avuto bisogno dell'aiuto del sindaco.

Ma già alle prime domande, Ignazio era sembrato piuttosto confuso.

«Intendo dire, è rimasta disabitata a lungo?»
«Sì, sì. Vuota. Per anni!» aveva risposto, felice di essere preparato almeno su quel punto.
«Okay. Quindi, come faccio a risalire alle altre informazioni?»
«Be', esistono i registri. Sono in archivio.»
«Perfetto. Allora mi dica dov'è l'archivio e non la disturbo oltre.»

E così aveva trascorso due giorni chiusa in una stanza del comune a scartabellare documenti e a fotocopiare registri. Non aveva più pensato a ciò che aveva fatto e le ore erano trascorse velocemente.

In più, qualcosa di molto vago, l'embrione di un'idea, aveva già cominciato a formarsi nella sua testa. Ma non poteva ancora sapere quanto era pericolosa.

Nel frattempo i giornali, la televisione locale e persino quella nazionale si stavano occupando del ritrovamento del cadavere e Strangolagalli era di nuovo nell'occhio del ciclone. Nonostante ormai i suoi abitanti fossero abituati alle emozioni forti, Teresa sapeva che avrebbero avuto bisogno di lei.

Era trascorso quasi un anno da quando si era trasferita lì da Roma e le cose per lei avevano finalmente cominciato a funzionare. Il B&B era sempre pieno e gli abitanti di Strangolagalli si rivolgevano a lei per le questioni più delicate.

La sua ipertimesia, la capacità di ricordare anche i dettagli più irrilevanti della sua vita, unita al grande intuito di cui era dotata, aveva finito per attribuirle improbabili capacità divinatorie. Per cui, se scomparivano delle galline da un pollaio, era a lei che ci si rivolgeva. Quando Peppino, la sera, doveva affrontare Floriano a una partita di scopone particolarmente impegnativa, andava da Teresa per domandarle se avrebbe vinto o perso, se la luna era favorevole o contraria, se Floriano, per caso, non sarebbe stato colto da un coccolone provvidenziale. Antonia, dal canto suo, passava quasi tutti i giorni al B&B per chiederle se il suo incompreso amore per il macellaio prima o poi avrebbe avuto un lieto fine. Jolanda, la proprietaria del ristorante, che intratteneva una relazione passionale con Floriano, invece, voleva sapere se il marito per caso non la stesse tradendo con la tabaccaia. Perché un conto erano i suoi, di tradimenti, giustificatissimi dal momento che Floriano a letto era un toro, se si eccettuava un'unica piccola débâcle, altro conto erano quelli del marito. Ingiustificati, a sentire Jolanda, perché la tabaccaia era più vecchia di lei e del tutto priva di arti amatorie. In materia sentimentale, il fatto poi che Teresa, tra le altre cose, avesse lavorato in un sexy shop non rappresentava uno scandalo per le signore del paese, ma un incentivo. Insomma, Teresa sembrava aver trovato il suo posto nel mondo e aveva ringraziato il cielo, e se stessa, per la decisione di trasferirsi lì. Decisione di cui non si era mai pentita, tranne nel periodo in cui i membri della banda del paese avevano preso l'abitudine di provare in piazza l'inno di Mameli, la domenica mattina. Dopo il quarto tentativo, il sindaco era stato costretto a fare un appello per far sì che l'evento non si ripetesse mai più.

Tutti si prodigavano per gli altri, a Strangolagalli. La signora Marisa, per esempio, cuoca sopraffina, cucinava torte di continuo e le distribuiva a chiunque gliele chiedesse, ma anche a chi non lo faceva. Il sindaco adorava farsi vedere a passeggio con la figlia Irma sottobraccio e fermarsi a conversare, con tutti quelli che incrociava, del tempo, di calcio, di politica. Peppino Tarantola, in quanto medico di base, era sempre disponibile, anche di notte: in più di un'occasione era stato chiamato da mogli allarmate perché i mariti accusavano forti dolori al petto. Allora Peppino correva con la sua valigetta, calandosi perfettamente nella parte di Dick Van Dyke, l'affascinante protagonista di *Un detective in corsia*. La delusione era cocente quando, dopo un'accurata valutazione, si ritrovava a prescrivere un Diger selz.

«Troppo lievito nella pizza» diceva. «E troppe pizze!»

«Non ce la faccio più, dottore, glielo dica lei a mia moglie. Sta cercando la ricetta perfetta. Ne mangio quattro al giorno.»

«Lo vedo, lo vedo.»

A Teresa piaceva vivere lì, e adesso che i cittadini di Strangolagalli stavano per affrontare un altro mistero, lei era pronta. Il B&B era stato preso d'assalto da giornalisti e curiosi e dal momento che Teresa non si trovava, ad occuparsene era stata la povera Luigia che non sapeva più dove metterli.

Era sopraggiunta anche la nuova inviata di *Dove sei?* nel

caso la vicenda si fosse rivelata interessante per la trasmissione. Le era stata assegnata la stanza presidenziale, quella che un tempo aveva occupato Corrado Zanni. Gigia era certa che Teresa avrebbe apprezzato.

Irma si era ripetutamente presentata al B&B in cerca di qualche giornalista televisivo da sedurre, ma era tornata a casa a mani vuote. Le bruciava ancora la delusione cocente ricevuta prima da Serra e poi da Zanni. Intanto il RIS aveva già compiuto il suo dovere, completando l'abbattimento del muro, prelevando campioni di terriccio e di tessuti presenti all'interno dell'intercapedine, scattando fotografie dello scheletro e dell'ambiente circostante.

Quello che Teresa non poteva sapere era che l'intercapedine aveva custodito anche qualcos'altro, rinvenuto e catalogato dagli agenti del RIS.

Restava da fare l'autopsia e Teresa doveva assolutamente essere presente. Si era già persa troppe cose.

Dopo avere infilato un paio di mutande in valigia e lo spazzolino, salì in macchina e partì alla volta di Roma.

5

L'uomo non poteva credere a quello che stava leggendo. Seduto nella poltrona del suo piccolo ma ordinatissimo salottino – a sua madre piaceva così – sfogliava come ogni mattina i quotidiani, meticolosamente, prima di andare al lavoro. Era sempre stato un abitudinario. E si compiaceva del fatto che nessuno, mai, aveva avuto occasione di scrivere di lui o di ciò che faceva. Era invisibile. Ma quella mattina i titoli erano inequivocabili. Tutti, più o meno approfonditamente, riportavano il sorprendente fatto di cronaca avvenuto a Strangolagalli, un paesino sperduto della Ciociaria. Persino la *Gazzetta di Ferrara* se n'era occupata. "Scheletro ritrovato nell'intercapedine". E lui si era sentito mancare. Il passato era tornato a tormentarlo.

Rilesse avidamente gli articoli, ancora e ancora. Non c'era scritto nulla di rilevante. Solo un nome campeggiava tra tutti: Teresa Papavero.

Corse forsennatamente su per le scale, aprì la porta della soffitta e la richiuse alle sue spalle.

«Mamma!» gridò. «Leggi qui.»

La donna, seduta sulla sua solita poltrona, lo osservò con disgusto. «Che c'è? Stavo riposando.»

Poi gli strappò il giornale dalle mani e cominciò a leggere.

Lui restò in piedi, in attesa e senza fiatare, di fronte a quella donna che amava e odiava con la stessa intensità da quando era nato. Oscillava con il corpo a destra e poi a sinistra, poi di nuovo a destra.

«Stai fermo, non riesco a concentrarmi» gli ordinò lei, senza togliere gli occhi dal giornale.

«Scusa, mamma.»

Dopo un'infinità di tempo, lo guardò: «Non hai capito, scemo che non sei altro? L'hanno trovata.»

«Come hanno fatto? E cosa facciamo, adesso?»

«*Come hanno fatto? Cosa facciamo?*» ripeté, imitando la sua voce lamentosa. «Questo è lo scotto che devo pagare per avere avuto un figlio storpio e anche scemo.»

«Sono zoppo per colpa tua, mamma. Tu mi hai picchiato finché non ho potuto più rialzarmi e adesso... adesso riesco a camminare meglio e...»

«E credi che mi abbia fatto piacere? Credi che non mi sia costato? Tutto quello che ho fatto, l'ho fatto per te, perché tu capissi che il mondo è feroce, è malato e che la salvezza e la redenzione si guadagnano dopo atroci sofferenze. Smetti di lamentarti e scopri chi è questa Teresa Papavero. O vuoi che ti portino di nuovo lontano da me? Vuoi che ti punisca?»

«No, mamma.»

«Allora vai. Prima prega, molto. E liberati anche di quella ragazza. Quante volte devo ripeterti di non insozzare la tua anima con quelle sgualdrine? Noi serviamo il Signore. Il mondo è un pozzo di avidità, lussuria, vizio e noi dobbiamo cercare la redenzione, pentirci. Tutti.»

«Ma l'ho appena conosciuta e...»

«Povero figlio mio. Vuoi che ti ricordi come è andata a finire con la tua adorata Alice? Che cosa le hai fatto?»

«Me lo avevi ordinato tu...»

«Certo, per salvarti. Le hai concesso del tempo, tempo che

lei ha usato per plagiarti. Ecco perché con le altre non può accadere di nuovo. Quando il Signore chiama, tu non hai scelta e devi compiere la sua opera. Pensi di farmi venire sensi di colpa? Vai, e non mancarmi più di rispetto.»

Lui ubbidì, come faceva sempre.

E mentre tornava al piano di sotto pensò che doveva dare retta a sua madre. In fondo, aveva sempre avuto ragione su tutto, in particolare su Alice. Che non lo amava e non lo avrebbe mai amato. Aveva solo cercato di corrompere la sua anima, e sua madre se n'era accorta. Poi lo aveva rinchiuso nella stanza e lo aveva obbligato a pregare. «Non si serve Dio in questo modo. Ripeti con me» gli aveva detto, «Salmo 36, verso 3: "Perché egli s'illude con se stesso, davanti ai suoi occhi, nel non trovare la sua colpa e odiarla".»

La colpa. Che cosa ne sapeva lei della colpa? L'aveva mai provata davvero? No. Sua madre non soffriva di sensi di colpa, perché aveva una missione: redimerlo dal peccato. «Non serviremo il Signore, finché non saremo segnati con il marchio di Dio» gli aveva detto quella sera, prima che lui fosse portato via, prima di conoscere Alice, prima che cominciasse tutto. E lo aveva marchiato con il fuoco. Una croce sulla pianta del piede. Era svenuto dal dolore e, quando si era risvegliato, gli uomini vestiti di bianco lo avevano prelevato, allontanandolo da lei e da quella stanza. Suo padre aveva reagito, si era ribellato e aveva chiamato aiuto. Ma invece di rinchiudere lei, avevano rinchiuso lui, ancora bambino. Nessuno poteva sapere che quel posto era peggiore di casa sua, più violento. Però lì c'erano Alice e Luisa. Poi, un giorno, sua madre era tornata a riprenderselo e tutto era ricominciato.

Nel salone, bruciò i giornali. E mentre li osservava trasformarsi in cenere, si sentì di nuovo rasserenato.

6

«Cosa ci fa lei qui? Non può entrare.» Maurizio Tancredi si parò di fronte a Teresa nel laboratorio di autopsie del Policlinico di Roma. Si era levato la mascherina ed era andato incontro al trambusto proveniente dall'esterno: adesso la sovrastava.

La prima impressione di lei fu che fosse un bell'uomo. Non di una bellezza canonica, ma di certo possedeva un carisma magnetico, quasi animale. Un segugio, come lo aveva definito il padre, uno che non sbagliava mai. Alto, capelli brizzolati, occhi neri, profondissimi, e molto sicuro di sé. Abituato e ritenere i suoi interlocutori, nessuno escluso, inferiori a lui. Come in quel caso. Ma Teresa, a ben guardare, ci trovò qualcos'altro dentro quegli occhi. Una dolcezza nascosta, un dolore passato che cercava di dissimulare con l'arroganza.

I pensieri del medico legale, intanto, non erano altrettanto lusinghieri. A una prima occhiata, ma anche a una seconda, Teresa gli era parsa una specie di Wanda Osiris. Indossava una gonna gialla stampata a fenicotteri rosa e orecchini enormi a forma di girasole. Una roba mai vista.

«Ma posso essere utile» protestò Teresa, mentre lui era ancora impegnato a riprendersi. «So già molte cose al riguardo che...»

«Quali cose? Guardi che non dovrebbe neanche essere qui.

Per favore, accompagnatela all'uscita» aggiunse poi il medico rivolto a due inservienti nerboruti. «Non so neanche come ha fatto a...»

«Cinquantacinque, cinquantasei anni. Divorziato, forse con due figli e una ex moglie difficile...»

«Veramente lo scheletro appartiene a una donna, non a un uomo. E non credo che dalle ossa si possa risalire allo stato sociale della vittima, a meno che non ci siano degli studi recenti di cui io non sono stato messo al corrente, ma ne dubito.»

A Tancredi un po' veniva da ridere, anche se lo nascondeva abilmente. *Che personaggio buffo*, pensò. Sembrava uscita da un cartone animato.

«Ma io mi stavo riferendo a lei, non certo allo scheletro.»

«A me?»

«Sì. Voglio dire, che fosse di una donna era chiaro. L'avevo capito subito dalle dimensioni del bacino e dalla conformazione del cranio, morfologicamente più piccolo e arrotondato in una femmina. Per non parlare della mandibola, di gran lunga più sottile...»

«E dove le avrebbe trovate tutte queste informazioni?» chiese, colpito e anche un po' lusingato dalle notizie che questa Papavero aveva raccolto su di lui.

«Be', ho studiato!» gli rispose, tutta fiera. Finalmente aveva trovato qualcuno che sapeva apprezzarla. «Le persone, spesso, credono che io non sappia distinguere il bianco dal nero, eppure...»

«Non stento a crederlo, ma io mi riferivo ai dettagli su di me.»

«Ah, quelli!» *Che delusione. Un altro narcisista, preso solo da se stesso.* «Da nessuna parte. Le ho dedotte dal suo comportamento. Da quando abbiamo cominciato a parlare, si tocca nervosamente l'anulare sinistro dove, molto presumibilmente,

fino a qualche tempo fa c'era la fede. Una separazione non facile, dal momento che ci sono di mezzo dei figli. Figli che uno come lei non può non avere fatto. Anzi, sono la ragione principale per cui si è sposato. Ci teneva a costruire una famiglia, ecco. Forse però è bene parlarne più approfonditamente dopo l'autopsia, non crede? Perché, vede Tancredi, dobbiamo risolvere un omicidio!»
«Dobbiamo?»
«Certo, dobbiamo! Come le stavo accennando poco fa, ho delle informazioni che le sarebbero molto utili. Informazioni che si possono ricavare solo da fattori circostanziali di cui io sono già in possesso come, per esempio, il periodo in cui il corpo è stato messo nell'intercapedine. Ora, se vogliamo proseguire l'autopsia...» e così dicendo, con insospettabile velocità si introdusse nel laboratorio, prima che lui potesse muovere qualche altra obiezione.

Ma lui obiezioni non ne avrebbe più fatte, anche se questo Teresa non poteva saperlo.

«Ho tre figli, comunque» sentì dire alle sue spalle.
«Tre? Sono tantissimi. Mi stupisco che sia ancora vivo.»
«E cinquantadue anni.»
«Allora se li porta molto male» mentì.

7

«Sei un personaggio strano» commentò Tancredi mentre uscivano dalla sala delle autopsie. «Te l'hanno mai detto che ti presenti malissimo? Per non parlare del tuo curriculum.»
«Ah, certo, il curriculum. Conta solo quello per voi. E chi ti avrebbe aggiornato, mio padre?»
«Ammetto che sì, mi ha riferito un po' di cose. Sexy shop, call center...»
«Quindi tu hai preso informazioni su di me.»
«Purtroppo me le ha date di sua spontanea volontà. Non ero interessato ad averle, se proprio devo essere onesto.»
«Be', sì, tipico di mio padre. Adora mettere in guardia le persone.»
«In guardia? Sei pericolosa?»
«No, semplicemente le prepara alla mia stupidità. Sai, a volte può essere scioccante se non sei addestrato. Comunque, ero molto brava nel mio lavoro. Voglio dire, ero un'abile venditrice, ecco. Ma adesso devo proprio cercarmi un albergo.»
Per la fretta, non aveva fatto in tempo ad avvisare del suo arrivo Solange, la sua migliore amica romana, nonché proprietaria del sexy shop per cui aveva lavorato. In genere, non sarebbe stato un problema piombarle in casa così, senza preavviso, ma sapeva che ultimamente lei stava frequentando una persona.

Tancredi restò zitto. Sembrava stesse pensando. E Teresa ne approfittò.

«Quando credi saranno pronti i risultati?»

«Mi piacerebbe portarti fuori a cena.»

«Come a cena? Io e te? Ora?»

«Se vuoi invitiamo qualcun altro, ma preferirei di no. E sì, pensavo di farlo ora. Non hai fame? Dovrai pur mangiare qualcosa. Non mi sembri una che salta i pasti» e i suoi occhi si fermarono a lungo su di lei. Più che altro sul punto vita.

Che colpo basso. Anche Serra glielo aveva fatto notare la prima volta che si erano incontrati. Si incupì subito. Maledizione! Perché ora le veniva in mente Serra?

Raddrizzò le spalle per cercare di darsi un tono. «Be'? Che cosa vuoi insinuare? Che sono una che ama mangiare? E che significa questo tuo improvviso invito a cena? Se lo fai perché ti senti in dovere, in quanto amico di mio padre, non ce n'è bisogno, io...»

«Dio mio, no! Come ti viene in mente? Perché mai dovrei volerti invitare a cena per un motivo del genere? Non sono mica masochista.»

Teresa rimuginò su questa ultima affermazione. Aveva piacere di passare del tempo con lei perché non era masochista o...

«Quindi siamo d'accordo. Ho la macchina qua fuori. Poi penseremo alla tua sistemazione notturna» e quest'ultima frase la disse con un tono allusivo. Un tono che a Teresa non piacque affatto. O forse sì?

«Ma io non ho mica detto sì!»

Lo aveva fatto?

«Non ho alcuna intenzione di accettare l'invito. Ma proprio per niente. Che poi non era neanche un invito. Sono stanca e devo riordinare le idee. Abbiamo moltissime informazioni e nessuna davvero utile e... dove mi stai portando?»

«Alla macchina» rispose lui tenendola saldamente per il gomito.

«Ti ho già detto che...»

«Sì, sì, lo so. Sali e prova a stare zitta per dieci minuti. Se ci riesci, eh!»

E Teresa obbedì. Stupendosi di se stessa.

Si accomodò sul sedile accanto al guidatore e tacque davvero.

Forse perché l'autopsia era stata incredibile. Non avrebbe dovuto neanche pensarlo, dal momento che c'era un cadavere di mezzo, ma era così che si sentiva: eccitata.

Si trattava proprio di una donna. Ovviamente non era stato possibile risalire all'età, né alla causa esatta del decesso. C'erano fratture sul cranio, sulle ossa delle braccia e delle gambe, ma era presumibile che molte fossero *post mortem*. Forse, il colpo alla testa era stato fatale. Tancredi avrebbe proseguito con le analisi per cercare di stabilirlo. Non c'era più tessuto polmonare per poter accertare un eventuale soffocamento o annegamento, né fori di proiettile. Avrebbero avuto il DNA, ma senza nulla con cui compararlo sarebbe risultato del tutto inutilizzabile. Lo stesso poteva dirsi per le impronte dentarie. Impianti o protesi erano utili solo se confrontati con lastre e radiografie.

Teresa aveva imparato molto. Un'autopsia su uno scheletro non mummificato era tra le cose più difficili da eseguire, ma anche tra le più affascinanti.

Aveva cercato subito di essere d'aiuto sul periodo in cui ipoteticamente il corpo era stato nascosto. Dagli archivi comunali risultava infatti che l'immobile era stato ceduto all'amministrazione comunale dalla famiglia Roccasecca, la più influente e ricca di Strangolagalli, nel 1978. I lavori di ristrutturazione erano cominciati l'anno successivo ma si erano interrotti nel 1982, anno in cui l'edificio era stato completamente abbandonato. Quindi, teoricamente, il corpo era stato messo lì tra il 1982 e il giorno in cui il muro era stato abbattuto, ma a giudicare dallo stato in cui si trovava non potevano essere trascorsi meno di trent'anni.

Ora bisognava risalire all'identità della vittima e a una datazione della scomparsa il più accurata possibile. Teresa aveva pensato all'altro indizio, quello che aveva trafugato e che aveva ancora con sé nella borsa, anche se aveva cercato di dimenticarsene. A Strangolagalli non avrebbe potuto farci nulla, ma a Roma sì. Ma potevano esserci altri elementi e...

«Ha già controllato gli indumenti?» aveva chiesto durante l'autopsia, mentre Tancredi esaminava ciò che restava della cassa toracica.

«*Sss*, Teresa. Il permesso di assistere non vale anche come permesso di parlare» le aveva risposto, senza staccare gli occhi dal lavoro. E benché lo avesse detto sorridendo, a lei aveva dato molto fastidio. Non era ancora riuscita a inquadrare quell'uomo e la cosa la disturbava. Se da una parte le era sembrato subito arrogante, il classico narcisista, dall'altra invece aveva qualcosa di profondamente diverso.

Comunque, per non mostrargli che ci era rimasta male, si era subito allontanata, dirigendosi verso un tavolo dall'altra parte della stanza dove un ragazzo giovanissimo e tremante stava esaminando quella che un tempo era una giacca. Facendo molta attenzione, anche lei indossava guanti e mascherina, e con l'aiuto dello studente di medicina aveva sollevato delicatamente i lembi con una matita e aveva subito notato una sporgenza. «Qui c'è qualcosa!»

«Faccia attenzione, la prego.» Il ragazzo si era voltato di scatto, per controllare se il suo mentore si fosse accorto di quello che stava avvenendo.

«Abbassa la voce e aiutami a estrarlo, piuttosto.»

«Ma non possiamo... cioè, non dovremmo avvisare...?»

«Sei perfettamente in grado di farlo da solo, o non ti avrebbe coinvolto in questa delicata autopsia, non credi? Quanti siete a frequentare il suo corso?»

«Tantissimi.»

«Ecco, vedi? Non fare il mio stesso errore. Tu sei qui perché Maurizio Tancredi crede nelle tue capacità. Devi crederci anche tu. Altrimenti finisci a lavorare in un sexy shop.»

«Prego?»

«Un sexy shop, hai presente? Uno di quei negozi che vendono vibratori e altre robe del genere. Ma tu non sembri il tipo. Sei più uno da libri di anatomia. Ti gioverebbe farci un salto, però, di tanto in tanto. C'è anche oggettistica per uomini, sai?»

Il ragazzo la guardava ammutolito.

«Poi magari ti do l'indirizzo. Solange è bravissima, ma non te ne devi innamorare, mi raccomando.»

Lui aveva scosso la testa energicamente.

«Non ci sarebbe niente di male, intendiamoci. La cosa importante da sapere è che Solange in realtà è un uomo, ecco. Per il resto, ognuno è libero di innamorarsi di chi vuole. Mi dispiace solo vederla soffrire ogni volta, tutto qui. Solange è molto sensibile.»

Presa dalla sua requisitoria, non si era accorta dello sguardo improvvisamente terrorizzato del giovane. Maurizio Tancredi, preoccupato per quella nuova, bizzarra formazione, si era avvicinato e, alle sue spalle, stava ascoltando con interesse.

«Comunque, quello che ti volevo dire era un'altra cosa, e cioè che a dispetto di ciò che crediamo su di noi, dobbiamo sforzarci di pensare che, spesso, le persone che ci stanno intorno ci azzeccano molto di più sul nostro conto di quanto facciamo noi stessi. Se io avessi dato retta a chi mi voleva bene e a chi mi spronava a credere che valessi più di quel che io stessa pensassi...»

«Un discorso molto interessante, Papavero» l'aveva interrotta Tancredi che temeva di non arrivare alla fine di quella giornata. «Soprattutto la parte sulla tua amica Solange.» Era passato al tu senza imbarazzo. «Io però non vendo sex toys e insegno medicina legale, non psicologia comportamentale. Che cosa avete trovato?»

Teresa aveva sobbalzato. Il ragazzo, ormai irrimediabilmente smarrito nella logica papaveriana, aveva tirato un sospiro di sollievo.

«Ce la stavamo cavando benissimo da soli» aveva ribattuto lei rivolta a Tancredi, poi, riportando la propria attenzione sulla vittima più recente, «vero Giampaolo?»

«Mi chiamo Giuliano.»

«Va be', è uguale.»

«Fatemi controllare» aveva tagliato corto Tancredi.

Teresa aveva sbuffato e si era fatta da parte. Così era stato lui a tirar fuori dalla tasca interna della giacca un foglio di giornale ripiegato più volte, tanto da sembrare un minuscolo quadratino. Grazie alle condizioni ambientali all'interno dell'intercapedine si era perfettamente conservato. Facendo molta attenzione, lo avevano aperto e avevano cominciato e leggerlo, in silenzio. Poi avevano sollevato lo sguardo, ritrovandosi a fissarsi con intensità e forse un po' più a lungo di quanto le circostanze avrebbero richiesto. In quel momento, tra loro, qualcosa era cambiato.

L'articolo, del *Corriere della sera*, era datato 10 gennaio 1987 ed era firmato da un certo Matteo Caserta. Si parlava degli omicidi di un serial killer, conosciuto come il "mostro di Ferrara". Nessuno sapeva chi fosse, ma il giornalista sottolineava l'efferatezza con la quale le uccisioni venivano compiute. Uccisioni lucide che non lasciavano tracce di alcun tipo, né sulle vittime, né sui luoghi dei ritrovamenti, il che stava a dimostrare che il killer fosse un uomo istruito e organizzato. Caserta menzionava anche una mancanza di empatia del soggetto ignoto e la sua assoluta spietatezza.

«Ci facciamo portare la cena in macchina?»

Immersa nei suoi pensieri, non si era accorta che avevano parcheggiato.

«Scusa, pensavo a quell'articolo.»

«Già. Il mio lavoro, a volte, è sorprendente.»

«Anche il mio.»

«Che sarebbe, per l'esattezza?»

«Appena mi illudo che tu non sia una persona così orribile come avevo creduto all'inizio, ecco che dici qualcosa che mi fa immediatamente cambiare idea. Certo, non sarò un medico, o un professore, come mio padre, ma forse non sai che l'anno scorso ho risolto ben due casi e che la trasmissione *Dove sei?*...»

«Se mi racconti tutta la tua vita adesso, Papavero, a cena di che parliamo?»

«Di te, no? Non sei uno di quelli a cui piace ascoltare la propria voce mentre parla, parla...»

Non riuscì a finire la frase perché due forti mani le afferrarono il viso e si ritrovò due labbra che la baciavano.

Ma durò pochissimo.

«Finalmente» le disse lui subito dopo, allontanandosi. «Era da un po' che volevo farlo. Ora possiamo scendere.»

«Ma tu fai sempre quello che vuoi?»

«Certo. Perché, tu no? E poi era l'unico modo per farti stare zitta.»
«Credevo di non piacerti!»
«Infatti era così. Ma prima.»
«Prima quando?»
«Non sei tu l'esperta in psicologia comportamentale? Scoprilo, allora.»

8

Si risvegliò in una camera da letto elegantissima.

Lenzuola profumate e tende appena scostate da cui filtrava un pallido sole. Il sole tipico dell'alba. Accanto a lei, Maurizio Tancredi dormiva profondamente.

Alzò gli occhi al cielo e si maledisse. Perché si metteva sempre in quelle situazioni?

E adesso, che doveva fare? Andarsene di soppiatto? Restare?

Sbuffò. Va bene, non era stata una nottata orrenda, doveva ammetterlo.

Tancredi si era comportato da vero maschio alfa. L'aveva portata a cena a casa sua. E aveva cucinato, per lei. Avevano bevuto, non tanto, e avevano anche conversato piacevolmente. Il peggio era arrivato dopo, quando Teresa aveva insistito per farsi accompagnare in un albergo qualsiasi, anche se sapeva bene che sarebbe stata una richiesta inutile. Era consapevole dell'attrazione che c'era tra loro e del perché si trovasse a cena a casa sua.

Allora perché non era fuggita?

«Ora puoi raccontarmi la storia della tua vita» le aveva detto lui una volta seduti al bellissimo tavolo da pranzo in mogano.

L'arredamento di quella casa rispecchiava perfettamente la personalità del medico legale. Gusto moderno mescolato a oggetti di antiquariato. Come il tavolo dove stavano mangiando, per esempio, di fine Ottocento, ma sovrastato da un lampadario di design.

«Ti interessa davvero?»

«No, ma mi sembrava doveroso chiederlo.»

«Non capisco mai quando stai scherzando o quando parli sul serio. Comunque, la mia era una domanda retorica.»

«Ovviamente.»

Alla fine avevano chiacchierato a lungo, ma erano stati bravi a evitare argomenti personali.

L'autopsia aveva catalizzato l'attenzione di entrambi. Teresa aveva immediatamente cercato online notizie riguardo il serial killer di cui parlava il pezzo, e digitando "Mostro di Ferrara" aveva trovato un nome: Giorgio Maser. Era stato arrestato nel settembre del 1987, lo stesso anno dell'articolo. Un serial killer tra i più feroci che uccideva donne di vent'anni, dopo averle tenute segregate per mesi, violentate e torturate. C'era persino una sua pagina Wikipedia che però non aggiungeva molti altri dettagli. Solo un fatto abbastanza sconcertante. Per lei, però. All'arresto aveva contribuito il profilo criminale disegnato da Giovan Battista Papavero. Lì, Teresa aveva cambiato espressione.

«Che succede?» le aveva domandato Tancredi.

«Niente, perché?»

«Fammi vedere» e aveva allungato il braccio per prendere il suo cellulare.

Aveva letto con attenzione la pagina e poi glielo aveva riconsegnato.

«Be'?» gli aveva chiesto Teresa.

«Be', cosa?»

«Non fai battute al riguardo?»

«Quelle le lascio fare a te. Io mi limito a osservare. Sto cenando con una donna intelligente che finge di non esserlo. O non sa di esserlo. E trovo tutto molto stimolante.»

«No, non fingo.»

«Allora credi di non esserlo?»

«Be', forse fingo solo qualche volta...»

«Ancora più intrigante.»

«Ma è mio padre il genio di famiglia.»

«Comincio a dubitarne.»

Come in una faticosissima partita a tennis, si erano ritrovati a fine serata con due set pari e l'ultimo game ancora sul piatto. Game che lei si era giocata molto male.

«Adesso chiamo un taxi.»

«E per andare dove?»

«In albergo! Ti ho chiesto ripetutamente ed esplicitamente di accompagnarmi, ma dal momento che tu non ne hai alcuna intenzione...»

«Non così esplicitamente, visto che siamo qui. Forse dovevi essere più incisiva.»

«Tua moglie non doveva trovarti granché simpatico.»

«La mia *ex* moglie. E a dire la verità, neanche lei lo era.»

«Bel matrimonio, il tuo.»

«Bella vita, la tua.»

«Bella serata.»

«E non è ancora finita.»

«Io penso proprio di sì, invece» e avrebbe voluto prendere il cappotto e uscire da quella casa. Oh, certo che avrebbe voluto. Ma non lo aveva fatto. E lui si era alzato, senza smettere un attimo di guardarla, aveva fatto il giro del tavolo e l'aveva afferrata, baciandola con passione.

«Cosa diavolo stai facendo?»

«Come prima cosa, ti tolgo questi orribili vestiti di dosso, dopo vedremo.»

«I miei vestiti non sono affatto orribili e...»

«*De gustibus*... io, però, sono più curioso di vederti senza.»

E dopo averla sollevata di peso, aveva cominciato a camminare.

«Dove mi stai portando? Mettimi subito giù!»

«Un momento, tra poco sarai accontentata.»

«No, adesso!»

«Ci siamo quasi. Eccoci» e così dicendo, l'aveva praticamente lanciata sul letto.

«Ah! Che modi!»

Ma Tancredi era già sopra di lei che le stava sbottonando la camicia.

«Non è molto professionale da parte tua. Stiamo lavorando insieme a un caso di omicidio e...»

«Appunto, conoscersi meglio è fondamentale. Potremmo fare sedute strategiche notturne, disperate ricerche di indizi, appostamenti in ambienti ristretti. Le possibilità sono infinite...»

«Mi stai prendendo per il culo?»

Lui si era allontanato per guardarla meglio, senza smettere di spogliarla, e le aveva sorriso. L'ultima cosa a cui aveva pensato, prima di cedere completamente, era stato Serra e il completino che le aveva regalato Solange per il compleanno. Per fortuna aveva deciso di indossarlo proprio quel giorno.

E adesso che si era svegliata, completamente nuda, nell'appartamento di un quasi sconosciuto, non sapeva che pesci prendere. Allora tossì. Niente. Tossì di nuovo, ancora più rumorosamente.

«Hai intenzione di continuare ancora per molto?» le domandò Maurizio, voltandosi verso di lei.

Aveva due occhi che avrebbero ammansito un bufalo imbestialito.

«Sono inquieta e non capisco perché abbiamo fatto quello che abbiamo fatto. Insomma, che senso ha? Io non ti piacevo neanche, era evidente.»

«Gli uomini intelligenti come me sanno cambiare idea, di quando in quando.»

Teresa alzò gli occhi al cielo.

«Devo andare, adesso.»

«La strada la conosci, ma perché dovresti?»

«Infatti, ora vado. Vorrei prima chiarire un punto, però. Cioè, io non sono una donna facile...»

«Non l'ho mai pensato, credimi. Anzi, sì, forse all'inizio, quando ti ho vista conciata in quel modo in ospedale. Lì, per un momento, mi sono detto...»

«Conciata come? Ah, lasciamo stare. Intendevo dire un'altra cosa, e cioè che siccome siamo stati a letto insieme tu sarai portato a pensare che per me questa cosa significhi tutto. Invece, non significa niente. Vedi, io purtroppo, non riesco proprio a legarmi alle persone e preferisco non avere rapporti duraturi. Tu, per dire, ti sei sposato, hai messo su famiglia. Ecco, quella cosa lì proprio non fa per me. Mi sembrava doveroso avvertirti.»

«Ho capito, sei una filantropa.»

«Una filantropa? Che significa? Mi stai dando della... della...»

Tancredi scoppiò a ridere. «Per chi mi hai preso? Per un anziano bigotto?»

«Be', non sei proprio un ragazzino.»

A quel punto lui piegò il braccio sul cuscino, appoggiò la testa sulla mano e cominciò a guardarla con desiderio, mentre con l'altra mano le accarezzava il collo e scendeva a scostare le lenzuola. «Penso solo» le bisbigliò, «che se per te quello che è successo non significa niente, possiamo tranquillamente e serenamente rifarlo, non trovi?» e la trascinò verso di sé, piazzandosi sopra di lei.

«Di nuovo?» domandò Teresa, costernata.

«Di nuovo» le sussurrò mentre le baciava il viso, gli occhi e le labbra, per poi scendere giù, verso la pancia. «Anche se, vista l'età, non so se riuscirò ad arrivare fino in fondo...»

Teresa scoppiò a ridere di cuore. «Comincio a disapprovare tua moglie» riuscì solo a dire.

«*Ex* moglie.»

«Giusto.»

9

«Devo confessarti una cosa» disse Teresa.

Stavano facendo colazione nel lussuoso appartamento di Tancredi.

Si stupiva di non essere già scappata come faceva di solito. Quando si era risvegliata accanto a Serra, ormai un anno prima, aveva avuto l'istinto di fuggire il più lontano possibile da lui. Con Maurizio, invece, nonostante ancora non riuscisse a comprenderlo, non sentiva il bisogno di allontanarsi.

«Siamo già a questo punto? Non eri tu quella che non si legava a nessuno, eccetera eccetera?»

«Sì, infatti, e questo cosa c'entra? Ah, per l'amor del cielo. Non è *quel* tipo di confessione.»

«Meno male. Non potrei sopportare un altro matrimonio.»

«Ho fatto una cosa terribile. Cioè, in verità dovevo farla, perché se l'avessi lasciato lì non ne avrei più saputo nulla. Però, adesso, non so come risolvere la situazione e...»

«Papavero, contrariamente a te, io non sono un indovino. Non riesco a seguirti se non mi spieghi per bene che cosa hai combinato.»

«Sì, be', ecco, una cosa da nulla. Insomma, il corpo l'ho ritrovato io e avevo tutti i diritti di farlo.»

«Ma cosa?»

«Ho trovato un rullino!»

«Scusa?»

Maurizio aveva smesso di mangiare e la stava guardando sgomento.

«Accanto alle ossa. Era lì e non potevo non prenderlo, capisci? Qui a Roma posso farlo sviluppare e scoprire che cosa c'è dentro.»

«Non ci posso credere! Davvero hai fatto una cosa del genere?»

«Sì sì, giuro.»

Tancredi a quel punto non sapeva se mettersi a ridere o rimproverarla. Teresa a volte sembrava una bambina da sculacciare, altre volte una donna da amare.

«Non c'è bisogno di giurare, avevo capito che stavi dicendo sul serio.»

«Ah, scusa, pensavo... Comunque troverò il modo di restituirlo, ovviamente.»

«Certo che lo troverai. Mi domando solo perché lo hai fatto e...»

«Come, perché? Perché io sono brava nel mio lavoro! Cioè, me la cavo. Insomma, ci provo, ecco.»

«Basta così, ti prego. Avresti dovuto fermarti al "sono brava". Quello che è venuto dopo è stato disastroso.»

«Hai ragione. Ma non tutti hanno la fortuna di nascere sicuri di sé, come sei tu. Le persone normali ci devono lavorare un po' sopra e io lo sto facendo.»

«Ti sbagli. Non sono nato sicuro di me. La mia famiglia...»

«Sì, va bene, lo so quello che stai per dirmi. Che non sei nato in una famiglia borghese e che hai faticato per emergere. Questo bellissimo appartamento e la bella moglie lo dimostrano. Scusa, non ho potuto non notare la sua foto con i bambini, di là in salone. Molto bella, la tua *ex*. E guarda caso hai scelto di lasciare una foto di voi in barca a vela, per far vedere che sei arrivato, che hai una bella moglie, una bella casa, una bella barca. E immagino che per arrivare dove sei arrivato avrai sudato parecchio. Ma questo rivela solo una cosa: che sei sempre stato sicuro di te, sicuro che ce l'avresti fatta. Ci si nasce così, altro che!»

«Sono un ottimo velista.»

«Appunto.»

«Hai sbagliato un piccolo dettaglio, però. Hai descritto l'uomo che ero, non quello che sono adesso. Adesso cerco di essere il padre che io non ho avuto perché era sempre ubriaco e picchiava mia madre. Non sono stato un buon marito, te ne do atto. E mia moglie non è stata una buona moglie. Ci siamo scelti per le ragioni sbagliate. Ma questo non cambia ciò che hai fatto tu. E la barca l'ho venduta, purtroppo.»

«Mi... mi dispiace per tuo padre...» gli disse. Ecco cos'era quella sensazione che aveva avuto fin dall'inizio. Maurizio non era un uomo facile da decifrare.

«Ormai l'ho superata. Sono abbastanza grandicello» le rispose lui, alzando le spalle. «Non parliamone più. Piuttosto mi è venuta in mente una cosa che potrei fare per aiutarti. L'ispettore a capo delle indagini è un mio carissimo amico, siamo stati compagni di scuola. Lo chiamo e cerco di rimediare ai tuoi disastri.»

Si alzò dalla tavola sorridente. L'ombra che gli aveva visto sul volto si era dissolta.

«Grazie.»

«Così, almeno per un po', non sentirò più parlare della mia vita, o della mia famiglia. Sei brava a capire gli altri, Papavero, ma sei totalmente incapace di capire te stessa e di mostrarti per quello che sei veramente. Tu hai paura, ma non so ancora di cosa, visto che non sono un indagatore dell'occulto...»

Perché se mi faccio conoscere per quella che sono, avrebbe voluto rispondergli, poi tu mi lasci. Come ha fatto mia madre, come ha fatto Corrado e come ha fatto Serra.

«Quello era Dylan Dog» disse, invece.

«Vero. Finisci i pancake. Torno tra poco.»

E appena Maurizio scomparve nell'altra stanza, Teresa sentì il suo cellulare squillare dalla camera da letto. Corse a rispondere e notò che la chiamata proveniva da un numero criptato.

«Pronto?»

«Teresa.»

Quella voce... quella voce l'avrebbe riconosciuta tra mille.

Il cuore smise di battere e fu costretta ad appoggiarsi al muro per non vacillare. Perché gli permetteva di farle questo effetto terribile? Come aveva potuto ridursi così? Sembrava Gigia con le sue palpitazioni amorose.

«Papavero, sei ancora lì?»

A quel punto, venne assalita da una rabbia incontenibile.

«Brutto stronzo che non sei altro! Allora sei vivo? Eri attaccato a un respiratore? Non credo, lo avrei saputo, o forse no, ma non cambia molto. Oddio, Serra, eri attaccato a un respiratore?»

Per un attimo sperò che le rispondesse di sì, che era stato malissimo, che...

«Contavo sulla tua reazione.»

«Che significa?»

«Che mi ami e che ci tieni a me. Ma non ho molto tempo adesso per parlarne, non avrei neanche dovuto chiamare...»

«Hai perso la testa, per caso. Amarti? IO? E che vuol dire che non hai tempo? Ma come ti permetti. Allora perché hai telefonato? Sei scomparso, SCOMPARSO, capisci? Ah, ma a me non me ne frega niente, non so neanche perché reagisco in questo modo. Che mi frega?»

«Se stai zitta un momento te lo spiego.»

«Devo stare zitta? Io?»

«Sì. Un paio di minuti, ci riesci? Ho saputo che hai ritrovato lo scheletro...»

La linea era disturbata e Teresa non capiva nulla di quello che lui cercava di dirle.

«Serra, non ti sento più.»

«... e questa storia non mi piace, se controlli...»

«Non si sente. Se controllo che cosa? Serra?»

La telefonata venne interrotta bruscamente e lei si ritrovò con il telefono in mano, il cuore in subbuglio e Maurizio che la fissava con sguardo cupo, in piedi sulla soglia della camera.

«Forse abbiamo capito che cosa ti fa così tanta paura, Teresa Papavero» disse.

«Come?»

«Il mio amico della polizia ci aspetta nel tardo pomeriggio. Non gli ho raccontato molto, lascio a te il compito di costruire una storia plausibile. Vado a farmi una doccia.»

Si allontanò e Teresa si buttò a sedere sul letto, stordita.

Serra che si faceva vivo dopo tutto quel tempo, Tancredi che la seduceva, uno scheletro ritrovato nell'intercapedine e una nuova indagine. Forse sarebbe stato meglio restare a lavorare al call center, come le aveva suggerito suo padre. Che poi, lo avrebbe anche fatto, se tutta l'azienda non fosse scomparsa nel nulla dalla sera alla mattina. Per fortuna, non aveva il tempo di scandagliare tutto quello che era appena successo perché doveva sviluppare il rullino prima di andare all'appuntamento con la polizia. Questa era la cosa più importante. Il resto poteva aspettare.

10

L'uomo guardò l'orologio. Era ancora presto, poteva liberarsi di lei prima di andare in ufficio. Indossò il cappotto e prese le chiavi della macchina. Guidò con il cuore in tumulto. Per fortuna, la piccola casa dove viveva da quando era ragazzo, appena fuori Ferrara, non era distante da Aguscello.

Una volta arrivato, parcheggiò, scese dalla macchina e si diresse verso il cancello arrugginito. Quella magnifica villa non era cambiata, nonostante l'abbandono.

Attraversò il parco, lentamente, godendosi ogni istante. Non aveva bisogno di una torcia. Conosceva tutto di quel luogo che era diventato il centro del suo mondo. Quando lo avevano chiuso si era sentito perso. Poi era riuscito a trovare un modo per farlo rivivere, solo per sé. Lo stato di abbandono aveva attirato tossici e satanisti che usavano bivaccare nella vecchia villa, e aveva dovuto faticare parecchio per mandarli via, ma alla fine ce l'aveva fatta. Nessuno era più tornato. Avevano paura dei fantasmi. Ma non c'erano fantasmi, questo lui lo sapeva bene. Eppure le credenze popolari, con qualche aiuto da parte sua, avevano trasformato quel posto così pacifico in un luogo del terrore.

Raggiunse l'ingresso di quell'edificio così suggestivo, che

non aveva perso il suo fascino nonostante gli anni, proseguì fino alla stanza che custodiva il nascondiglio, si chinò e, con cautela, aprì la botola nascosta nel pavimento. Poi scese. In pochi sapevano di quelle scale che conducevano alle vecchie cantine. Erano state progettate e costruite apposta in quel modo, perché nessuno potesse scoprirle, perché le grida dei bambini non potessero essere ascoltate.

Percorse i corridoi bui, in cui si intravedevano pareti piene di scritte. Quante volte negli anni li aveva attraversati? Li conosceva bene. Quel luogo non aveva segreti. Tranne uno: lui stesso.

Ogni passo era un sollievo. Presto l'avrebbe rivista e la tempesta che sentiva dentro di sé si sarebbe acquietata.

No, mamma, disse, *la tengo ancora un pochino solo per me.*

Arrivò in fondo, scostò i pochi mobili sopravvissuti all'incuria del tempo, li trascinò di lato, e trovò la porta. Li aveva portati lì proprio per nasconderla, nel caso qualcuno fosse riuscito a scoprire i sotterranei. Quella stanza non doveva essere profanata da nessuno. Chiuse gli occhi e fece dei profondi respiri. Voleva assaporare la paura di lei. Lo aveva sentito arrivare?

Ne era certo. Se ne accorgeva sempre.

Poi, lentamente, girò la chiave e aprì la porta.

Lei era lì, meravigliosa, come lo erano state le altre, distesa accanto a quel lettino così piccolo, come doveva essere il lettino di un bambino.

«Sei bellissima, Alice.»

«Non... non sono Alice» bisbigliò la ragazza. Sembrava un uccellino.

Ancora stordita dal narcotico e dalle torture, aveva gli occhi sgranati dal terrore. Perché le stava capitando questo? Quando lo aveva incontrato, le era sembrato un uomo così buono. Poi lo sguardo era cambiato e...

«Bugiarda! Siete tutte delle bugiarde.»

«Per favore... lasciami vivere» cominciò a singhiozzare. La luce della torcia che lui reggeva colpì il suo corpo esile, legato a una trave di legno accanto a un lettino in metallo, troppo piccolo e corto per un adulto. Sulle pareti scrostate dal tempo, c'erano delle scritte, difficili da leggere nel guizzare delle ombre. Una raccontava di una giostrina.

«Salmo 36, verso 7: "La tua giustizia è come le più alte montagne, il tuo giudizio come l'abisso profondo: uomini e bestie tu salvi, Signore".»

«Che cosa ti ho fatto di male?»

«Verso 11: "Riversa il tuo amore su chi ti riconosce, la tua giustizia sui retti di cuore".»

E con quelle ultime parole uscì, chiudendosi piano la porta alle spalle.

In quel momento, la ragazza seppe che era giunta la sua fine. E pregò. Pregò perché avvenisse il più velocemente possibile. Ma sapeva che il Signore, con lei, non sarebbe stato così clemente.

11

Era a casa di Solange. Dopo un pomeriggio come quello che aveva appena trascorso, non se la sentiva di rivedere Tancredi, anche se, a tutti gli effetti, non si poteva dire che lui l'avesse proprio invitata. Era rimasto talmente scioccato, che Teresa non si aspettava di rivederlo tanto presto.

«*Chérie, qu'est-ce que tu fais?*»

«Vai a dormire. Devo finire di studiare queste foto, buttare giù qualche idea e poi ti raggiungo.»

«Serra?»

«Adesso non è il momento.»

«*Oui, tu n'avais parlé di lui.*»

«No, infatti. Parlarne non servirebbe a niente.»

«*Bonne nuit, chérie.*»

Rimasta sola, sparpagliò le fotocopie delle foto sul tavolo, aprì la sua agenda piena di appunti e cominciò a lavorare.

Era stato difficile trovare un negozio di fotografia che ancora sviluppasse i rullini, ma alla fine era riuscita nell'impresa. Poi ne aveva fatto abbondanti fotocopie, e infine, come da accordi con Tancredi, era andata al commissariato dove l'ispettore incaricato delle indagini la stava aspettando. E lì aveva dato il meglio di sé.

Aveva indossato il suo travestimento migliore. La gonna in

tulle rosa che tanto aveva impressionato il maresciallo Lamonica quando, la notte dell'omicidio del povero Barbieri, lei aveva fornito la sua deposizione. Lamonica, all'epoca, non aveva nascosto il suo imbarazzo, né era riuscito a dissimulare l'opinione bassissima che si era fatto di lei. Quel pomeriggio, Teresa sperava ardentemente di replicare lo show.

«Ecco, vede, ispettore Morelli...» aveva cominciato a dire.

«Morozzi, veramente.»

«Va bene, fa lo stesso. Vede, Morelli, quando abbiamo fatto quell'atroce scoperta, per me è stato come ricevere un colpo in testa. Sono svenuta, sa?»

«Lo posso immaginare.»

Tancredi era in piedi accanto a lei e la guardava incredulo e divertito.

«No che non può. Ero confusa, frastornata. Si metta nei miei panni.»

«Sto facendo uno sforzo, mi creda.»

«Ed è stato allora che l'ho visto!»

«Il rullino?»

«Esatto. Come potevo anche solo lontanamente immaginare che appartenesse al... al... oh, non riesco neanche a pronunciare la parola.»

«Allo scheletro.»

«Mamma mia, adesso svengo di nuovo» e aveva cominciato a sventolarsi con la gonna, sollevandola completamente.

Il suo cavallo di battaglia.

Maurizio aveva tossito, per cercare di attirare la sua attenzione. L'ispettore dal canto suo, si era precipitato a soccorrerla, cercando soprattutto di farle abbassare il tulle.

«Certo, capisco. Ora però si calmi. Non le fa bene agitarsi in questo modo.»

«Ha ragione, Morelli. Ma io non ho la sua tempra. Cioè, non sono cose che capitano tutti i giorni a una come me.»

«Lo spero bene. Quello che non capisco è perché lo ha preso. Lo sa che è un reato trafugare delle prove?»

«Un reato? Oddìo, mica vorrà arrestarmi, spero? Io credevo fosse il mio! Solo quando sono andata a svilupparlo mi sono resa conto che non mi apparteneva e ho immediatamente avvisato il dottor Taralli. Non è vero?»

Tancredi e l'ispettore si erano guardati interrogativamente.

«Chi è il dottor Taralli?» aveva chiesto poi l'ispettore, cauto.

«Lui! Il medico legale. Non si chiama Taralli?»

«Mi chiamo Tancredi. E sono quasi sicuro che lei conosca bene il mio nome.»

Teresa lo aveva guardato in cagnesco prima di proseguire rivolta all'ispettore: «Va be', il dottor Tancredi. Comunque non mi arresterete, vero? Non credo che riuscirei a trascorrere il resto della vita in prigione. Si sentono tante di quelle storie sulle donne in carcere. Cioè, si fanno delle cosacce... tra loro, intendo...» e aveva ricominciato a sventolarsi.

Morozzi aveva sgranato gli occhi, mentre il medico legale non era riuscito a trattenere una risata, rapidamente trasformata in un colpo di tosse.

«Ma no, che prigione! Non esageriamo. Se dovessimo mandare in carcere tutti quelli che rubano rullini... a tal proposito, lei sa, non è vero, che non si usano più? Come faceva a credere che fosse suo?»

«Ah, no, su questo sono categorica. Io non uso la macchina digitale. Non ne sarei proprio capace. Nel cassetto del mio comodino, in camera da letto, ho ancora più di venti rullini. Insieme ad altre cosette che non sto qui a elencare, ma ci siamo capiti.»

«Purtroppo no, non la seguo...»

«Manette, vibratori, piume di struzzo. Sa, ho lavorato per anni in un sexy shop e...»

«Non credo che queste cose interessino l'ispettore» era intervenuto prontamente Tancredi inarcando un sopracciglio.

«Giusto, signorina Papavero?»

«Sì, certo, mi scusi. Voglio dire, scusate. Io sono così sconvolta...»

«Mi permette una domanda?» Morozzi era turbato, molto turbato.

«Ci mancherebbe.»

«Lei vive da sola? O ha una... badante, qualcuno che...»

«Da sola! Per carità, mio padre non fa i salti di gioia. Sa, si preoccupa. Giovan Battista Papavero. Il criminologo. Può controllare se non mi crede. Per favore, non mi arrestate, vi prego! Papà non reggerebbe la vergogna e io non supererei neanche una notte in un posto del genere. Tutte quelle donne che abusano di me...»

Maurizio era stato costretto a voltarsi dall'altra parte per non scoppiare a ridere.

«Senta, facciamo una cosa» aveva proseguito l'ispettore. «Se lei ci sta dicendo la verità, e non vedo perché dovrebbe mentire, può firmare la deposizione e non ne parliamo più. In fondo, sono cose che possono succedere, giusto? Lei ha creduto che si trattasse del suo rullino e lo ha preso.»

«Giusto. Una ricostruzione perfetta.»

«Allora il caso è chiuso.»

«Dio che sollievo! Non so davvero come ringraziarla, Morelli.»

«Morozzi, e si figuri. Ho fatto solo il mio dovere.»

Era stato allora che l'aveva vista. Una cartellina trasparente spuntata sotto il foglio della deposizione. Una cartellina etichettata con il nome di Strangolagalli. Allora aveva cercato lo sguardo di Tancredi e gliela aveva indicata con un cenno del capo. Lui aveva sgranato gli occhi e le aveva chiaramente fatto capire che no, non si poteva fare quello che lei desiderava. Ma Teresa non si era arresa così facilmente e dopo una serie di pupille dilatate, colpi di tosse e calci negli stinchi, lui aveva ceduto alzando gli occhi al cielo.

Doveva solo trovare un *escamotage* per restare. E lo aveva trovato.

«Ma io le ho fatto perdere già troppo tempo, ispettore» aveva detto, alzandosi in piedi. «Immagino che voi avrete molte cose da dirvi, magari davanti a un caffè» aveva suggerito guardando Maurizio in modo eloquente. «E io ne approfitterei per andare a trovare una mia *carissima* amica che credo lavori in questo commissariato. Sto parlando di Isabella Carli.»

Isabella Carli, la partner di Serra. Una specie di Farrah Fawcett.

Non aveva previsto di incontrarla, né sapeva che cosa le avrebbe detto, ma le sembrava un ottimo piano.

«Come?» Un colpo di scena che Morozzi proprio non si aspettava.

«Alta, bionda... non bellissima, eh! Perché da come l'ho descritta potrebbe sembrare...»

«Certo, sì, ha reso perfettamente l'idea. Terzo piano» aveva risposto prontamente Morozzi, ben felice di poterla liquidare e appioppare a quella stronza della Carli.

«Allora tolgo subito il disturbo. Arrivederci. Ispettore Morelli, dottor Taralli...» e si era alzata di scatto.

Appena fuori, si era nascosta nel bagno di fronte in attesa. Era certa che Maurizio avesse capito, ma non che volesse aiutarla. Da uomo tutto d'un pezzo quale era, probabilmente trovava la cosa alquanto sconveniente. Però, poteva contare sulla sua curiosità e sul suo narcisismo da maschio alfa. Un maschio alfa non si tira mai indietro.

Dopo qualche minuto, infatti, li aveva visti uscire insieme e chiudersi la porta alle spalle.

Grazie, Tancredi, aveva bisbigliato. *Grazie davvero!*

Non appena i due avevano svoltato l'angolo del corridoio, si era intrufolata nella stanza, aveva afferrato la cartellina ed era uscita come un razzo. Doveva trovare in fretta una fotocopiatrice e rimettere tutto a posto prima del loro rientro. Non sapeva quanto tempo avesse a disposizione. Era certa che Maurizio si sarebbe impegnato a fondo per tenere lontano l'amico, ma era necessario comunque sbrigarsi. Si era guardata intorno. A volte le fotocopiatrici erano piazzate nei corridoi, ma niente. Poi, ecco che aveva visto arrivare la sua occasione. Un agente in divisa veniva verso di lei.

Aveva tossito e si era data un tono. «Mi scusi?» aveva chiesto.

«Laura Montalbano, della narcotici. Può aiutarmi?»

«A disposizione!»

«Molto gentile. Sono qui da poco e avrei bisogno di fotocopiare con urgenza questi documenti.»

«Montalbano, eh? Ho già sentito 'sto nome.»

«La mia fama mi precede.»

Teresa era in trepidazione e lanciava continui sguardi al corridoio. Il ragazzo, però, calato ormai nella parte del poliziotto semplice che con un colpo da maestro riusciva a stanare una banda di narcotrafficanti sotto gli occhi ammirati di qualche pezzo grosso, come questa Montalbano, si era messo sull'attenti e prodigato personalmente.

«Grazie, posso fare da sola» aveva provato a sollecitarlo Teresa, mentre lui continuava con pignoleria a fotocopiare più di una volta lo stesso foglio, fino alla perfezione.

«Ci mancherebbe, dovere, dottoressa Montalbano. Da chi ho già sentito il suo nome...?»

«Di sicuro qualche collega. A loro piace sempre esagerare.»

«Verissimo. Certo, voi della Narcotici ne combinate di tutti i colori. Mi sa che è 'na roba grossa, questo dossier, eh?»

«Roba che scotta, mi creda. Anzi, se potessimo velocizzare...»

«Sa che era il mio sogno entrare alla narcotici? Ma la mia ragazza non voleva, troppo pericoloso e mi avrebbe lasciato.»

«Immagino...» continuava a rispondergli Teresa, senza ascoltare una parola e dando ogni tanto una sbirciatina fuori dallo stanzino per controllare che il legittimo proprietario del fascicolo non stesse tornando.

Finalmente, era riuscita a liberarsi dell'agente promettendo che avrebbe parlato di lui e della sua efficienza al suo superiore, mettendoci una buona parola. La ragazza che non voleva entrasse alla narcotici alla fine lo aveva lasciato, e allora tanto valeva fare un tentativo.

«Vedrà, farà una carriera straordinaria nel controspionaggio!» lo aveva salutato confondendosi senza scampo. Poi era corsa a rimettere il dossier al suo posto nell'ufficio di Morozzi, e con le sue fotocopie sottobraccio era entrata in ascensore e aveva premuto il pulsante del terzo piano. Proprio in quel momento, mentre le porte si richiudevano, Tancredi e l'ispettore erano comparsi in fondo al corridoio.

Adesso che l'aveva scampata, le restava un'altra cosa da risolvere. Che dire alla Carli.

Arrivata al terzo piano, si era guardata intorno e non aveva dovuto faticare a cercarla perché la sua sagoma longilinea, inconfondibile, si stagliava davanti alla macchinetta del caffè.

Si era fatta coraggio e l'aveva raggiunta.

Quando la Carli si era resa conto di chi aveva di fronte, aveva perso il suo consueto colorito roseo. Anche le labbra a cuore erano sembrate appassire.

«Teresa Papavero?» aveva esclamato.

«In persona.»

«Che cosa ci fai qui? Hai bisogno di qualcosa?»

«No, grazie. Ho appena rilasciato una deposizione all'amabile ispettore Morelli» le aveva detto, prendendo tempo. «Sai, sto collaborando a un caso di omicidio e ho pensato di venire a farti un saluto. Anche se mi rendo conto solo ora che avrai un mucchio di lavoro e che ti sto disturbando con queste sciocchezze...»

«Morelli? Forse, intendevi dire Morozzi?»

«Brava, lui!»

Isabella si era sempre domandata che cosa ci trovasse Serra in quella deficiente. E adesso, perché era in commissariato? Questo poteva complicare le cose...

«Comunque, ti ho rivista con piacere. Non ti ruberò altro tempo. Ah, saluta Serra da parte mia, quando lo vedi.»

A quelle parole, lei si era subito guardata intorno circospetta. Sembrava spaventata. Ma da cosa?

«Non credo. Non ho sue notizie da...»

A quel punto, Teresa si era incuriosita. Cos'era quell'atteggiamento da complottismo sovietico?

«Non lavorate insieme?»

«Non più.»

Stava mentendo. E perché aveva abbassato improvvisamente il tono della voce?

«Allora non fa niente. È solo che l'ho sentito poco fa ma è caduta la linea e pensavo tu potessi...»

«Che cosa? Serra ti ha chiamata?»

«Sì, proprio questa mattina. Deve avere scoperto che sto indagando su... ah, ma è inutile che io te lo stia a raccontare se tanto non vi sentite più. Se però dovesse capitare, puoi dirgli, per cortesia, che non ho tempo di giocare a rimpiattino con lui e che ho un complicato caso da risolvere?»

«Insisto, non capiterà. Assolutamente.»

«Allora non dirgli niente e facciamo come se non fossi mai stata qui. Mi dispiace averti disturbata.»

Si era voltata ed era tornata verso l'ascensore, sentendo chiaramente gli occhi della bella ispettrice puntati sulla schiena.

Così, non aveva potuto vedere la Carli rientrare in ufficio, tirare fuori un cellulare da un cassetto chiuso a chiave e fare una telefonata.

«Teresa Papavero è stata qui e ha chiesto di te. Serra, cosa diavolo ti è passato per la testa di chiamarla? Vuoi mandare tutto a puttane?»

«Sono preoccupato per lei. Si è messa in un casino e...»

«A quanto pare, lavora con Morozzi a un caso. Ma tu devi restarne fuori, hai capito?»

«Morozzi? Allora la situazione è più complicata di quanto immaginassi.»

«Leonardo, non fare cazzate. Non capisco davvero che cosa ci trovi in quella lì, è completamente scema.»

«È ciò che vuole far credere a tutti.»

«Be', ci riesce benissimo.»

12

Seduta al tavolo del piccolo soggiorno di Solange, Teresa ripensava a quello strano incontro. Quando aveva elaborato il suo piano per rubare le informazioni dal tavolo dell'ispettore, non avrebbe mai immaginato di imbattersi in un altro mistero. La Carli aveva reagito in maniera davvero sospetta. Prima si era sorpresa di trovarsi di fronte Teresa, poi aveva cambiato completamente atteggiamento alla notizia che Serra l'aveva chiamata. Ma allora perché non le aveva chiesto nulla riguardo quella telefonata? E perché temeva così chiaramente che la loro conversazione potesse essere ascoltata da qualcuno?

Ora, però, non aveva tempo di risolvere anche quel rompicapo. Si mise invece a osservare con attenzione le foto sparpagliate sul tavolo. Non appena le aveva ritirate, ne era rimasta profondamente turbata. Guardandole rapidamente, aveva notato dei disegni, degli schizzi, a volte appena abbozzati, altre volte più definiti, di carrucole, gabbie di ferro, ganci, gogne in legno, sedili, seghe, ruote... Uno strano contenuto. Ma la fretta di doverne fare delle copie e di correre poi al commissariato a consegnare gli originali le aveva fatto mettere da parte qualsiasi sentimento di disagio. Che stava tornando forte e chiaro adesso che le osservava con più attenzione.

Dopo una ricerca su Internet comprese di cosa si trattava.

Torture medioevali. Erano molteplici i modi in cui gli uomini potevano essere torturati e quasi tutti trovavano una corrispondenza con quei disegni. Uno in particolare attirò la sua attenzione. Una specie di tavola su cui era abbozzata una donna distesa con mani e piedi legati a quattro funi, a loro volta montate su due rulli. I rulli servivano ad allungare la vittima fino alla completa slogatura delle articolazioni. Ma fu l'ultima foto a farla capitolare: lo spacca ginocchia che, a leggere in rete, era uno dei più terribili oggetti da tortura. Completo di punte acuminate, lo strumento veniva agganciato intorno al ginocchio della vittima (o in qualsiasi altra parte del corpo a discrezione dell'inquisitore) e progressivamente stretto tramite una vite.

Doveva fare una pausa. Le girava la testa e aveva la nausea. Che senso avevano quelle fotografie? Chi mai avrebbe potuto mettersi a disegnare cose del genere?

Decise di concentrarsi sull'altro elemento che aveva: Giorgio Maser.

Era stato arrestato nel 1987 a un banalissimo posto di blocco dopo anni di indagini. Rapiva le sue vittime, tutte ragazze intorno ai vent'anni, spesso davanti a una discoteca o in un parcheggio, le legava, le violentava per giorni e le torturava con gli stessi strumenti riprodotti in quei disegni. Gli inquirenti erano sicuri che avesse ucciso per anni e che ci fossero oltre cento vittime, ma non avevano mai trovato i corpi, quindi erano indicati solo i nomi delle vittime ritrovate abbandonate nei luoghi più disparati, discariche, campi, parchi isolati. Teresa sapeva bene che i morti erano la chiave di volta in tutte le indagini di omicidio. Le vittime aprivano una finestra sulla mente del killer. "Se volete conoscere un cacciatore" diceva il suo professore di criminologia a L'Aquila, "studiate la sua preda".

L'eccesso di violenza poteva indicare che gli omicidi erano un fatto personale. La sua rabbia era rivolta verso le donne. Ma perché? Il perché portava quasi sempre al chi. C'era un legame tra le vittime, Maser, le foto ritrovate nel rullino e lo scheletro nell'intercapedine? Quella donna, poteva forse essere un'altra vittima di Maser? Forse sì, una delle ultime, prima dell'arresto, dal momento che l'articolo del *Corriere della Sera* rinvenuto nel suo cappotto aveva una data precisa: gennaio 1987. E Maser era stato arrestato a settembre. Ma le lesioni a quelle ossa non corrispondevano al suo *modus operandi*, e a meno che non si fosse riuscito a dimostrare che la donna era stata tenuta in ostaggio per mesi, persino il rituale non trovava una corrispondenza. Perché l'aveva uccisa in quel modo e perché a Strangolagalli? Le vittime abitavano tutte a Ferrara e provincia. Non aveva senso. Ci doveva essere un'altra spiegazione.

Ragiona, Teresa, si disse.

La domanda principale a cui doveva dare una risposta era: a chi apparteneva veramente il rullino? Alla vittima o al carnefice? Ecco, si stava avvicinando. Ma il cellulare continuava a squillare e non riusciva a concentrarsi. Era Tancredi.

«Quanto sono stato bravo da uno a dieci?» le domandò.

«Dieci!»

«Mai come la tua interpretazione. Da Oscar. Devo dirti, Teresa, che sì, mi piaci.»

«Be', grazie.»

«Prego. Volevo che fosse chiaro. Però mi piaci in parte.»

«Come in parte?»

Maurizio scoppiò a ridere e Teresa si sentì avvampare. «Fammi capire bene, ti piaccio, ma in parte? Che significa? Una persona o ti piace, o non ti piace. Non ho mai sentito dire una cosa del genere...»

«Improvvisamente ti interessa? Ottimo, allora te lo spiego. Intendevo dire che mi piace solo la parte che conosco. Quella che non conosco, che credo sia dominante, mi inquieta. Devo solo capire quanto è importante per me non conoscere l'altra tua metà...»

«E quando lo avrai capito?»

«Saprò cosa fare con noi due.»

«Non esiste nessun "noi due".»

«Certo che non c'è un "noi due", era un modo di dire...»

«Ah, no?»

«Ecco, era esattamente quello di cui stavo parlando. Inquietante. Per cambiare discorso, dimmi, tradire il mio vecchio compagno di scuola, che mi è costato tanto, ne è valsa la pena? Trovato qualcosa di interessante?»

«Tradire, che parolone. Secondo me ti sei anche divertito.»

«Moltissimo. Il che ha aumentato i miei sensi di colpa nei suoi confronti. Quindi?»

«Devo ancora darci un'occhiata. Non sai che razza di fotografie c'erano in quel rullino.»

«Brutte?»

«Bruttissime. Strumenti di tortura.»

«Accidenti. Poi fammele vedere, potrei esserti di aiuto.»

«Sì, certo. Ora devo proprio salutarti.»

Quando finì la telefonata, decise di controllare ciò che faticosamente si era guadagnata dall'agente che voleva entrare alla narcotici. Provò una punta di rammarico mentre tirava fuori dalla borsa le fotocopie, pensando alla sua delusione non appena avesse scoperto che non esisteva nessuna Laura Montalbano.

Scorse l'elenco dei reperti catalogati dal RIS. Foglietti di carta molto rovinati, che dovevano essere ricomposti, un biglietto da visita perfettamente conservato, di un certo professor Giulio Minzioni, psichiatra, duemila lire, due foto formato tessera. Seguiva un elenco incomprensibile di formule appartenenti ai rimasugli di tessuti rinvenuti nell'intercapedine. Le due fotografie attirarono subito la sua attenzione. Le cercò tra i fogli. Si trattava di due vecchie foto in bianco e nero, molto rovinate, come se fossero state tenute a lungo dentro un portafoglio. Non erano proprio fototessere, sembravano ritagliate da un'istantanea più grande per poter stare nel portafoglio. Nella prima, una ragazza sorridente guardava l'obiettivo. Era un primo piano ed era stata scattata in un giardino. Le venne un'idea e aprì Internet. Confrontò la ragazza nella foto con quel poco che riuscì a trovare sulle vittime di Maser. Si somigliavano tutte. Solo un nome spiccava: Alice Mantovani e sembrava proprio la ragazza ritratta nella foto. Un'altra notizia che la riguardava era il fatto che, contrariamente alle altre vittime, era stata trovata sepolta in un parco, ben vestita e con i capelli pettinati. Come se l'omicida, Maser, avesse provato rimorso subito dopo. Si era preso il tempo di seppellirla, il che suggeriva un legame particolare con questa vittima. Il cuore cominciò a batterle all'impazzata. Purtroppo era un caso di quasi quarant'anni prima; anche se ne avevano parlato di recente, le informazioni in rete erano pochissime, ma avrebbe potuto contattate il cronista del *Corriere* o chi aveva seguito le indagini. O poteva fare la cosa più semplice: chiedere a suo padre!

Continuava a non tornare il modo in cui il cadavere nell'intercapedine era stato ucciso. E non solo quello. Le vittime erano sempre state abbandonate in posti degradati, ma allo scoperto, mai nascoste. In questo caso, invece, Maser aveva voluto occultare il corpo per una qualche ragione.

Prese la seconda foto. Questa volta le ragazze inquadrate

erano due e anche il giardino sembrava quello. Una era la stessa della foto precedente, mentre l'altra...

«No! Non può essere!» gridò, scattando in piedi.

Con la fotocopia in mano, corse verso la lampada alogena che c'era in salone, la accese e ci piazzò sotto l'immagine.

Per un attimo le mancò il respiro. Di sicuro sarebbe morta. Non riusciva più a immagazzinare aria nei polmoni, la gola era secca.

Ma non si era sbagliata. Quello sguardo, quel sorriso, quegli occhi non avrebbe mai potuto dimenticarli. Perché erano lo sguardo, il sorriso e gli occhi di sua madre.

13

L'uomo era di nuovo nella stanza. Dopo una giornata di lavoro, un lavoro che odiava, l'unica gioia poteva ricavarla dalla sua missione. Voleva redimerla attraverso il dolore. Solo allora sarebbe potuto tornare a casa con più forza e determinazione.

Avanzò, quasi tremando. Perché stava facendo qualcosa di proibito. Sua madre gli aveva ordinato di ucciderla, ma lui non ci era riuscito.

La ragazza lo vide, nonostante gli occhi fossero annebbiati dalle lacrime, dai narcotici e dal dolore. Quante volte era svenuta? Non se lo ricordava più. Aveva persino pregato, proprio lei che aveva dimenticato da tempo come si faceva.

Era rimasto a lungo sulla soglia, poi si era avvicinato. Poté sentire che le accarezzava una guancia e quel contatto le diede i brividi.

«Ciao Alice, sono tornato» le sussurrò all'orecchio. «Hai sentito la mia mancanza?»

«Cosa mi hai fatto? Non sento più le braccia e le gambe... non riesco a muovermi.»

«*Sss*, tra poco starai meglio.»

«Non ce la faccio più...»

«Salmo 32, verso 4: "Tacevo e si logoravano le mie ossa, mentre gemevo tutto il giorno. Giorno e notte pesava su di me la tua mano, come per arsura d'estate inaridiva il mio vigore".»

«Uccidimi, ti prego.»

«Verso 5: "Ti ho manifestato il mio peccato, non ho tenuto nascosto il mio errore. Ho detto: *Confesserò al Signore le mie colpe* e tu hai rimesso la malizia del mio peccato".»

«Aiutoooo! Qualcuno mi aiuti!!!» provò a gridare lei. Ma non aveva più fiato e la voce le morì in gola.

«Perché ti comporti in questo modo? Io sto cercando di salvarti, di redimere la tua anima. Il dolore ti aiuterà. Cosa credi, che io non abbia sofferto? Ero così piccolo, eppure ho capito. Quando mamma mi ha battezzato, ha immerso la mia testa nell'acqua della vasca, e l'ha tenuta dentro, spingendo forte. Stavo annegando, sai? Però ho capito. Ed ero appena un bambino. E tu, invece? Tu come fai a non capire?»

Con rabbia, azionò la leva e il rullo cominciò a muoversi. Lentamente, avrebbe tirato le corde con cui aveva legato braccia e gambe della sua Alice, e quelle si sarebbero slogate. Ancora e ancora.

«Vedrai, ce la farai a pentirti dei tuoi peccati. Lo fanno tutte. In te ho visto qualcosa che mamma non riesce a vedere» concluse con voce suadente.

E rimase lì, a osservarla mentre il dolore le contorceva il viso e le grida risuonavano nella stanza. Rimase lì finché lei non ebbe più fiato in corpo. Finché il dolore non la spezzò, definitivamente.

Poi uscì, riposizionò i vecchi mobili davanti alla porta, un rituale che ormai faceva parte della sua vita, si incamminò lungo i soliti corridoi, salì le solite scale, sollevò la botola e sbucò nella stanza, per poi uscire all'aperto. Guardò gli alberi, che negli anni erano cresciuti così rigogliosi da coprire con le loro chiome l'intero edificio, e si incamminò verso il cancello arrugginito che non veniva più aperto da nessuno, tranne che da lui.

Aveva trascorso lì gli anni più belli, perché c'erano Alice e Luisa, ma soprattutto perché c'era lui, il Lupo. I ragazzi lo chiamavano così per via dei suoi occhi gialli, spaventosi. Lo temevano tutti. Invece il Lupo era diventato suo amico, lo aveva scelto.

Poi quando era tornato a casa, la mamma lo aveva costretto a fare ad Alice delle cose orribili, ma in fondo al cuore sapeva che erano giuste. «Pulisci e smettila di piagnucolare. Hai compiuto il lavoro del Signore.»

Per questo adesso spettava a lui il compito di risolvere il problema. Teresa Papavero. Incredibile che fosse la figlia di Luisa Tatti. Sorrise al pensiero. Il destino si prendeva gioco di tutti, non faceva sconti a nessuno. Proprio la figlia di Luisa Tatti aveva scoperto lo scheletro.

Diede un ultimo sguardo intorno a sé e si incamminò verso la macchina.

Mamma, pensò, *non sei fiera di me, almeno un po'?*

Parte seconda

14

In macchina, nel cuore della notte, correva in direzione di Strangolagalli. Era uscita come un razzo, senza pensare a nient'altro se non a quello che doveva fare. Subito.

Parcheggiò sotto casa, entrò e si diresse immediatamente in soffitta.

Buttò all'aria le vecchie scatole, rovesciò i bauli, svuotò gli armadi e i cassetti.

Dopo un'ora, la stanza era a soqquadro, ma della foto non c'era alcuna traccia.

Dove poteva averla nascosta? Dal giorno in cui sua madre era scomparsa, aveva voluto cancellare ogni traccia di lei e lo aveva fatto così bene che non si ricordava più neanche dove aveva messo l'unica cosa a cui Luisa Tatti aveva sempre tenuto tantissimo: la sua foto di quando era ragazzina.

«Hai visto quanto ci assomigliamo io e te?» le aveva detto, entrando nella sua camera e mettendo la cornice sul comodino. Ricordava perfettamente il momento. Ricordava persino come erano vestite entrambe. In fondo quella era la sua condanna. Ricordare ogni dettaglio, sempre.

Si sedette a terra a gambe incrociate in mezzo a tutto quel guazzabuglio e si mise a pensare. Chiuse gli occhi e provò a rivivere, fotogramma per fotogramma, quel giorno in cui dodicenne si era trasferita a Roma. Lei che si preparava a partire. La sua valigia rosa, aperta sul letto, i vestiti sparpagliati intorno, le scarpe, i piccoli gioielli. Lei che prendeva la cornice e saliva le scale verso la soffitta. Poi eccola ancora, la Teresa di allora, che afferrava una piccola scatola gialla, ci chiudeva dentro quell'oggetto, come volesse cancellarlo dalla mente, si arrampicava su una scala e la nascondeva sopra l'armadio, in fondo, nell'oscurità.

Spalancò gli occhi.

Si alzò, prese una sedia e ripeté gli stessi movimenti. Si allungò finché poté e tutta sbilanciata frugò con il braccio la parte alta dell'armadio. Ma per un po' trovò solo polvere. Poi, finalmente, eccola. La sua scatola gialla.

La prese con delicatezza e scese dalla sedia.

Con timore, sollevò il coperchio. La cornice era proprio lì dove l'aveva lasciata.

Tirò fuori dalla tasca della gonna la fotografia delle due ragazze sorridenti e le mise a confronto. Erano davvero la stessa persona o la sua mente le stava giocando un brutto scherzo? Forse, il desiderio che la ragazza nella foto fosse la stessa di quella nella cornice le faceva vedere una cosa per un'altra.

Allora si precipitò al piano di sotto e uscì in strada. Non riusciva a pensare a niente, sentiva solo i battiti accelerati del suo cuore.

Corse fino all'abitazione di Lamonica e suonò, suonò, nonostante fossero ormai le due del mattino. Un assonnato maresciallo, con indosso un pigiama di flanella a larghe righe bianche e blu, aprì la porta sconvolto.

«Teresa! Che succede? Hai trovato un altro cadavere?»

«No, ma credo di aver trovato un fantasma.»

«Perbacco!»

«Amore, chi è?» si sentì gridare dall'interno.

Agnese, la moglie del maresciallo, era come quella del tenente Colombo. Esisteva, ma nessuno l'aveva mai vista.

«È la nostra Teresa...»

«Offrile da bere. Una tisana, un tè.»

«Certo, cara, anche se non credo che... Vuoi una tisana?»

«Ma sì, grazie, maresciallo. Così intanto le racconto tutto.»

«Accomodati, allora. Non restare lì sulla porta. Ti vedo sconvolta.»

«Lo sono, in effetti» e seguì Lamonica in cucina chiedendo, impaziente: «Lei conosceva mia madre?».

«Tua madre? Sì, perché me lo chiedi?»

«Guardi queste due foto» disse poggiandole sul bancone.

«Un momento, senza occhiali non vedo niente.»

Dopo una complicata operazione che coinvolse i lacci degli occhiali, il pigiama e la mascherina da notte momentaneamente appoggiata sulla testa, il maresciallo allungò una mano. «Ecco, ce l'ho fatta. Fammi vedere» disse, tutto soddisfatto e con un fiocchetto in testa che teneva legati insieme occhiali e mascherina.

«Io credo che la ragazza nella foto e quella nella cornice siano la stessa persona. Ma ho bisogno che qualcun altro me lo confermi, io non riesco a essere lucida. Tutto ciò che riguarda mia madre mi rende insicura.»

Lamonica guardò con attenzione le due foto sotto la luce della lampada. Poi sollevò lo sguardo verso Teresa. La sua espressione diceva più di mille parole.

«Oddìo maresciallo, sa che cosa vuol dire questo? Che lo scheletro... lo scheletro che abbiamo trovato potrebbe essere quello di mia... di Luisa Tatti.»

Il fiocchetto della mascherina si afflosciò, scivolando su un lato della testa e portandosi via pure gli occhiali. Ma l'uomo non si perse d'animo: «Prima di giungere a conclusioni affrettate» decise, «andiamo dalla signora Marisa.»

«Ma non è tardi?»

«Chi ha tempo, non aspetti tempo!» e la precedette alla porta.

Marciarono, il maresciallo in pigiama, lungo i viottoli del paese. Strangolagalli, bella e silenziosa, era avvolta dalla notte.

Giunti sul posto, suonarono e non dovettero attendere a lungo perché la porta si aprisse. Ma della signora Marisa non c'era traccia.

«C'è qualcuno?» domandò Lamonica sbirciando nell'oscurità.

«Certo. Io!»

«Io, chi?»

«Maresciallo» bisbigliò Teresa, «guardi in basso.»

E quello guardò. La signora Marisa, con una elegantissima vestaglia blu e la testa che arrivava all'altezza della maniglia, era in piedi sulla porta con aria sorpresa. «Cosa è successo? Avete trovato un altro cadavere?»

«Incredibile, io ho chiesto la stessa cosa, vero Teresa?»

«Verissimo.»

Lamonica, inorgoglito, proseguì: «Scusi l'orario, ma dobbiamo dipanare una matassa, fugare un dubbio, allontanare un sospetto, insomma...»

«Signora Marisa» tagliò corto Teresa, «il fatto è che forse lei può aiutarci.»

«Nessun problema, tanto non dormo più. Mio nipote mi ha installato quella roba tremenda... quell'affare dove dentro ci sono tutti i film e i telefilm...»

«Netflix» risposero in coro Teresa e il maresciallo.

«Ecco, sì. Ed è un guaio, perché appena finisce una puntata, ne comincia subito un'altra. Ho già visto ventidue serie, sono esausta. Ma comunque, prego, accomodatevi. Posso fare a meno di sapere come finisce la Regina Elisabetta. La storia la conosco, per fortuna.»

Un paio d'ore dopo il suo arrivo a Strangolagalli, Teresa era di nuovo in macchina, in direzione Formia, con Lamonica e la signora Marisa.

Non era stato possibile lasciarli in paese. Si erano messi a discutere sul fatto che Teresa non potesse guidare da sola, di notte, e non l'avrebbero lasciata andare se lei a un certo punto non avesse preso la decisione di caricarli in macchina e partire mentre ancora protestavano. Non si erano neanche accorti di essere saliti in auto.

«Non mi piace per niente questa situazione» disse il maresciallo. «E poi potevate almeno lasciarmi il tempo di vestirmi!»

«Non mi ha dato altra scelta. A quest'ora saremmo ancora a Strangolagalli.»

«Non si preoccupi, è elegantissimo. Questo pigiama le dona.»

«La ringrazio, signora Marisa, anche la sua vestaglia le dà un tocco di eleganza fuori dal comune. Ciononostante, non credo che precipitarsi a Formia nel cuore della notte sia la soluzione.»

«Devo prendere il primo traghetto per Ventotene, maresciallo, e parlare con mio padre il prima possibile. A questo punto voi tornerete indietro con la mia macchina.»

«Ma visto che ormai sono qui, non è il caso che io ti accompagni?»

«In pigiama?»

«Sono sicuro che il Professore capirebbe. Un uomo di mondo come lui comprenderebbe che le circostanze...»

Continuarono a discuterne fino al loro arrivo. Poi, come

sempre, la signora Marisa fornì la soluzione: lei non sapeva guidare quindi al paese dovevano tornare entrambi.

Lasciarono Teresa al porto e chi era in fila agli imbarchi poté vedere un signore molto distinto, con indosso un pigiama a righe, ciabatte e mascherina da notte in testa, aprire con eleganza la portiera e far scendere una signora in vestaglia che a piccoli passi andò ad accomodarsi nel posto del passeggero. Poi lui, dopo avere girato intorno alla macchina, si sedette al volante e partì sgommando.

15

Scese sull'isola con il cuore in tumulto. Erano anni che non ci metteva piede e nelle due ore sul traghetto non aveva fatto altro che pensare a sua madre. All'improvviso, i ricordi l'avevano travolta come una valanga. L'unica cosa di cui proprio non aveva memoria erano i dettagli della giornata trascorsa insieme al luna park. Che cosa le aveva detto quel giorno? Quali frasi le aveva sussurrato mentre si trovavano sulla ruota panoramica?

Quella notte a casa di Solange, tutto era cambiato. Perché se il corpo che avevano ritrovato nell'intercapedine apparteneva a Luisa Tatti, Teresa sarebbe stata costretta a rivedere la sua intera esistenza. Cambiare il punto di vista. Non era stata abbandonata, le avevano ucciso la madre. Era un tantino diverso. Non sapeva bene che cosa augurarsi.

D'altro canto, però, i tempi non tornavano. Sua madre era scomparsa a febbraio del 1988 e Maser non era già più in circolazione dal settembre dell'anno precedente. Poteva essere stata uccisa da qualcun altro e non da Maser? Perché? Troppi interrogativi, troppe lacune, non riusciva a pensare con lucidità e si riscosse.

Non aveva bagagli, per cui si incamminò subito per l'unica stradina che conduceva dal porto alla piccola piazzetta del centro. Respirare aria di mare, rivedere quei luoghi così pacifici, accoglienti e fuori dal mondo, per un attimo le fece dimenticare il motivo per cui si trovava lì. Nonostante quell'isola ne avesse di misteri e leggende. Come per esempio il carcere di Santo Stefano, sull'isolotto omonimo di fronte a Ventotene, che le aveva sempre fatto pensare allo Château d'If del Conte di Montecristo. Quando era piccola, trascorreva le vacanze lì con i suoi genitori e spesso la notte restava sveglia a guardare il mare fuori dalla finestra della sua cameretta. Nonostante sapesse che il carcere era chiuso da una decina di anni, sperava in cuor suo di avvistare un evaso, un fuggitivo che cercasse di fare naufragio a Ventotene su una zattera di fortuna, magari proprio sotto la sua finestra. Lei allora lo avrebbe salvato e si sarebbero sposati, per vivere per sempre felici e contenti. Poi, tutto era cambiato, e i sogni romantici li aveva ben riposti in un cassetto senza più concedersi di riaprirlo.

Poco prima di voltare l'angolo e ritrovarsi catapultata nella vita di suo padre, fu riportata alla realtà da una telefonata di Tancredi.

«Pensavo mi avresti chiamato per avere aggiornamenti sull'autopsia» le disse.

«Ci sono aggiornamenti?»

«In effetti, ancora no. Tranne un particolare. Sono quasi certo che la donna sia stata massacrata di botte con un oggetto contundente e che uno dei colpi le sia stato fatale, impossibile stabilire quale. Ma poteva essere una scusa per sentirmi.»

«Che egocentrico che sei.»

«Lo sono, in effetti. Ma può anche essere letta in chiave diversa. Poteva far piacere a me sentirti.»

Teresa si sentì felice di quelle parole. Che cosa le stava succedendo? Doveva ripristinare il controllo. «Tancredi! Che fine ha fatto il maschio alfa tutto d'un pezzo?»

«Maschio alfa? Pensi che io sia un maschio alfa? Interessante...»

«A volte. Ma non era un complimento.»

«Lo sospettavo.»

«Sono a Ventotene.»

«A Ventotene? Perché? Se me lo avessi detto, ti avrei accompagnato. Come sai, sono un ottimo velista.»

E Teresa gli raccontò tutto.

«Ho capito. Se hai bisogno di qualcosa, io...»

«Ti ringrazio, ma sono perfettamente capace di cavarmela da sola.»

«Dio, Papavero, sembri uscita da un brutto film d'azione, di quelli con un protagonista sopra le righe che spara a tutti senza una ragione, hai presente? Di solito c'è Steven Segal...»

Teresa scoppiò a ridere perché in effetti a volte era proprio così che si sentiva.

«Sono i miei preferiti.»

«Almeno non comprare una pistola.»

«Ottimo suggerimento. Senti, mi spiace cambiare discorso, starei ore a conversare su Steven Segal, ma tra quanto saranno pronti i risultati del DNA?»

«Ancora qualche giorno. Poi, se vorrai compararli e scoprire se si tratta davvero di tua madre, potrei farti un prelievo.»

«Sì, be', hai ragione, ma... in fondo non c'è fretta.»

«Lo sospettavo. Parla con tuo padre e poi richiamami. Un'ottima scusa per farlo, non credi?»

Non appena Teresa sbucò sulla piazza e rivide il ristorante-bar Verde, con i tavolini fuori e la piccola libreria accanto, si sentì a casa.

«Ma guarda chi c'è! La papaverina!»

Fabio, il libraio di quella straordinaria e misteriosa isola, la chiamava così e a lei piaceva. Si abbracciarono a lungo. Aveva sempre avuto un debole per i suoi occhioni blu. In realtà, sapeva che molte donne subivano il suo fascino.

«Sono anni che non ti si vede in giro. Come stai?»

«Bene, grazie. Anzi, magari più tardi avrò bisogno della tua consulenza.»

«Più che volentieri. Ho seguito le tue gesta eroiche in televisione. Brava la papaverina, che ha quasi superato il padre.»

«Non dirlo ad alta voce, però!»

«Per carità. Ho detto *quasi*. Non voglio perdere il mio cliente migliore.»

«A proposito, sai dove posso trovarlo? Non ho con me le chiavi di casa e…»

«A quest'ora? Starà dormendo. Stanotte lui e Danko hanno fatto le ore piccole al porto.»

«Poker?»

«*Ça va sans dire.*»

«E hanno vinto?»

«Come sempre.»

Danko, nato Pinuzzo, pur somigliando incredibilmente a Danny DeVito si era sempre sentito più a suo agio con il personaggio di Ivan Danko, il comandante della *militia* sovietica dell'omonimo film con Schwarzenegger, da cui aveva preso il soprannome. Ex galeotto e truffatore, adesso possedeva il più remunerativo noleggio barche per turisti dell'isola ed era diventato il partner di gioco del padre, nonché suo braccio destro per affari di cui Teresa sapeva poco o niente, per fortuna. Era un po' il Bertuccio del Conte di Montecristo, per restare in tema, tenendo conto del fatto che Giovan Battista Papavero, da quando viveva sull'isola, si considerava un perfetto Montecristo.

Salutò Fabio e si incamminò lungo la stradina che saliva

verso la casa paterna. Acquistata da un pescatore quando lei aveva appena pochi mesi, piano piano era stata ristrutturata, fino a diventare quella che era adesso, una villa in miniatura color pastello, su due piani, con un magnifico terrazzo affacciato sul mare.

Teresa ruotò la maniglia verso il basso e, come aveva immaginato, la porta si aprì. Suo padre non la chiudeva quasi mai. Quello era il suo regno e nessuno osava violarlo. Anche perché sul divano del soggiorno, davanti al camino spento, dormiva quasi tutte le sere Danny DeVito.

16

Giovan Battista Papavero, seduto al tavolo della colazione, guardava la figlia con la sua consueta espressione scoraggiata. Quella tipica di un padre che le ha provate tutte, ma che è costretto ad arrendersi di fronte all'evidenza. Danko, accanto a lui, lo imitava. Quindi, Teresa ne aveva due, di espressioni scoraggiate da fronteggiare.

«Fammi ricapitolare, tanto per essere sicuro di aver capito bene» le disse, mentre scattava il timer del tostapane e i pan brioche saltavano in aria con furia. Danko corse a raccoglierli.

«A Strangolagalli, e sottolineo Strangolagalli, vengono ritrovate le ossa di una donna lasciata lì chissà quanto tempo fa, probabilmente da un muratore incauto, e tu ritieni che quelle ossa possano essere di tua madre? Devi tornare in analisi, figlia mia. Capisco solo adesso quanto l'assenza di Luisa abbia inciso sulla tua formazione e...»

«Papà, non è proprio così. Ho le prove! Guarda le foto. Non è forse la mamma, in entrambe? Una delle due è stata trovata dalla scientifica insieme alle ossa. E c'è di più. Il periodo in cui presumibilmente la donna è stata murata coincide con quello in cui lei è scomparsa.»

«Presumibilmente è la parola chiave. Ti faccio notare che l'articolo di giornale di cui mi hai parlato porta come data il gennaio del 1987. Maser è stato arrestato nel settembre di quello stesso anno mentre tua madre è andata via a febbraio del 1988, ben un anno dopo quell'articolo e quando Maser era già in carcere, per altro.»

«Sì, questa è l'unica cosa che non quadra. Però, allora come ti spieghi il fatto che una fotografia della mamma da giovane sia stata ritrovata insieme al cadavere di un'altra donna, per giunta una vittima del "Mostro di Ferrara"? DEVE essere lei per forza.»

«Tu VORRESTI che lo fosse, è diverso. Così sexy shop, call center, trasferimenti a Strangolagalli comincerebbero ad avere un senso, almeno per te. Io ancora lo devo trovare. È il tuo inconscio a parlare. Mi sembra tutto talmente chiaro: da manuale!»

«E su questo posso darti ragione, ma...»

«Certo che ho ragione. Sono un esperto dell'animo umano, ricordi?»

«Va bene, però non puoi negare che ci sia un legame tra la mamma e questa ragazza. Guarda meglio le foto. Questa qui con lei, la riconosci? Era una sua amica?»

«Mai vista prima.»

Teresa sbuffò. Era tutto tempo perso.

«Invece Maser?» azzardò ancora.

«Un profilo è l'insieme di personalità e caratteristiche identificative del soggetto ignoto che ci aiutano a restringere il campo dei sospettati» cominciò a esporre, con la sua consueta prosopopea. «Come un rapporto difficile tra un genitore e il figlio, per esempio, che è un tratto distintivo di molti assassini. La violenza sugli animali è un altro. E Giorgio Maser possedeva tutte le caratteristiche di un sociopatico. Me lo ricordo bene. Sicuro di sé, arrogante, totalmente anaffettivo come solo i sociopatici sanno essere, quelli che hanno ricevuto abusi da bambini. Il padre lo violentava, mentre la madre faceva finta di non vedere. Da adulto, rapiva ragazze che somigliavano alla madre e le torturava in ogni modo. Per infliggere loro il dolore che avrebbe voluto infliggere alla madre, e vendicarsi della sua indifferenza. Un caso da manuale, quindi. Come il caso di mia figlia.»

«Mi stai dando della sociopatica?»

«No, anche se il rapporto difficile tra madre e figlia c'è. Ma tu hai un DDP, un Disturbo Dipendente di Personalità, cioè non sei in grado di prendere quotidianamente delle decisioni da sola. Vero, in soggetti deboli può portare alla sociopatia, ma per mia fortuna non vai in giro ad ammazzare persone. O sì?»

«So che cosa è un DDP. E prendo quotidianamente decisioni da sola.»

«Ovvio, sono tutte sbagliate, però.»

«Lasciamo perdere. Puoi almeno farmi una cortesia? Puoi parlare con questo giornalista? Si chiama Caserta. Immagino abbiate lavorato insieme al caso e se tu gli facessi una telefonata, magari si renderebbe disponibile a parlare con me.»

«Parlare di cosa?»

«Papà!»

«Va bene, posso provarci. Anche se non so dove sia finito. E poi avrà ottant'anni!»

«E quindi?»

«Sarà rincoglionito!»

«Che vuol dire? Anche tu hai ottant'anni.»

«Ma non sono rincoglionito.»

«*Ci penz'io*» intervenne Danko, nella sua lingua comprensibile solo a Giovan Battista Papavero. «*Aggi fa indaggini. Vado, facci chiamate e torno.*»

«Che ha detto?»

«Grazie Danko. Almeno calmeremo mia figlia.» Poi, rivolto a Teresa, tradusse con aria solenne: «Dice che indagherà».

Ma la giornata trascorse senza che accadesse nulla di rilevante. Di Danko, fino a sera, nessuna notizia, e Teresa rimase quasi tutto il tempo chiusa con Fabio in libreria. Dopo avergli fatto un resoconto dettagliato, si dedicarono per ore a mettere giù piani e strategie. Secondo lui, Teresa sarebbe dovuta andare di persona a parlare con il giornalista.

«Sono certo che lui avrà ancora le sue ricerche su Maser, in un faldone da qualche parte. Magari persino le foto delle vittime e lì in mezzo potresti trovare anche quella dell'intercapedine» le aveva suggerito.

«E mettendo a confronto gli appunti di Caserta con gli archivi di *Dove sei?*, che in quegli anni già esisteva, se risulterà che qualcuno ha cercato questa donna, riuscirei a restringere il campo.»

«Esattamente. Papaverina, devi entrare nella testa di questo Maser. Torturava le vittime con il sistema riportato nei disegni? Forse sì, anche se nessuno li ha mai menzionati, e anche questo è un dettaglio mica da poco. Come sono finiti quei disegni nel rullino della vittima e perché?»

«Be' la donna potrebbe averlo scoperto e lui è stato costretto a ucciderla per non farsi scoprire. Questo spiegherebbe il diverso *modus operandi*. Oppure...»

«Oppure è andato in prigione il Maser sbagliato.»

«Ma non abbiamo elementi per stabilirlo. In più, se così fosse, vorrebbe dire che mio padre ha mancato il profilo e un omicida è ancora a piede libero. Mentre un altro Maser, con il suo stesso *modus operandi*, implicherebbe l'esistenza di un emulatore, e non mi convince. Gli emulatori sono molto rari e nascono dove c'è un terreno fertile. Dopo che il serial killer viene trasformato quasi in un eroe dai seguaci che leggono le sue gesta sui giornali. Di questo Maser non se ne è più parlato. Almeno non che io sappia.»

«Per questo è importante che tu vada da Caserta.»

«Il problema è che finché non risaliamo in qualche modo all'identità della donna non possiamo rispondere a nessuna di queste domande. Né possiamo sapere con certezza se il rullino fosse della vittima o dell'omicida. La sua identità è la chiave di tutto. Il periodo in cui è stata uccisa più o meno lo conosciamo grazie all'articolo del *Corriere*. Tra il gennaio del 1987 e il settembre dello stesso anno, quando Maser è stato arrestato. Articolo che portava con sé proprio perché per lei era importante. Questo se diamo per scontato che sia stata assassinata da Maser e che non sia mia madre.»

«Giusto.»

Andarono avanti così per tutto il pomeriggio, finché non arrivò l'ora di cena.

Il padre aveva il suo solito tavolo riservato al bar Verde, lì accanto, per cui Teresa non dovette fare molta strada per raggiungerlo.

Danko, come sempre, gli stava a fianco. Come la vide arrivare, le allungò un foglio scritto a penna: «*Chistu u telefono Caserta. C'ha ditti che vai. Chi sta indirizzo.*»

Teresa guardò sconfortata il padre, che alzò gli occhi al cielo. «Ha rintracciato Caserta, lo ha chiamato e gli ha detto che passerai da lui nei prossimi giorni. Lì ci sono il numero di telefono e l'indirizzo.»

«Ha detto tutte queste cose?»

«Certamente. È un uomo che ha il dono della sintesi. Spero tu sia più tranquilla. Ora mangiamo. Io e Danko dobbiamo essere al porto tra un paio di ore» e si scambiarono un'occhiata d'intesa talmente equivoca, che se Teresa non avesse conosciuto suo padre avrebbe potuto pensare andassero a una riunione tra contrabbandieri.

«Allora vengo anche io!» esclamò a bruciapelo. Suo padre l'aveva sempre esclusa dal poker e da qualsiasi altro gioco d'azzardo, ma stavolta era decisa a partecipare.

«In effetti, abbiamo bisogno di qualcuno che distribuisca i dolcetti. Che ne pensi, Danko?»

«Macché dolcetti! Io vengo per giocare.»

Dopo essere rimasti entrambi congelati per qualche secondo, scoppiarono a ridere contemporaneamente.

«Papà» aveva aggiunto Teresa con voce suadente, «posso esserti utile. Avere al tavolo una che perde è utile per il banco.»

«Non ci avevo pensato. Comunque porta i dolcetti.»

17

La mattina successiva, sul traghetto che la stava riportando a Formia, Teresa ripensava alla notte appena trascorsa. Guardava l'isola diventare sempre più piccola e per la prima volta da quando aveva cominciato a indagare, si sentiva osservata.

A poker li aveva stracciati. Suo padre, Danko e tutti gli altri giocatori della bisca clandestina al bar del porto. Era partita bene, poi tutto era precipitato e aveva cominciato a vincere.

«Non capisco, chiedo scusa» diceva il padre agli uomini intorno al tavolo. «Teresa, spero tu abbia un'ottima spiegazione per questo!»

«Perdonami, papà, mi sono distratta.»

«Che significa, mi sono distratta? Quando uno si distrae di solito non vince!»

«Per me è il contrario. Devo essere molto concentrata per perdere.»

«Sono confuso.»

«Come potrei perdere se memorizzo tutte le carte?»

«Non diciamo sciocchezze, chi mai potrebbe farlo?»

«Io!»

«E da quando?»

«Da sempre. Ho l'ipertimesia!»

«E che roba è?»

Così aveva vinto tutto. Era mortificata.

I presenti, invece, dopo avere capito, contrariamente al padre, di che cosa fosse capace, avevano cercato, più o meno apertamente, di coinvolgerla nei loro loschi affari. Ma Teresa era stata incorruttibile persino di fronte a chi le aveva sussurrato all'orecchio di possibili guadagni stellari al tavolo da gioco. Lo stesso Danko, a fine partita, aveva cambiato atteggiamento nei suoi confronti.

«Qualche cosa chiedi, c'hai. Tu chiamm', io venghi. Capiti?» le aveva detto mentre le afferrava il braccio per trattenerla. Teresa non aveva capito una parola, ma per non offenderlo, aveva risposto con un sonoro sì. Prima di tornare a casa, era passata a salutare Fabio, che nonostante avesse chiuso da ore, come al solito faceva le ore piccole in libreria, e infine aveva fatto una passeggiata lungo la scogliera.

Lì si era spaventata.

Nel silenzio da cui era circondata, non aveva potuto non accorgersi degli strani rumori alle sue spalle, scricchiolii, come se qualcuno dietro di lei stesse calpestando l'erba.

Si era voltata di scatto e aveva intravisto un'ombra che poi, rapida, era scomparsa.

Convinta di essersi immaginata tutto, aveva proseguito la passeggiata.

Dopo qualche minuto, l'aveva sentito di nuovo, lo stesso rumore.

Allora si era girata un'altra volta e aveva cercato di scrutare attraverso il buio.

Le luci delle case erano lontane e risultava davvero difficile distinguere le sagome degli alberi da quella di un eventuale essere umano.

«Fabio, sei tu?» aveva gridato. «Danko?»

Niente. Silenzio.

Doveva andarsene, e in fretta. Conosceva benissimo l'isola e, da dove si trovava, l'unico luogo verso cui poteva dirigersi era il promontorio di Punta Eolo, a picco sul mare, dove c'erano i resti di Villa Giulia. Poi, da lì, avrebbe trovato il modo per tornare indietro, scendendo dalla parte opposta. Aveva accelerato il passo, convinta ormai che ci fosse qualcuno dietro di lei.

Sudava freddo e non riusciva a capacitarsi di come potesse essere stata seguita fino a Ventotene. Perché non poteva essere uno del posto a pedinarla, non aveva alcun senso. Poi, finalmente, le aveva viste. Le rovine di Villa Giulia. Spuntavano nella notte, diroccate, bellissime e magnetiche. Se non avesse avuto paura, lo avrebbe trovato un panorama molto suggestivo. Con il fiato corto, le aveva raggiunte in un baleno e dopo avere fatto lo slalom tra i resti dei ninfei e delle terme, aveva trovato quello che stava cercando. Le mura dell'anfiteatro, o dell'antica cisterna, in quel momento non avrebbe saputo dirlo, più alte rispetto agli altri resti. Si era accucciata lì dietro e aveva aguzzato l'udito. I passi si stavano avvicinando. Finché, all'improvviso, non aveva sentito più niente. Che se ne fosse andato? Avrebbe voluto sporgersi per controllare, ma l'istinto l'aveva inchiodata al suolo. Perché dentro di sé sapeva. Sapeva che lui, o lei, l'aveva raggiunta e adesso si trovava a un passo, al di là del muro. Circondata da quel silenzio, riusciva a sentire il suo respiro, calmo, regolare. Quello di Teresa, invece, non c'era più. Lo aveva trattenuto tutto in gola, e nei polmoni. Dopo essere rimasta immobile per un po', aveva deciso di agire. Si era seduta a terra e aveva cominciato a strisciare all'indietro, cercando di non fare rumore. Aveva strisciato per metri, ferendosi le mani, finché non si era sentita abbastanza al sicuro, e lontana. A quel punto si era alzata di scatto e lo aveva visto. Era stata una frazione di secondo, ma nel buio i suoi occhi avevano brillato. E lei aveva cominciato a correre, e non si era più fermata. Adesso, sul traghetto, avrebbe dovuto sentirsi al sicuro. Invece, non era così. Vedeva ancora quello sguardo affilato, percepiva il suo respiro e aveva capito di essere sulla strada giusta.

18

«Che ci fai qui?» gli domandò Teresa, sorpresa di vederlo al porto.

Quella mattina, prima di partire con l'unico traghetto del pomeriggio, aveva chiamato Matteo Caserta per fissare un appuntamento con lui. L'allegro ultrasettantenne, però, per nulla rincoglionito, non sarebbe riuscito a incontrarla prima di un paio di giorni. Subito dopo, aveva telefonato a Tancredi per aggiornarlo. Ed ecco che appena scesa dal traghetto se lo era ritrovato di fronte, alto, bello e con quei suoi occhi neri, quasi grigi.

«Da bravo maschio alfa, ti stavo aspettando per riportarti a casa. Si dà il caso che nei prossimi due giorni io non abbia impegni. I ragazzi sono con la ex moglie, l'autopsia è terminata e...»

«Mi fa molto piacere. Ma io che c'entro?»

«Be', significa che possiamo trascorrerli insieme.»

«A casa mia?» gli domandò, attonita.

«Vedrai che non ce la passeremo male. Un modo come un altro per conoscerci meglio» le disse, prendendola sottobraccio e scortandola alla macchina. «Tu vuoi che ci conosciamo meglio. In qualche modo devo pur decidere se la tua parte oscura mi piace oppure no, giusto?»

«Sì, vero, ma se poi decidi che non ti piace?»
«Ce ne faremo una ragione. Siamo entrambi adulti e vaccinati. E tu sei Steven Segal, non te lo dimenticare. Non hai bisogno di nessuno, tanto meno di me.»
«Non capisco mai quando mi stai prendendo per il culo e quando invece... La verità è che...»
«La verità è che stiamo passeggiando sul mare, c'è un bel tramonto, una leggera brezza e una bella donna che mi cammina a fianco. Al momento, questo è tutto ciò che dobbiamo sapere.»
«No, la verità è che stiamo indagando su un caso di omicidio, con una persona scomparsa tanti anni fa che forse è mia madre e un serial killer che potrebbe essere ancora in circolazione, visto che qualcuno ieri notte mi ha seguito. Stare due giorni senza fare niente...»
«Peccato che abbiamo due verità diverse e una diversa idea su cosa significhi non fare niente per due giorni.»
«Tancredi, se questa bella idea ti è venuta perché ti annoiavi, be', non lo trovo molto lusinghiero.»
«È affascinante il modo in cui la tua testa seleziona le frasi da immagazzinare e ne espunge altre. È così difficile per te pensare che qualcuno possa avere voglia di trascorrere del tempo insieme a te? O è colpa di un certo Serra...»
«Serra? Che cosa c'entra lui adesso? È solo una vecchia storia senza alcuna importanza. Abbiamo risolto insieme un caso di omicidio, tutto qua.»
«E poi lui ti ha ferita, o sbaglio?»
«Ferita è una parola forte. Serra non ha alcuna importanza, credimi.»
«Okay. Allora non ne parliamo più. Anch'io se fossi in te mi annoierei a sentir parlare della mia ex moglie.»

Quella sera, in effetti, appena entrati in casa, Teresa non ebbe neanche il tempo di avvisare Luigia del suo ritorno che venne presa in braccio da Tancredi e portata in camera da letto.

«Questa è la mia idea su come trascorrere le giornate a non fare niente» le disse, sfiorandole le labbra prima di cominciare a spogliarla.

Più tardi, mentre Tancredi già stava dormendo, Teresa salì in soffitta, attaccò una lavagna alla parete e ci piazzò sopra le foto. Da una parte tre, quella della ragazza immortalata da sola, forse Alice Mantovani, quella con la madre e quella della madre nella cornice, dall'altra tutti i disegni delle torture. Poi scrisse i nomi di tutte le persone coinvolte. Luisa Tatti, collegata in qualche modo con la vittima ritratta accanto a lei e, quindi, con il serial killer; la ragazza trovata nell'intercapedine, dall'identità ancora sconosciuta, che poteva essere sua madre; Alice Mantovani, l'amica nella foto o addirittura una terza persona; Giorgio Maser, arrestato nel 1987 e legato in qualche modo a queste donne e ai disegni delle torture rinvenuti nel rullino; il rullino, che poteva appartenere alla vittima quanto al carnefice; Matteo Caserta, il giornalista che si era occupato delle indagini; Giulio Minzioni, psichiatra; Giovan Battista Papavero.

Cerchiò più volte la parola "amica". Lì c'era qualcosa da cui partire. Perché, indubbiamente, tra le due, c'era un legame di amicizia e la foto era stata scattata da una terza persona, ma da chi? Da Maser? No, non poteva essere.

Andò a letto stremata e dormì poco e male. All'alba era nuovamente in soffitta. Seduta di fronte alla lavagna, cercava di dare un senso a tutti quegli elementi senza riuscire a trovare un vero indizio. Guardava le foto, rileggeva i nomi. Era sicura che le stesse sfuggendo qualcosa.

Sentì suonare alla porta, ma era troppo concentrata. Poi la

vide. Cos'era quella? Si alzò di scatto e si avvicinò il più possibile. Era un'ombra, una macchia biancastra sullo sfondo, dietro alle due ragazze. No, non un'ombra, una persona! Lontana e sfocata, ma c'era qualcuno dietro di loro. Aveva bisogno di una lente d'ingrandimento. Afferrò la foto e chiamò Tancredi. Ma quello non le rispose. Allora si precipitò giù per le scale e controllò in camera da letto. Niente. Poi si ricordò che qualcuno aveva suonato e piombò al piano terra come una furia.

Tancredi era seduto nel salone, con una tazzina di caffè in mano, di fronte a...

«Papà???»

«Danko era molto preoccupato per te e quindi eccoci qua. Certo, non potevo immaginare che avessi ospiti» e lo disse puntando gli occhi, e tutto il suo rincrescimento, in direzione della scritta che campeggiava sulla t-shirt di Tancredi: "I medici legali lo fanno meglio".

Per fortuna, almeno, Maurizio si era ricordato di indossare i pantaloni della tuta.

19

«Quindi adesso lei vive qui in pianta stabile?» domandò Giovan Battista a Tancredi durante la colazione.

Erano tutti intorno al tavolo. Subito dopo l'arrivo del padre di Teresa, che per lo shock di vederlo seduto nel suo soggiorno si era completamente dimenticata della foto, erano sopraggiunti anche il maresciallo e Romoletto. Giovan Battista Papavero non si presentava a Strangolagalli da anni e l'evento aveva colto tutti impreparati.

«No, papà, come puoi pensare una cosa simile?»

«Le circostanze. E la t-shirt.»

«Mi sta solo aiutando nelle indagini. Maurizio, glielo dici anche tu, per favore?»

«Perché? Te la stai cavando benissimo da sola.»

In quel momento, suonarono di nuovo alla porta.

«Che succede questa mattina?» esclamò Teresa mentre si alzava per andare ad aprire.

«Forse è colpa mia» disse Lamonica. «Mi sono permesso di avvisare il sindaco della presenza del Professore. Ci sarebbe rimasto molto male, altrimenti.»

«Ha fatto benissimo» rispose Giovan Battista compiaciuto. «Lo saluto volentieri.»

E, come fosse stato evocato, Ignazio Vecchietta, in compagnia della figlia Irma, fece il suo ingresso.

«Mio caro Giovan Battista» disse, andandogli incontro. «Che piacere averti qui nella nostra cittadina. Ti ricordi di Irma?»

«Ma certo, come si è fatta grande!»

Teresa e il maresciallo si lanciarono un'occhiata fugace. Mai aggettivo sarebbe potuto essere più appropriato. Irma, dal canto suo, non appena messo piede in casa notò Tancredi e planò su di lui con una falcata degna di una valchiria. «Molto piacere, Irma, la figlia del sindaco» disse, strappandosi di dosso il foulard iraniano che le avvolgeva il capo e le spalle, e lasciandolo cadere a terra.

«Il piacere è tutto mio» le rispose Maurizio, prendendole la mano e baciandola delicatamente.

Irma emise dei fugaci gridolini e appuntò gli occhi sulla scritta della sua t-shirt. «Molto interessante» disse. «E il medico legale sarebbe... lei?» concluse, arrossendo.

«Colpevole» le rispose Tancredi, allargando le braccia. «Un regalo dei colleghi.»

«Qual buon vento ti porta qui?» continuò il sindaco, rivolto al Professore. «Spero che tu sia venuto per restare.»

Teresa ebbe un sussulto, un po' per Tancredi e la sua aria tronfia, un po' per il padre. Se fosse rimasto lì a lungo, la sua presenza l'avrebbe gettata nel più cupo sconforto. Solo lui aveva la capacità di farla sentire inutile.

«Sono qui per mia figlia. Mi dà tanti pensieri, come sai.»

Appunto, pensò.

«Ah, sì?» Vecchietta sembrava stupito. «Ma la nostra Teresa ormai è il simbolo di Strangolagalli, il cuore pulsante di questa cittadina.»

Questa volta, a stupirsi fu Giovan Battista. E anche Teresa, che per la prima volta in vita sua si sentì importante.

«Be', comunque sia, so che c'è stato un po' di trambusto,

ultimamente, e sono venuto a controllare che non aveste bisogno di me. Lui è Danko, il mio braccio destro, e anche sinistro.»

«*Chisto posto è proprio bello. Stragallo? Bello, bello. Qualsisi cosa i chi sto.*»

Il sindaco sembrò per un attimo solidificarsi. Cosa avrebbe dovuto fare? Fingere di avere capito? Chiedere lumi? Non voleva certo offendere il Professore, ma...

«Dice che la tua città gli piace molto» gli venne in aiuto Giovan Battista. E Ignazio si sentì rifiorire.

Teresa, intanto, era riuscita ad accomodare tutti intorno al tavolo e stava conversando con Romoletto. «Quindi? Come va con Chantal?»

«Insomma, con lei nun ce se capisce mai niente. Mo' sta tutta presa dalla madre e a me me trascura tanto.»

«Be', ma cerca di comprenderla. Ritrovarla dopo tutti questi anni. Lei neanche sapeva della sua esistenza e poi improvvisamente ha scoperto di averne una.»

Giovan Battista Papavero, nel sentire la figlia pronunciare quell'articolato discorso, assunse la sua solita aria da Professore e parlò: «Ora capisco questo tuo improvviso interesse per Luisa». Si guardò intorno, sincerandosi di avere l'attenzione degli astanti. «Stai avendo un transfert. Hai spostato i tuoi sentimenti, le tue emozioni, da una relazione d'amore mancata, come quella con tua madre, e appartenente al passato, in una relazione che due persone stanno vivendo oggi. Più chiaro di così!»

Il sindaco corrugò la fronte, confuso. Lamonica, dopo un attimo di incertezza, cominciò a spalmare la marmellata sul pane. Irma smise di molestare Tancredi e Danko rivolse uno sguardo fiero al suo Montecristo.

«Mica ho capito. Ce l'ha con me?» chiese Romoletto sottovoce, rivolto a Teresa.

Teresa, dal canto suo, sorvolando sul contenuto di quelle parole, finalmente ricordò il motivo per cui, neanche un'ora prima, era piombata in soggiorno, e scattò in piedi.

«Giusto!» gridò.

Il padre guardò la figlia, e tutti gli altri, compiaciuto. «Me ne rallegro.»

«La foto, accidenti! Ero scesa per la foto.»

«Che foto?» domandò il maresciallo, improvvisamente interessato.

«Nun ce sto a capì niente» si lamentò Romoletto.

«Dove l'ho messa, accidenti?»

«Sulla poltrona» le rispose Tancredi pronto e felice di potersi liberare di Irma. «Aspetta che vado a prenderla.»

«Grazie, io penso alla lente.»

Un paio di minuti dopo erano di nuovo intorno al tavolo. La foto era lì, davanti ai loro occhi, e quell'ombra, finalmente, stava per assumere contorni più precisi.

«A voi cosa sembra?» domandò Teresa.

«Un fantasma?» azzardò Irma. Poi guardò Tancredi per cercare di cogliere la sua espressione. Era certa di avere detto una cosa molto sofisticata.

«Bambina mia, non credo. Piuttosto, una macchia dell'obiettivo?»

«Dei panni stesi?» provò di nuovo. Questa volta certissima di averci azzeccato.

«No, aspettate» intervenne Maurizio, prendendo la lente. «È un uomo. Un uomo che esce da un edificio. A quanto pare le due ragazze si trovavano in un giardino...»

«Il giardino di una villa?» intervenne Teresa. «Sì, potrebbe essere.»

«*Chi possi io?*»

117

«Che ha detto?» chiesero quasi all'unisono gli altri.

«Ha chiesto di poter vedere anche lui la foto con la lente» spiegò il Professore.

«Non è possibile. Non ha usato tutte queste parole» si stupì Tancredi.

«È un uomo che ha il dono della sintesi» gli spiegò Teresa.

A quel punto Danko afferrò la lente e con fare solenne cominciò a osservare l'immagine.

Trascorse un minuto. Un minuto durante il quale nella stanza calò il silenzio. Poi, Danko sollevò lo sguardo.

«Be'? Che hai visto?» chiese Teresa.

«*Uni dottori*» disse. E tacque.

«Eh?»

«Un dottore» specificò Giovan Battista. «Aspettate, fate guardare me. Sì, in effetti, indossa un camice. La foto potrebbe essere stata scattata in un ospedale, o in una clinica.»

«*Ni giardini.*»

«Uh, come sei pignolo. Dice nel giardino di una clinica.»

«Ma non ha senso, che cosa ci faceva mamma in una clinica?»

«E che ne so? Si sarà operata di appendicite. Andava molto in voga all'epoca. O ti toglievano l'appendice o le tonsille. Io mi sono opposto quando la stessa sorte stava per toccare anche a te. "Non toglierete neanche un pezzo a mia figlia". Così dissi.»

«E ha fatto bene, se posso dire la mia» era intervenuto Tancredi. «Meglio intera.»

Teresa gli diede un calcio ben assestato sotto il tavolo, il padre lo guardò tra lo sbalordito e il disapprovante, il maresciallo annuì compiaciuto. Romoletto stava ancora cercando di capire quella storia del transfert. Chi aveva il transfert e per chi? Lui nei confronti di Chantal? Chantal nei confronti della madre? Ma soprattutto, che cosa era un transfert?

«Tutto questo, però, dove ci conduce?» continuò Teresa.

«Da nessuna parte. Anche perché non puoi metterti a setacciare tutte le cliniche e gli ospedali operanti in Italia negli anni Cinquanta, o Sessanta. Però, adesso che ci penso, anche Giorgio Maser era stato in una clinica da ragazzo.»

«E me lo dici solo ora?»

«Be', dal momento che a te piace molto trovare dei collegamenti, persino dove non ci sono... Che poi non era propriamente una clinica, ma un manicomio, credo. Escludo che tua madre e Maser possano essersi conosciuti lì.»

«Ti ricordi il nome?»

«Assolutamente no. Sono trascorsi trent'anni!»

«Domani pomeriggio devi andare da Caserta. Lui avrà tutte le informazioni» le disse Tancredi, facendole piedino sotto il tavolo.

«Se non si è rincoglionito!» conclude Giovan Battista Papavero.

20

L'uomo salì in soffitta. Per due giorni non si era fatto vedere. Faceva sempre così quando non riusciva a soddisfare i desideri di sua madre. A Ventotene aveva fallito e non aveva avuto il coraggio di affrontarla. Adesso, però, era arrivato il momento. Alice se n'era andata, non ce l'aveva fatta, e lui doveva trovarne presto un'altra o si sarebbe consumato per la sofferenza. Era una missione, la sua. Doveva ripulire il mondo dalle brutture, ma adesso che c'era di mezzo Teresa Papavero si sentiva più insicuro del solito.

Gli mancava Lupo. Alice e Luisa avevano paura di lui. Gli stavano alla larga. Tutti lo evitavano perché aveva qualcosa di diverso. C'era una luce particolare in quegli occhi. E quando, per la prima volta, si erano incrociati alla mensa e Lupo, senza esitare, aveva conficcato con violenza una forchetta nella mano di uno dei ragazzi che lo stava vessando, si era sentito protetto, si era sentito a casa e la sua vita era cambiata per sempre.

«Sono un perdente» gli aveva detto una sera, quando ormai il loro sodalizio era affermato da tempo.

«Sei un perdente agli occhi degli altri. Ma la sera, con me, no. Conta solo questo. Guardami negli occhi. Chi riesce a costruire quelle magnifiche macchine?»

«Io.»

«Chi ha sopportato tutta la vita il dolore per avere la redenzione?»

«Io.»

«Chi va al lavoro zitto zitto ogni giorno in un posto di merda? Tu sei invincibile. Noi, insieme, siamo invincibili, ricordatelo e avrai il tuo premio, la tua ricompensa a fine giornata. Così come io avrò la mia.»

E lui era riuscito a tirare avanti, silenzioso, trasparente.

Come gli aveva ordinato sua madre, aveva seguito la Papavero fino a Ventotene, ma non era riuscito a prenderla. Era entrato nel panico. Lupo non c'era, sua madre neanche e lui si era sentito perso. Cosa ne sarebbe stato della sua missione se lo avessero scoperto? Chi avrebbe potuto portarla avanti al posto suo?

Arrivò a casa e salì le scale. Il cuore era in tumulto. Non si era più sentito così fragile.

Aprì la piccola porta della soffitta ed entrò.

Lei era lì, seduta in poltrona, che lo stava aspettando. E non si accorse che tremava.

Tolse la polvere dal cuscino della sedia e si sedette di fronte a lei.

«Eccoti, finalmente, piccolo mostro che non sei altro. Mi hai lasciato qui da sola. Sei un figlio ingrato.»

«Perdonami, mamma, non succederà più.»

«Sei un inetto. Come ti sei conciato? Odio questi tuoi completi eleganti. Non vedi che ti rendono ridicolo? Che ti fanno sembrare un peccatore?»

«Ero al lavoro. Lì devo vestirmi così, lo sai...»

Lei si voltò dall'altra parte e non gli rispose neanche. Non era necessario.

«Alice è... è morta» disse lui per cambiare discorso.

«Bene. Ne troverai delle altre finché il mondo non sarà ripulito.»

«Ma se... se mi prendessero?»

«Sei inutile. A volte mi stupisco che tu sia mio figlio.»

«Ho sempre fatto tutto quello che mi dicevi di fare...»

«Non mancarmi di rispetto! Io ho cercato di raddrizzarti. Non è colpa mia se non hai pregato abbastanza, se appena ti sei allontanato da me, hai ceduto ai desideri carnali.»

«Non ho mai fatto niente!»

«Certo, perché ti ho portato via in tempo. Non sai quello che ho dovuto passare per metterti al mondo. Le mani di tuo padre su di me... cosa ne sai?»

«Scusami, mamma.»

Lei si calmò.

«Ricordati: solo una madre vuole bene al proprio figlio. Chi ti ha sempre protetto? Chi ti ha condotto sulla retta via?»

«Tu.»

«Esattamente. E adesso stammi a sentire. Ecco che cosa devi fare. Prima di tutto, rintraccia il giornalista, quel Caserta. Non deve assolutamente parlare con la donna.»

«Okay.»

«Sai che cosa ci ha insegnato il Signore. Si deve fare ciò che si deve fare. E il tuo compito è di ammazzarli, entrambi. Adesso esci da qui. Voglio restare sola e pregare per la tua anima.»

E lui obbedì.

Una volta fuori, si sentì smarrito. Provò di nuovo le stesse sensazioni di quando era piccolo, sensazioni da cui sperava di essersi liberato. Invece, era bastato pochissimo per farlo tornare indietro di anni, al ragazzino storpio che faticosamente aveva cominciato a camminare.

Aveva creduto di essere diventato un uomo, indipendente,

scaltro. Aveva creduto che bastasse un lavoro, un amico leale, una missione, per sentirsi migliori. Invece tutta la sua vita era stata un bluff. Lui era un bluff. Non era vero niente. Aveva solo imparato a uccidere meglio.

21

Matteo Caserta viveva in una villetta bifamiliare sulla formellese, alle porte di Roma.

Tancredi era tornato a casa dai suoi figli mentre il padre, e Danko, erano rimasti a Strangolagalli e questa cosa preoccupava moltissimo Teresa. Li aveva sistemati nelle stanze del B&B, ma sperava che il loro soggiorno non si prolungasse ancora molto.

A questo pensava mentre, seduta di fronte a Caserta, ascoltava il suo lunghissimo racconto di come fosse finito su una sedia a rotelle.

«Adesso Ivanka si prende cura di me. Tornerà tra poco. Vedrà, donna incredibile.»

«Non ne dubito.»

«Ma io sono qui che chiacchiero da ore e non le ho offerto nulla.»

«Non si preoccupi. Il fatto è che tra poco dovrei proprio andare. Devo rientrare a Strangolagalli, e se prima potesse rispondere ad alcune domande...»

Non ne poteva più di restare chiusa in quella casa. C'era un'aria stantia e Caserta era un uomo triste e grigio. Le faceva tenerezza, ma allo stesso tempo sentiva un desiderio irrefrenabile di scappare lontano da lì. Una sensazione strana. Come se avesse due occhi puntati addosso. E forse li aveva.

«Ha ragione, è che non ricevo visite molto spesso. Vada al piano di sotto, come immaginerà io non posso più farlo da tempo. Troverà il mio laboratorio. O meglio, ciò che resta del mio laboratorio. Sa, ero bravissimo con le costruzioni...»

Teresa, terrorizzata che potesse mettersi a parlare anche di quelle, lo precedette alzandosi in piedi: «Scendo io, ci mancherebbe. Cosa devo cercare?»

«Vedrà tre enormi librerie di metallo, se crede può dare un'occhiata ai miei modellini, ne sarei davvero felice. La mia specialità erano i velieri, le barche a vela...»

«Non mancherò di certo, ma...»

«Ah, mi scusi ancora, a volte mi piacerebbe tornare a quei tempi. Comunque, sulla libreria di destra, invece, nell'ultimo ripiano in basso, troverà i fascicoli. Prenda quello con la scritta Maser sul dorso.»

«Grazie, volo!»

E in effetti, fu di ritorno in un baleno. Appoggiò il faldone sul tavolo e cominciò a sfogliarlo.

«È stata un'indagine incredibile, ma a quei tempi erano tutte così. Dunque, se fa attenzione, troverà le fotografie delle vittime con le loro identità e...»

«Posso fare qualche foto con il cellulare?»

«Certamente. Fotografi pure quello che crede. C'è qualcosa che sta cercando in particolare?»

«Più che cercare, mi piacerebbe sapere da lei che opinione si era fatto. A prescindere dagli articoli e dall'arresto. Le sue impressioni. Che cosa le diceva l'istinto, se se lo ricorda.»

«Ricordo tutto perfettamente, purtroppo. Sta tutto qui dentro» e colpì la tempia con la mano.

«La ascolto. Intanto continuo a scattare...»

«Erano anni che indagavamo su quelle scomparse. Ne aveva

parlato anche il programma *Dove sei?*. Scomparivano ragazze di vent'anni che venivano ritrovate mesi dopo. Torturate e violentate ripetutamente. Questo accadeva nel ferrarese, quindi si cominciò a restringere il campo e gli inquirenti scoprirono che ad Aguscello esisteva un manicomio infantile che...»

Teresa si bloccò all'istante. «Aspetti un momento. Le faccio vedere io una foto» e dopo avere frugato nella borsa, tirò fuori quella con le due ragazze e gliela mostrò. «Riconosce il posto?»

Caserta ebbe un sussulto: «Mio Dio... da quanto tempo...»

«Cioè? Sa dove si trova?»

Il giornalista sollevò lo sguardo su di lei e Teresa poté vedere i suoi occhi. Erano pieni di dolore e paura. «Non potrei mai dimenticarlo. Mai. Questo è il giardino di Aguscello.»

«Il manicomio?»

L'uomo annuì e chiuse gli occhi, come per cercare di cancellare, più che evocare, ricordi terribili. «Sento ancora le voci dei bambini martoriati, echi di morti misteriose, di sofferenze indicibili...»

Poi tacque per un attimo e Teresa non volle disturbarlo, rispettosa di ciò che l'anziano giornalista stava riportando alla luce.

Qualche istante dopo li riaprì. «Le chiedo scusa, ma nel corso delle indagini vennero fuori cose terribili. Si parlò di terapie e trattamenti violenti che quei bambini avevano subito da parte del personale medico, addirittura di morti sospette e sepolture clandestine. Un orrore che colse tutti impreparati.»

Nella stanza calò il silenzio. Si potevano sentire solo i battiti dei loro cuori.

Teresa fu attraversata da un brivido. Ma non era freddo quello che sentiva.

«E Aguscello diventò il fulcro delle indagini?»

«Sì. Il manicomio chiuse nel 1970, ma c'erano parecchie cose lì dentro...»
«Cose di che genere?»
«Le consiglio di farci un salto per capire. Di giorno, però. La notte... la notte ci sono le voci e quelle scritte sui muri che...»
«Scritte?»
«C'è una giostra all'interno dell'edificio, se ci andrà, avrà modo di vederla. È rimasta lì, abbandonata. La scritta dice che chiunque farà girare quella giostrina, non riuscirà più a fermarla perché le anime dei bambini giocheranno in eterno. E quelle anime, glielo posso garantire, sono ancora chiuse ad Aguscello.»
Teresa deglutì. Sua madre era stata in un posto del genere? Perché?
«La ragazza nella foto è Alice Mantovani, vero?»
«Me la mostri di nuovo» disse Caserta. «E mi allunghi il faldone. Ecco, vede? Stessa ragazza.»
«Di quale delle due sta parlando?» Teresa smise di respirare e attese. Voleva essere sicura che stessero parlando della medesima persona.
«Questa qui, la mora. Alice Mantovani. Alice scomparve nel 1968 e fu ritrovata lo stesso anno. È lei la ragazza ritratta nella foto.»
«Sì, l'avevo supposto» rispose, delusa. Se avesse riconosciuto sua madre avrebbe potuto avere notizie su di lei. «Ma se Maser è uscito dal manicomio nel 1970, come ha fatto a uccidere la Mantovani nel 1968?»
«Era tra le mie obiezioni. E c'era un'altra cosa che non tornava. Alice non aveva subito alcuna violenza sessuale.»
«Questo non mi sorprende, invece. Se presumiamo che si tratti della sua prima vittima, anche se gli anni non tornano,

Maser potrebbe essersi evoluto con le successive. Accade spesso nei sociopatici. Lentamente affinano la loro tecnica, aumentano l'aggressività e la rabbia.»

«Probabilmente ha ragione. Alice aveva una sorella, sa? Mi faccia controllare...»

Teresa lo fissò per alcuni secondi mentre Caserta scartabellava i suoi fogli.

«Esatto, non mi sbagliavo. Eccola qui. Elisabetta Mantovani, la sorella più grande.»

«Sono quasi identiche.»

«Pochissimi anni di differenza. Ricordo che era impazzita dal dolore e mi sembra di ricordare che si sia tolta la vita, anche se il corpo non è mai stato trovato.»

«Allora perché avete pensato a un suicidio?»

«Perché, come le dicevo, non si era mai del tutto ripresa e poco dopo l'arresto di Maser, scomparve nel nulla. Controlli, ma credo fossero i primi mesi del 1988.»

No, non poteva essere. Era scomparsa nello stesso periodo di sua madre. Dunque, forse...

«Mio Dio!» Teresa scattò in piedi, rovesciando il faldone. «Questo... questo potrebbe voler dire che forse, lo scheletro...»

«Come?»

«Mi scusi, stavo solo pensando ad alta voce.»

Era la conferma che stava cercando. Non solo il corpo nell'intercapedine non apparteneva a una vittima di Maser, e quindi dimostrava l'esistenza di un altro serial killer, ma poteva anche trattarsi di Elisabetta Mantovani.

«Senta, le faccio un'ultima domanda, poi tolgo il disturbo...» disse, mentre si piegava a raccogliere i fogli caduti a terra. Voleva andare via da lì. Le era aumentata l'ansia. Probabilmente i racconti che aveva fatto il giornalista l'avevano turbata. Comunque, desiderava scappare il più in fretta possibile. «Come siete arrivati a Maser?»

«Troppo facile...»

«In che senso?»

«Giorgio Maser era stato uno dei bambini rinchiusi in quel manicomio e c'era quel criminologo... mi ha telefonato giorni fa l'assistente, è un suo parente, vero?»

«Sì, Giovan Battista Papavero. È mio padre.»

«Ecco, lui aveva steso un profilo accurato. Per lui Maser era il tipico seriale che aveva subito violenza dal padre durante l'infanzia, narciso e sociopatico. La tesi del professore si basava sul fatto che Maser violentasse e uccidesse ragazze che somigliavano a sua madre per vendicarsi del fatto che lei non avesse fatto nulla quando da bambino il padre abusava di lui. Un sadico sessuale, ecco. Cerchi la foto della madre, deve esserci da qualche parte. Poi mi dica se trova qualche somiglianza. Nessuna. E quindi?»

«Be', però ci saranno state altre prove...»

«Altro che. Lo hanno pescato con le mani nel sacco mentre trasportava il cadavere di una donna nel bagagliaio. Morta, purtroppo. Se non fosse stato fermato per un normale controllo, non lo avrebbero mai catturato. I due agenti del posto di blocco divennero degli eroi. Anni di indagini senza risultati e poi... Eppure sembrava che stesse nascondendo qualcosa. Una volta in carcere, e anche durante il processo, non ha mai detto una parola. Se ne stava lì a guardare tutti con quella sua aria indifferente, muto. Ma io non sono un profiler e la gente non era interessata molto a ciò che pensavo. Lo hanno subito rinchiuso e hanno buttato via la chiave. Non vedevano l'ora di archiviare il caso. Stava diventando anche un affare politico.»

«Lei però non era convinto.»

«No. Era veramente inquietante, non lo nego. Né ritengo che non fosse coinvolto, perché lo era. Di certo la donna nel bagagliaio l'aveva uccisa lui. Allora dov'era il suo covo? E i suoi macchinari di tortura? A casa non trovarono nulla, ma dal momento che quella donna era stata uccisa nello stesso modo delle altre, fecero due più due. Venne fuori che era stato espulso da tre scuole, due volte per avere appiccato un incendio, la terza per aver pugnalato un ragazzino. Le cartelle cliniche dell'infanzia convalidarono tutto. Poi, quando si mettono in mezzo i professori. Mi scusi, eh, però...»

Teresa sorrise.

«E Giulio Minzioni? Chi è?»

«Uno psichiatra che lavorava all'interno del manicomio, per questo era stato subito interrogato. Uno dei pochi medici della struttura di cui si conosceva il nome, perché tutti i documenti di quel posto sono andati perduti. Non era venuto fuori nulla di rilevante, comunque. Un uomo tutto d'un pezzo, perfettamente integrato nella società, con un lavoro importante. Lo hanno subito lasciato andare.»

Un legame con questo psichiatra doveva per forza esserci, dal momento che lo scheletro aveva il suo biglietto da visita.

«Senta, lei è stato davvero gentile. Riporto di sotto le sue cose.»

«Può lasciarle anche qui, ci penserà Ivanka a sistemarle.»

«Ci mancherebbe» e Teresa si allontanò con il faldone.

In verità voleva trafugare un paio di foto e degli articoli che non era riuscita a fotografare. Glieli avrebbe riportati in un secondo momento. Non credeva che se ne sarebbe accorto.

Questo le salvò la vita. Il furto e Ivanka.

22

Non si rese conto di quanto tempo trascorse nel seminterrato. Continuò a fotografare ciò che poteva, il resto lo nascose nella borsa. Sentiva dei rumori al piano di sopra e credette che fosse Caserta che si spostava con la sedia a rotelle.

«Arrivo subito» gridò. «Sono rimasta molto colpita dai suoi modellini.»

Una piccola bugia per dare credibilità alla sua assenza prolungata.

Il giornalista non rispose. Poco male. Finì di sistemare le carte nell'ordine in cui le aveva trovate e ripose il faldone sullo scaffale. Aveva finito. Si alzò in piedi, spolverò la gonna e cominciò a salire le scale. Quando poi si sarebbe ritrovata a raccontare gli avvenimenti, così come si erano svolti, non avrebbe saputo riferire con precisione che cosa l'avesse messa in allarme.

Eppure, non appena sbucò al pian terreno, fu subito assalita da una sensazione di disagio.

«Eccomi qui» disse.

E ciò che vide le fece drizzare i peli sulle braccia.

Un uomo, in piedi e di spalle, stava armeggiando con qualcosa. Teresa vide anche le rotelle della sedia rivolte verso il muro. Come se lo stesso giornalista fosse a sua volta di spalle rispetto all'uomo in piedi. D'istinto, si nascose dietro l'angolo e schiacciò la schiena contro la parete.

Perché quell'immagine l'avesse immediatamente spaventata, non avrebbe saputo dirlo.

Poi capì. La scena prese forma compiuta nella sua testa.

Quell'uomo non stava armeggiando con qualcosa, ma con qualcuno. Quell'uomo stava strangolando Matteo Caserta.

Si portò le mani alla bocca per non gridare e con la gola secca e il cuore in tumulto cominciò a ridiscendere lentamente le scale.

Ma era troppo tardi.

Venne afferrata alle spalle e spinta. Tutto accadde così velocemente che non le uscì neanche un suono. Il mondo si capovolse in un attimo, il pavimento sotto i piedi perse consistenza e le pareti da cui era circondata si sgretolarono. Cercò disperatamente di aggrapparsi a una sporgenza, senza trovarla. In una frazione di secondo, si ritrovò a terra, faccia avanti. La botta era stata violenta e le mancò il fiato. Fece un blando tentativo di rialzarsi, ma il corpo venne attraversato da fitte dolorose.

E lui le fu subito addosso.

Le afferrò la testa e le passò un laccio attorno al collo.

«Salmo 36, verso 1: "Nel cuore dell'empio parla il peccato, davanti ai suoi occhi non c'è timore di Dio".»

Teresa non respirava più. Portò una mano alla corda che le stringeva la gola nel vano tentativo di allentarla, mentre con l'altra provava a rimettersi in piedi, ma il braccio le faceva troppo male e rinunciò.

«"Concedi la tua grazia a chi ti conosce, la tua giustizia ai retti di cuore. Non mi raggiunga il piede dei superbi, non mi disperda la mano degli empi".»

La vista si annebbiò e gli occhi si riempirono di lacrime. I polmoni, privi di aria, pulsavano dolorosamente.

Stava soffocando.

Quanto ci si metteva a morire?

Sperò che ci volesse poco, ma sapeva che non era così. Mentre la corda stringeva e lei spalancava la bocca per cercare l'aria che non trovava, pensò che il suo tempo era finito e che quello che le restava sarebbe stato terribile.

«"Ecco, sono caduti i malfattori, abbattuti, non possono rialzarsi"» e strinse ancora più forte.

E lei infatti non si rialzò. Si arrese e smise di respirare.

23

La volante della polizia era parcheggiata proprio all'ingresso della villetta del giornalista, insieme alle due ambulanze. Nella prima c'era Teresa, distesa e con la maschera dell'ossigeno, un medico della Croce Rossa seduto accanto a lei. Nella seconda, ma questo Teresa non poteva ancora saperlo, c'era il corpo del povero Caserta.

Quando aprì gli occhi, la prima cosa a cui pensò fu che era viva. Anche se ignorava come fosse possibile, l'entusiasmo di una simile scoperta la rese spavalda e cercò subito di togliersi la mascherina dalla bocca.

«Io la lascerei dove sta» le disse il medico, alzandosi allarmato e chinandosi su di lei.

Ma Teresa non gli diede retta. Era viva!

«Sto bene, grazie» disse, ma fu assalita da una serie di colpi di tosse. «Non riesco a... parlare...»

«È normale. La aiuto a sedersi. Ecco, così va meglio?»

Annuì.

«Mi fa male... la gola...»

«Le passerà.»

«E il braccio... che cosa...?»

«Glielo abbiamo fasciato, ma credo sia rotto. Vogliamo fare dei controlli di routine?»

Teresa annuì ancora.

«Che giorno è?»

«Giovedì...»

«Di che anno?»

«2019. Novembre.»

«Sa come si chiama?»

«Teresa... Papa... Papavero.»

L'uomo sembrò soddisfatto.

«Vede? Sto bene... adesso, se mi fa scendere...»

«Potrà farlo una volta arrivati in ospedale, non qui.»

«No, devo capire... cosa è successo» e mise i piedi a terra.

«Non può assolutamente...»

«Inutile insistere, le faccia fare quello che vuole. Per fortuna è tutta intera e anche abbastanza vigile, mi pare.»

In piedi, davanti allo sportello dell'ambulanza, c'era Isabella Carli.

Teresa sgranò gli occhi.

«Prima che tu dica qualcosa, non è me che devi ringraziare, ma quella signora lì» e indicò una donna delle dimensioni di un elefante e con un'espressione truce sul volto che gesticolava animatamente con l'ispettore Morozzi, in piedi nel vialetto d'accesso. «Ivanka Broski, la badante di Matteo Caserta.»

«Lui è...»

«Morto, sì, mi dispiace.»

«Cosa è successo?» disse, portandosi una mano al collo dolorante.

«Hanno cercato di uccidervi.»

«Questo... mi è chiaro.»

«Poi io visto lei» urlò la donna elefante, stordendo un po' tutti. Si avvicinò all'ambulanza inseguita dal povero Morozzi. «E c'era uomo gigante sopra lei. Dillo, dillo, era lui, sì?»

135

«Si calmi, per favore. Così non riesco a seguirla. Mi dirà tutto al commissariato durante la deposizione» insisteva Morozzi.

Teresa approfittò della confusione per alzarsi e scendere. Le girava la testa ed era ancora confusa, ma ci riuscì egregiamente, puntellandosi qua e là.

«Lei mi ha... salvato la vita?» disse subito, rivolta a Ivanka.

«Io, sì sì. Tu eri giù, schiaciata allora io preso uomo da dietro e BUM, scaraventato via...» e, mentre parlava, Ivanka roteava le braccia con una tale energia da muovere intorno a loro un piccolo tornado. «Ma quelo scapa e io no potuto inseguire. C'era povero dottor Mateo, butato a tera. Io visto lui e pianto tanto. Io ora cosa facio? Sono sola...»

Teresa intanto stava ragionando. «Tu lo hai visto in faccia?»

«No, come potuto? Io preso di spale e BUM, butato via, poi lui scapato. Io no veloce.»

«Vedo che Teresa Papavero si è ripresa del tutto. Sta anche facendo il nostro lavoro.» La Carli sapeva essere odiosa, quando voleva. Il che, secondo Teresa, accadeva la maggior parte delle volte.

«Sarà ancora sconvolta» la giustificò Morozzi, che non si capacitava del perché quella sciroccata fosse finita in un guaio simile.

«Grazie ispettore Morozzi, in effetti mi sento parecchio... scombussolata» e tossì, tanto. Non riusciva più a smettere.

Dio che male, pensò. E tornò a toccarsi la gola. Di certo aveva i segni dello strangolamento. E chissà cos'altro.

«Ah, si ricorda il mio nome corretto?»

«Certo... perché... non dovrei?» rispose, sovrappensiero.

Quello la guardò stordito mentre Teresa, forse per via dell'adrenalina che aveva in corpo, non solo cominciava a sentirsi sempre meglio, ma comprese anche due cose: la prima che se avevano tentato di ucciderla voleva dire che si stava avvicinando alla verità, la seconda che se ci avessero riprovato, cosa di cui era certa, magari ci sarebbero anche riusciti. Non poteva sperare di avere sempre a portata di mano una Ivanka. O sì?

«Allora, può dirci che cosa è successo? Se la sente?» le domandò Morozzi.

«Ero... ero qui per fare due chiacchiere con un vecchio amico di... mio padre...»

«A che proposito?»

«Scusate, in effetti non mi sento molto bene» mentì. «Potremmo riparlarne dopo?»

La Carli la guardò di traverso, era evidente che non le credeva. Morozzi, invece, si scusò e le disse che l'avrebbe raggiunta in ospedale.

Teresa a quel punto fu fatta risalire in ambulanza e una volta distesa sulla barella pensò che la presenza lì di Isabella Carli era alquanto strana. Pensò anche al fatto che era viva per miracolo e per la prima volta dopo tanto, troppo tempo, scoppiò a piangere e tra le lacrime chiamò Tancredi.

24

Era di nuovo sera. Nella sua camera da letto a Strangolagalli ripensava a quanto fosse stata fortunata. Doveva ancora riordinare le idee e le informazioni ricevute da Caserta, ma ci sarebbe stato tempo. Adesso la cosa più importante era rimettersi in forma.

Aveva trascorso la notte precedente in ospedale, dove le avevano messo un tutore al braccio, che per fortuna non era rotto, e che avrebbe dovuto indossare per una decina di giorni, fatto una TAC al cervello, visto che aveva sbattuto la testa, poi l'avevano tenuta sotto osservazione. Era abbastanza ammaccata. Aveva lividi dappertutto, persino sulla faccia. Ma continuava a ripetersi che era viva. La mattina dopo aveva rilasciato una deposizione all'ispettore Morozzi, il quale aveva cominciato a sospettare che quella Papavero tanto scema non fosse, e infine aveva fatto ritorno a casa, accompagnata dall'amica Solange. Maurizio guidava la sua macchina dopo averla recuperata dalla villetta di Caserta.

Ma c'era un passeggero in più.

Con loro, seduta accanto al guidatore, viaggiava un'imperturbabile Ivanka. Sul sedile posteriore non erano riusciti a incastrarla, nonostante i ripetuti tentativi. Quella donna le aveva salvato la vita e, dal momento che il giornalista ormai defunto era stato la sua unica fonte di reddito, dopo averne parlato con Gigia aveva deciso di portarla con sé. Avrebbe fatto comodo una persona di fiducia a gestire il B&B. E all'occorrenza, anche durante un'aggressione.

«Questo Strangolagallo molto bello» disse, appena arrivate.

«Mi piace stare qui. Grazie.»

«Ne sono felice. Non vuoi scendere?» chiese Teresa mentre Maurizio e Solange aprivano le rispettive portiere.

«Forse meglio aspettare uno momento.»

«Come vuoi. Luigia ti mostrerà la stanza. Eccola che arriva.»

Una preoccupatissima Gigia, seguita da Giovan Battista Papavero, da Danko e dal maresciallo Lamonica, era uscita di corsa dalla casa.

«Teresa, guarda come sei ridotta. Chi può aver fatto una cosa così crudele?»

Ma il suo slancio vitale fu repentinamente stroncato dalla vista di Ivanka che occupava lo spazio di solito riservato a un divano dell'Ikea e sembrava altrettanto difficile da estrarre.

«E adesso, come si fa?» aveva domandato, rivolgendo i suoi occhioni da cerbiatto all'amica.

«*Chi pensi io*» aveva detto Danko, emergendo dietro al resto del gruppo.

E in un'atmosfera surreale e ovattata, in cui sembrava di poter sentire la colonna sonora di *Love story*, sotto lo sguardo affascinato di tutti, lui aveva allungato una mano verso di lei e lei, con la delicatezza di una farfalla, l'aveva presa. Poi lui aveva tirato con vigore, e lei era scivolata fuori, abbandonandosi alla sua forza. Così il divano Ikea, con la leggerezza di una prima ballerina dell'Opera di Parigi, era scesa dalla macchina e si era incamminata, sottobraccio al suo eroe, verso casa. Vederli passeggiare in quel modo, con la testa di Danko all'altezza del girovita – peraltro inesistente – di Ivanka, che lo sovrastava di mezza altezza, aveva commosso un po' tutti.

«*Tu si comi libellu, mai aggi visti belli come te*» lo sentirono sussurrare.

«Tu vero uomo» rispose lei.

«Lei capisce quello che dice Danko!» esclamò Teresa, incantata.

«Certo, perché non dovrebbe?» le rispose il padre. «Si può sapere che cosa è successo?»

«Di tutto, papà. E quel povero Caserta... se non fosse stato per Ivanka, avrei fatto la stessa fine.»

«Una donna encomiabile. Io però te lo avevo detto che era rincoglionito!»

«Non lo era affatto.»

«E allora perché è morto?» poi si rivolse a Tancredi, in tono secco: «Vedo che non indossa la sua consueta maglietta».

«No, quella la lascio qui, almeno avrò qualcosa da indossare al mio ritorno.»

«Ah, quindi la rivedremo presto?»

«Mi auguro tanto di sì» sorrise lui, ma Teresa non fece in tempo a interrogarsi su quelle parole perché Lamonica le appoggiò una virile mano sulla spalla.

«Ho sentito l'ispettore Morozzi» annunciò in tono di militare efficienza. «Gli ho garantito che ci sarà sempre qualcuno qui di vedetta. Ci alterneremo, io e Romoletto. Nessuno avrà accesso a questa abitazione, non si muoverà foglia senza che io ne sia informato. Sei al sicuro, qui.»

«Grazie, maresciallo. Adesso sono molto più tranquilla. Mi sono presa un bello spavento.»

«Non ne dubito. Io sarei morto di paura! Voglio dire, se fossi stato al posto tuo. Cioè, non in veste di carabiniere, ecco.

Comunque, bando alle ciance, entra e riposati. Sta arrivando il dottore per controllarti.»

«Non ce n'era bisogno. Sono rimasta dodici ore in ospedale e...»

«Infatti, ma la cosa strana è che quando gli ho riferito che ti stava accompagnando la tua amica francese» e gettò uno sguardo significativo in direzione di Solange, ancora in piedi sulla soglia, «ha insistito per passare. Ha detto, testuali parole, "Le commozioni cerebrali sono le più subdole e pericolose". Parli del diavolo... eccolo che arriva!»

«*Buenos días!*» salutò brillante Peppino Tarantola, andando incontro all'amica di Teresa con la sua consueta camminata alla Dick Van Dyke. «*Cómo estas?*»

«Perché gridi, Peppì? Ce sente benissimo, eh? È straniera, mica sorda.» Floriano lo tallonava, a sorpresa, elegantissimo. «E guarda che la malata è lei...» aggiunse, indicando Teresa e spostando di peso Peppino verso la Papavero. Poi si rivolse a Solange, le fece un inchino alla Alberto Sordi e le prese la mano per baciarla. «*Plaisir...*» sussurrò. «Quello ancora nun ha capito che te sei francese, ma nun glielo diciamo, così continua a parla' come Banderas co' Rosita.»

«*Mon petit*» gli sussurrò Solange. E Floriano si fece tutto rosso.

Fu molto complicato riuscire a sistemarsi in casa, ma alla fine Teresa ne venne a capo. Il maresciallo aveva dovuto eseguire complesse manovre per scegliere il posto più adatto dove parcheggiare l'auto di pattuglia, e nel farlo aveva abbattuto due pali della luce e il cartello con l'insegna di Strangolagalli, Peppino e Floriano avevano continuato a litigare per Solange, uno come Banderas, l'altro come Totò, Giovan Battista Papavero si era ritrovato a riflettere su Caserta, sull'imprevedibilità dell'amore e sul voltafaccia del suo fido Bertuccio, mentre Luigia aveva cercato di fare accomodare ognuno nelle proprie stanze.

Tancredi, guardato a vista e in cagnesco dal padre di Teresa, dopo essersi sincerato che lei stesse bene e fosse sistemata decise di rientrare a Roma per occuparsi dei figli, portando con sé Solange.

La lascio qui, almeno avrò qualcosa da indossare al mio ritorno... Mi auguro tanto di sì.

Su questo stava rimuginando Teresa, finalmente in camera sua.

Aveva capito bene? Sarebbe tornato? Ne dubitava, ma per la prima volta in vita sua, sentiva il bisogno di crederci. Ripensò a quella giornata così ricca di avvenimenti, anche emotivi, e sperò che fosse finita. Non sapeva quanto si stava sbagliando. La notte doveva ancora arrivare.

25

Si girava e rigirava nel letto senza riuscire a prendere sonno. Alla fine accese la luce e sospirando salì a guardare la lavagna su cui, nel pomeriggio, aveva aggiunto le informazioni e le fotografie trafugate dal fascicolo di Caserta. Le sembrava che tutte quelle ragazze la fissassero di rimando e chiedessero giustizia.

Sua madre non corrispondeva al profilo delle vittime scelte da Maser, anche se in qualche modo era collegata a lui, e alla ragazza nella foto. Foto che era stata scattata nel giardino di un manicomio. Quindi poteva non trattarsi di lei ma della sorella di Alice, scomparsa dopo l'arresto di Maser. Ma se Maser non c'entrava con queste morti, con Elisabetta Mantovani e con Caserta, allora chi li aveva uccisi e perché?

Doveva visitare quel posto il prima possibile.

Caserta aveva ragione. La madre di Maser non somigliava affatto alle donne uccise. Questo però non escludeva il piacere che lui poteva trarre dal torturarle. Sfogava la rabbia nei confronti della madre su quelle donne. Perché allora erano così giovani? Non sarebbe stato più logico che fossero anche loro delle madri? Magari delle madri "cattive"? Avrebbe avuto più senso e ci sarebbe stata una maggiore compatibilità con il profilo criminale. C'era qualcosa di importante che le sfuggiva. Ma cosa?

Aveva dolore ovunque, soprattutto al braccio con il tutore, e la gola le faceva ancora male. Scese a fatica, tornò in stanza e andò in bagno per sciacquarsi il viso e cercare di riprendersi. Era ancora lì dentro quando sentì un rumore provenire dalla camera, subito fuori.

Non poteva essere entrato nessuno. La casa era piena di gente e il maresciallo era chiuso in macchina a controllare i movimenti all'esterno.

Teresa, stai calma, si disse, guardandosi allo specchio. Aveva un livido sullo zigomo destro e un altro sul mento. Il collo era attraversato da una striscia rossa. Non era proprio bella, ma poteva andarle peggio. *Non farti suggestionare.* Stava per uscire, quando lo sentì di nuovo. Uno scricchiolio, come se qualcuno stesse camminando con estrema cautela sul parquet. Allora non se lo era immaginato. Restò paralizzata per una manciata di secondi. Ma come diavolo aveva fatto a entrare, con Lamonica in macchina e suo padre, Danko e Ivanka giù nelle stanze? Non poteva essere, non di nuovo, non dopo così poco tempo. Accostò l'orecchio alla porta. Sperava ancora di essersi immaginata tutto. In fondo, avevano cercato di ammazzarla poche ore prima e questo poteva incidere sulla psiche di una persona.

Purtroppo no. Non era pazza, c'era davvero qualcuno dall'altra parte. Riusciva a sentirlo vicinissimo, come quella notte tra le rovine di Ventotene. Quando pensò che stesse per entrare, si aggrappò alla maniglia, si fece coraggio e spinse, buttandosi a peso morto contro la porta. Questa, come aveva previsto, si spalancò con violenza, ma incontrò subito un ostacolo. Qualcuno emise un lamento e lei ne approfittò per uscire dal bagno come un fulmine e correre verso l'uscita della stanza. E l'avrebbe raggiunta, se non fosse stata bloccata da una voce.

«Papavero, fermati, sono io.»

Teresa restò immobile, a metà dello slancio per la salvezza e con il cuore in tumulto.

«Porca miseria, mi hai spaccato il naso.»

Allora, lentamente si voltò e lo vide, lì, in piedi di fronte a lei.

«Serra?! Oddìo Serra!»

«*Sss*, abbassa la voce se non vuoi che gli altri ci scoprano. Non era così che mi aspettavo il nostro primo incontro dopo tanto tempo.» Poi notò i lividi che lei aveva sul viso e sul collo, il braccio fasciato, e cambiò espressione. Ma Teresa non se ne accorse.

«Il nostro primo incontro? Io ti ammazzo, altro che... mi hai spaventato a morte» afferrò la prima cosa che vide, delle manette rosa che teneva sempre sul comodino, e gliele lanciò contro.

Serra riuscì a evitarle per un pelo e le manette finirono a terra.

«Sei pazza? Che fai? Potevi colpirmi.»

«Era quello che volevo. Ma porca miseria! Hanno cercato di uccidermi, ho un braccio rotto, va be', slogato, la gola in fiamme, il collo... e tu, dopo mesi di silenzio, che fai? Entri di soppiatto nel cuore della notte facendomi venire un infarto? E ti domandi perché voglio colpirti? Certo, che voglio» e afferrò anche il vibratore nero che era sempre lì, come un soprammobile, da quando l'anno prima lo aveva usato come oggetto contundente durante un'effrazione. E sempre contro Serra.

«No, Papavero, quello no, eh! Lo conosco bene. Quello fa male.»

«Lo so che fa male.»

«Non vuoi farlo veramente, vero?»

«Invece sì.»

E lo avrebbe lanciato, se lui non si fosse avvicinato con un balzo e le avesse bloccato il polso.

«Lascialo» provò a dire, ma era già poco convinta perché Leonardo la stava guardando con quei suoi occhi strani, un po' verdi, un po' cangianti di fronte ai quali si era sempre sentita confusa. E aveva anche cominciato ad accarezzarle una guancia, con delicatezza, per paura di farle male. Poi era sceso fino al collo infiammato.

«Cosa stai... fermati, non...»

«Non ci riesco, non voglio. Tu vuoi che mi fermi?»

Teresa scosse la testa. No che non voleva. Ma avrebbe tanto desiderato essere più forte.

«Ti fa molto male?»

«Non tanto.»

Ed era vero, in quel momento non sentiva più nulla.

«Certo che so che cosa ti è successo» proseguì, senza smettere di accarezzarla. «Non ho mai smesso di sapere tutto di te. Mai. Ed ero così preoccupato che... che sono qui, anche se non dovrei, anche se per questo probabilmente manderò all'aria un'indagine su cui lavoro da mesi. Ma sono qui.»

«Davvero eri... preoccupato?»

«Moltissimo. Non posso neanche pensare a quello che sarebbe successo se... Ti avrei persa.»

La sua voce era così calda. «Ti ricordi quando ti dissi che preferivo litigare con te che fare l'amore con chiunque altra? Cosa avrei fatto se mi avessero portato via la donna con cui amo di più litigare?»

«Accidenti, Serra. Come faccio a odiarti se poi mi dici queste cose? Non è giusto. Mi sento defraudata del mio odio.»

Lui le sorrise e solo allora Teresa si accorse che stava sanguinando.

«Il naso...»

«Già. Facile che si rompa se qualcuno ti sbatte una porta in faccia.»

«Scusa, io credevo... Aspetta che cerco qualcosa con cui tamponarlo. Ecco, tieni questa» gli disse, afferrando una maglietta buttata su una sedia.

Lui la prese e si sedette sul letto con la testa all'indietro, per bloccare l'emorragia.

Teresa invece restò in piedi, indecisa sul da farsi. Leonardo Serra era piombato nella sua stanza, nel cuore della notte, perché era preoccupato per lei. Non era sparito, non l'aveva abbandonata.

Aveva il cuore in tumulto ed era assalita da sentimenti contrastanti. Ma non doveva farglielo capire. In fondo, chi si credeva di essere? Che cosa si aspettava, che sarebbe caduta ai suoi piedi senza lottare? Che si sarebbe arresa subito? Ah, se era questo che credeva, si sbagliava di grosso.

Disinvoltura e freddezza, ecco di che cosa aveva bisogno. Per cui, mostrando una calma che non aveva, si diresse di nuovo in bagno.

«Dove stai andando? Io sono qui, dolorante e tu non mi consoli?»

«Serra, hai solo preso una piccola botta. Per giunta da una donna malridotta. Sto andando a prenderti un disinfettante e delle garze, se le trovo.»

«Be', però fai presto. Soffro.»

«Spiegami piuttosto una cosa» gli chiese, dal bagno. «Come hai fatto a entrare? Il maresciallo è qui sotto e...»

«Lamonica, dici? Sì, in effetti l'ho visto. È disteso in macchina.»

«Morto?» chiese Teresa, allarmata, affacciandosi appena.

«Più che altro addormentato. Come un sasso.»

«Davvero? Ma non è possibile! Meno male che aveva promesso che non si sarebbe mossa foglia senza che lui... cosa stai facendo?»

Teresa, con il disinfettante in mano, era rientrata nella stanza mentre Serra, in controluce, cercava di leggere la scritta sulla maglietta: «Bella questa t-shirt, Papavero. Chi te l'ha regalata, un ammiratore? "I medici legali lo fanno meglio". E chi lo ha detto? Molto discutibile.»

Lei si sentì mancare e gliela strappò subito dalle mani. «Sì, be', un souvenir.»

In quel momento, evidentemente attirati dai rumori, piombarono nella camera Ivanka, che brandiva un mattarello, e dietro di lei Giovan Battista Papavero disarmato e con indosso un elegante pigiama di cotone.

«Io amazo te.»

Serra, che pure non era uomo da spaventarsi così facilmente, indietreggiò strisciando sul letto.

«Per carità, Teresa, intervieni!»

«No, no, Ivanka. Lui è Leonardo Serra, un amico!»

«Un altro?» domandò il padre.

«Un altro rispetto a chi?» chiese Serra.

«Ah, non lo so, chiedi a mia figlia. Girano per casa a tutte le ore del giorno e della notte. Tu ce l'hai una specializzazione? Così te la puoi scrivere su una maglietta.»

«Papà!»

«Per carità, sei una donna adulta ormai. Vorrei solo conoscerli in circostanze diverse. E uno alla volta, non tutti insieme. Be', Ivanka, qui non hanno bisogno di noi. Torniamocene a dormire.»

«Da, da.»

«Lieto di averla conosciuta. La prossima volta suoni pure il campanello, è più pratico.»

E insieme scomparvero dietro la porta.

A quel punto Serra, ancora seduto sul letto, incrociò le braccia al petto. «Papavero» le disse, «adesso vuoi parlarmi della maglietta?»

26

«Non c'è niente da dire. Insomma, tu eri scomparso!»
«E questo Tancredi ha approfittato della mia assenza per insinuarsi...»
«Ne parli come fosse una persona subdola. È un uomo fuori dal comune. Umano, affettuoso. Sai che ha rifiutato di entrare in un grande ospedale privato per restare nel pubblico e aiutare chi è in difficoltà?» Era vero. Glielo aveva raccontato durante la cena a casa sua.
«Dirige anche un istituto per ragazze madri e un brefotrofio dove fa il bagnetto agli orfanelli?»
«Be', non pretenderai che io resti chiusa in casa, mentre tu...»
«Mentre io?»
«Scorrazzi in giro per... per... per dove scorrazzi?»
«Sono sotto copertura, Papavero. Non mi sto divertendo e, maledizione, non ho smesso un attimo di pensare a te. Ti ho preso anche un regalo.»
«Un regalo?»
«Non te lo meriti. Adesso che so che te la spassi con quel benefattore, quasi quasi me lo tengo. In parte è colpa mia, lo riconosco. Ho una certa difficoltà a impegnarmi, soprattutto con donne come te, non posso biasimarti se...»
«Che stai dicendo? Guarda che sono io che ho passato gran

parte della vita a evitare impegni, non cambiare le carte in tavola. E dammi il mio regalo.»

«Aspetta, ce l'ho nello zaino» e si alzò dal letto.

Teresa restò a guardarlo. Notava solo in quel momento che era dimagrito e si era fatto crescere la barba. Sembrava stanco e preoccupato. Per lei o per se stesso?

«Eccolo qui» disse trionfante.

«Non ho capito. Questo è il regalo?»

«Non ti piace? Ho faticato molto per averlo.»

«Un portachiavi con una bambola gonfiabile nuda?»

«Ti assomiglia, e se la schiacci si illumina!»

«Non potevi farmi un regalo normale? Dei fiori, per esempio. Hai visto di sotto quanti ce ne sono?»

«Sembra una camera mortuaria. Vengono dal benefattore?»

«Esattamente» mentì. Perché se era vero che Tancredi gliene aveva regalati, non erano tutti suoi, ma alcuni da parte del sindaco e degli abitanti di Strangolagalli.

«Per fare di meglio avrei dovuto comprarti una sequoia!»

«Io ti odio.»

«No, che non mi odi.»

«Che ne sai? Sei insopportabile, pensi di sapere tutto, invece non sai niente. Perché sei entrato nella mia vita? Io stavo tanto bene senza di te. Per un attimo ho anche creduto che davvero fossi qui perché ci tenevi a me, perché...»

«Porca miseria, Teresa, per una che dice di capire tutto, è impressionante quanto tu non capisca niente. Certo che ci tengo a te. Ti ho messo alle calcagna persino la Carli. Secondo te perché si è materializzata a casa di Caserta?»

«Serra, tu mi confondi, tutto di te mi confonde e ogni volta che passiamo del tempo insieme, salta fuori la vecchia confusione.»

«Credi che per me non sia la stessa cosa? In tutta la mia vita non ho mai passato tanto tempo dietro a una donna. In questi mesi mi guardavo allo specchio e mi dicevo che ero diventato un pantofolaio! Invece di impegnarmi in quello che stavo facendo, pensavo a te. Ho rischiato grosso per venire...»

«Il fatto è che tu mi confondi» Teresa ribadì il concetto, senza ascoltarlo.

«Lo trovo un ottimo segno.»

«Invece non lo è. Ho il terrore di smarrire la mia identità. Quando mia madre se n'è andata mi sono sentita persa, la mia vita si è fermata, niente dolore, niente rabbia. Lei si era portata via ogni briciolo di sentimento. E quando sono con te, ho paura possa capitare la stessa cosa e non posso permettermelo. È quella parte di me che devo difendere, capisci?»

«Sì, purtroppo.»

«E adesso che facciamo?»

«Per il futuro? Non saprei. Nell'immediato...» e la baciò come non l'aveva mai baciata, con passione, ma anche con tanta dolcezza. Teresa, per un attimo, pensò che tra loro poteva funzionare, ma fu solo un attimo. Sapeva che lui se ne sarebbe andato di nuovo, lasciandola sola, e decise di allontanarsi, di interrompere qualsiasi cosa fosse quella che stavano facendo.

«Hai ragione. Io adesso devo proprio andare. Se scoprono che mi sono allontanato...»

«Appunto.»

«Però, vorrei che tu la smettessi di indagare su questa storia. Ti sei salvata la prima volta, non è detto che capiti una seconda.»

«Sai che non lo farò. È coinvolta mia madre.»

«Non potrò esserci sempre.»

«In verità, non ci sei mai.»

«Mentre il medico legale...»

«È qui e mi aiuta, mi sta accanto.»

«Già, facile per lui. Ha però dei gusti discutibili in fatto di abbigliamento.»

«E tu in fatto di regali. Il portachiavi è orrendo.»

«Sei un'ingrata.»

«Lui mi piace, Serra.»

«Lo so. Ma ti piaccio di più io.»

27

Le giornate scorrevano lente e dopo una settimana chiusa in casa, non ne poteva più.

Natale era alle porte e questo la metteva sempre di cattivo umore. Sarebbe stato il primo che avrebbe trascorso a Strangolagalli, ma non era tra le sue festività preferite.

Con Luigia avevano pensato di organizzare una grande cena, anche per inaugurare l'apertura del nuovo B&B, ma adesso che i lavori si erano fermati per via del ritrovamento, non riusciva più a immaginarsela.

L'unica cosa che poteva fare, rinchiusa nella sua stanza, era continuare le indagini.

Erano arrivati i risultati del DNA, ma dal momento che ancora non si decideva a fare il prelievo, aveva cominciato a pensare a una possibile soluzione per aggirare l'ostacolo. E la soluzione portava il nome di Alice Mantovani. In fondo, era lei la ragazza ritratta nelle foto, scattate all'interno di un manicomio. Tutto partiva da lì, dunque. Aguscello era la chiave. Aguscello e il ferrarese, raggio di azione di Maser. Era sempre stato così, non aveva mai modificato la sua zona. Ecco perché era ormai certa che il corpo ritrovato a Strangolagalli non fosse da catalogare tra le sue vittime. Su Internet aveva trovato parecchio, ma non bastava.

Giornalisti e scrittori avevano raccontato le cose più incredibili. Bambini che venivano maltrattati e sottoposti a ogni tipo di tortura, fisica e psicologica. Leggende di riti satanici, di fantasmi dei ragazzi che erano morti lì dentro, che apparivano di notte e i cui lamenti si potevano udire anche da lontano. Un manicomio chiuso frettolosamente nel 1970 con pazienti e medici scomparsi nel nulla. Ma Teresa, che era sempre stata una persona concreta, non aveva mai creduto ai fantasmi. Per questo, appena possibile aveva intenzione di andare a controllare di persona. Di giorno, come le aveva suggerito Caserta.

Le venne in mente il biglietto da visita di Giulio Minzioni, psichiatra. Forse la donna trovata nell'intercapedine aveva cercato di rintracciarlo e poteva trattarsi sia di sua madre che di Elisabetta, la sorella di Alice. Una sorella in cerca di informazioni. Aprì Google. Giulio Minzioni era ancora vivo e le pagine bianche le fornirono indirizzo e numero di telefono. Il resto, fu facile.

Lo aveva chiamato, presentandosi con il nome di Sara Andreis, una giornalista a caccia di notizie sul manicomio più discusso di tutti i tempi e lui, a sorpresa, non si era tirato indietro. Gli aveva detto che sarebbe passata per Ferrara e zone limitrofe e che le sarebbe stato utile poterlo incontrare di persona.

Ciò che adesso doveva recuperare in qualche modo erano maggiori informazioni sulla famiglia Mantovani e su tutti gli altri casi di ragazze scomparse. Perché se qualcuno aveva ucciso Caserta e tentato di fare fuori lei, questo voleva dire una sola cosa. E cioè che Maser non era il colpevole. O almeno, non era il solo.

Chiamò Tancredi. «Devi darmi una mano» gli disse.
«Volentieri, ma perché parli sottovoce?»
«Non vorrei che qualcuno mi sentisse.»
«Siamo già alle microspie?»

«Temo più Ivanka dei microfoni. Quand'è che sarai libero nei prossimi giorni?»

«Domani. Che cosa hai in mente?»

«Che tu mi venga a prendere e mi riporti qui, se puoi. Una gita romana di una giornata. In cambio, offro vitto e alloggio.»

«L'ultima volta che sono passato, non mi sembravi granché felice di vedermi.»

Era vero. Non aveva avuto più coraggio di stare con Maurizio dopo l'incursione notturna di Serra. Lui era tornato a trovarla il giorno dopo ma lo aveva rimandato a Roma con la scusa dei lividi, del braccio, del trauma, mancava solo il mal di testa. Se prima era confusa, adesso si sentiva proprio nei guai.

«E vorrei anche sapere che fine ha fatto la mia maglietta.»

«Ci tenevi molto?»

«Più della mia stessa vita.»

«Allora cercherò di fartela trovare... a posto.»

Quella povera maglietta, nonostante fosse stata portata in tintoria e poi lavata ripetutamente da Ivanka con un'energia fuori dal comune, non era più tornata bianca. Le macchie di sangue erano ancora evidenti.

«Cosa le hai fatto?»

«Io? Niente, giuro. Il problema è stato che mio padre, nel tentativo di aggiustare l'infisso della mia finestra...»

«Si è rotto l'infisso?»

«Spaccato, divelto! Insomma, mio padre si è ferito e io ho preso la prima cosa che avevo a portata di mano per tamponare la ferita. Si stava dissanguando, eh!»

«Terribile. Ma cercherò di superare la cosa.»

«Sei un grande uomo.»

«Lo so. Passo a prenderti domani mattina.»

28

«Professore, la trovo in forma!» disse Tancredi a Giovan Battista Papavero entrando in casa.

«Certo, perché non dovrei?»

«Ho saputo del piccolo incidente che ha coinvolto la mia maglietta.»

Teresa si sentì mancare. Ma un po' anche Giovan Battista, che credendola un'allusione all'incontro notturno della figlia con un altro uomo, si stupì della grande sportività del medico.

«Contento lei» gli rispose, infatti. «Io non la indosserei mai più. Ha visto più cose quella maglietta che il sottoscritto in tanti anni di onorata professione.»

«Papà!»

«Perché? Che ho detto? Ivanka ha preparato la cena. Un terribile intruglio russo. Vuole ucciderci tutti, evidentemente. Verrà anche Lamonica, e il sindaco. Ci racconterai tra poco le tue mirabolanti scoperte?»

«Sì, così le ascolta anche il maresciallo.»

«Perfetto, Ivanka ha detto che tra mezz'ora è pronto. E che Dio ce la mandi buona.»

La giornata era stata ricca di emozioni.

Prima erano passati nella redazione di *Dove sei?* e lì avevano trascorso la maggior parte del tempo.

La segretaria era stata gentilissima, mettendo a loro disposizione gli archivi dove avrebbero trovato i dossier sui vecchi casi di ragazze scomparse.

Il lavoro li aveva assorbiti parecchio. I casi erano centinaia, ma Teresa stava cercando qualcosa di molto specifico.

«Come posso aiutarti?» le aveva domandato Tancredi.

«Devi trovare la corrispondenza tra l'aspetto fisico e l'età delle ragazze scomparse e Alice Mantovani. Ma non basta. Perché anche il *modus operandi* deve coincidere. Cioè, se una ragazza assomiglia ad Alice, ma è morta per un incidente, non ci interessa. Vittimologia, *modus operandi*, rituale.»

«Okay. Sulla vittimologia e il *modus operandi* ci sono. Il rituale? Che roba è?»

«Il comportamento del seriale, che riflette la sua personalità. Su questo, però, potrà aiutarci il tuo amico Morozzi.»

Avevano trascorso più di tre ore in quell'archivio, e oltre alla conferma della scomparsa di Elisabetta Mantovani – la madre si era rivolta al programma nel gennaio del 1988, come aveva detto Caserta – avevano estrapolato una quindicina di nomi per cui si poteva trovare una corrispondenza per vittimologia e *modus operandi*. Il problema era che almeno la metà di loro erano scomparse dopo che Maser era stato arrestato. E i corpi non erano mai stati ritrovati. Trattandosi di adolescenti sbandate, prostitute senza nome, le cui denunce di scomparsa venivano fatte a *Dove sei?* raramente da madri disperate e qualche volta da amiche, la polizia, quando anche avesse ritrovato i corpi, non avrebbe trovato la corrispondenza con le denunce di scomparsa.

«C'è qualcosa che proprio non mi torna» rimuginava Teresa. «Maser è stato arrestato mentre trasportava il cadavere di una donna. Probabilmente lo hanno fermato mentre stava cercando il posto adatto per sbarazzarsi del corpo. Allora queste altre ragazze chi le ha rapite e perché? Se fosse stata ritrovata almeno una di loro uccisa nello stesso modo in cui le uccideva lui, e violentate, ecco il rituale, allora avremmo un grave problema. Non possono esserci due serial killer che operano nello stesso modo, nella stessa città e nello stesso periodo. Sarebbe assurdo. E la donna nell'intercapedine? Chi l'ha uccisa lo ha fatto in modo molto violento e del tutto diverso rispetto alle altre vittime. A bastonate. Come se avesse un conto personale con lei. Quindi, un legame con Maser deve comunque esserci. Aveva un articolo di giornale in tasca, un rullino con le foto dei disegni e noi abbiamo sempre presupposto che fosse stata uccisa da Maser, ma ora sappiamo che forse non è così. Sia la sorella di Alice sia mia madre sono sparite mesi dopo il suo arresto.»

«E Morozzi in questo come può aiutarci?»

«Lo vedrai. Chiamalo e andiamo subito da lui.»

L'ispettore non era stato felice di vederli. Cioè, era felice di vedere Tancredi, non certo la Papavero, e non appena aveva capito di cosa si trattava, era apparso ancora meno lieto.

«Ho qui un elenco di nomi. Potrebbe controllare se qualcuna di queste ragazze è stata ritrovata e come?»

«Se fosse successo, lo avremmo comunicato al programma. Noi collaboriamo da sempre con loro e...»

«Sì, lo so. Ma se fossero state rinvenute senza documenti, senza impronte? Come le avreste catalogate? Morozzi, ne basta una. Una sola ritrovata dopo il 1987.»

Anche quello era stato un lavoro difficile, meno lungo grazie ai sistemi tecnologici della polizia, ma comunque estenuante.

Avevano cercato i nomi, e come Teresa aveva sospettato non era venuto fuori nulla.

Anche la ricerca con parole chiave differenti, ossa spezzate, polpastrelli tagliati, genitali asportati, all'inizio non aveva dato i risultati sperati. Allora Teresa si era messa a sfogliare le fotografie delle torture e più le sfogliava più imparava cose nuove su quelle metodologie.

Il rituale, Teresa, diceva tra sé, quasi a voce alta. *Pensa al rituale. Come le uccide? Che strumenti usa?*

Ed era stato allora che le era venuta l'idea.

«Può scrivere lame di ferro?»

«Lame di ferro?»

«Sì, o coltelli o punte acuminate. Vede, ispettore, durante il medioevo si usavano terribili strumenti di tortura. Tra questi lo spacca ginocchia. In pratica lo spacca ginocchia veniva messo sul ginocchio della vittima, o in qualsiasi altra parte del corpo, e stretto fino a...»

«Va bene, va bene, ho capito.»

Morozzi era ormai incline a pensare che il serial killer fosse lei, ma pur di liberarsene aveva eseguito.

Sul monitor era apparsa la fotografia di una ragazza trovata in una discarica, massacrata da punte acuminate. La ragazza era in tutto simile ad Alice Mantovani e alle altre vittime di Maser.

Con il cuore in gola, Teresa aveva confrontato quella foto con i dati presi dagli archivi della trasmissione.

«Eccola qui! Beatrice Santini. La vedete? La vedete anche voi?»

I due avevano annuito ammutoliti.

«Denunciata la scomparsa nel 1993 dall'amica e collega Viviana Sbaraglia. Salita sulla macchina di un cliente, appena fuori Tresigallo, provincia di Ferrara e mai più ritrovata. 1993, capite? Guardate la metodologia e confrontatela con le vittime di Maser. Ne prenda una a caso, Morozzi.»

E lui, come in trance, aveva obbedito. «Confermo, ma non basta.»

«E noi ne cerchiamo un'altra, inserendo altri parametri. Quante ne servono per farvi capire che il vero Maser è ancora in libertà?»

«Almeno tre.»

«Allora troviamole, Morozzi!»

29

«Scusa, Teresa, non ho capito bene» disse Lamonica, mentre cercava di sistemarsi il tovagliolo intorno al collo, «hai trovato altre ragazze uccise dopo che Maser è stato arrestato?»

«Sì, tre! E ne avrei scovate di più se l'ispettore Morozzi a un certo punto non si fosse alterato.»

«Ottimo lavoro. Ma questo che cosa comporta?»

«Che mia figlia è pazza. Deve aver ereditato una vena di squilibrio. Ma da parte di madre, eh!»

«Papà, io non sto mettendo in discussione il tuo lavoro. Ovvio che Maser era colpevole...»

«Nooo, perché mai? Ha solo torturato e ucciso donne per vent'anni!»

«Allora come ti spieghi tutto quello che sta succedendo? Come ti spieghi il tentativo di uccidere me? E l'omicidio di Caserta?»

«Sarai rotolata giù dalle scale mentre quel pover'uomo veniva fatto fuori da un ladro.»

«Ivanka, diglielo tu che non è così!»

«Da, da. Io arrivata e BUM, preso lui e scaraventato via come uccellino.»

«E poi cosa potevano rubare? I suoi modellini di barche a vela?» domandò Teresa, esasperata.

«Costruiva modellini? Interessante...»

«Beatrice Santini, torturata con lo spacca ginocchia» proseguì, «Viola Squitieri, con i rulli, le ha massacrato le articolazioni, Anna Madeira...»

«Anna Madeira?» il maresciallo era tutto orecchie, e il tovagliolo gli era scivolato nel piatto.

«Meglio non parlarne a tavola. Mi sono sentita male anche solo a leggere quei rapporti. Comunque erano tutti metodi adottati da Maser, il suo rituale, e i corpi sono stati ritrovati abbandonati rispettivamente nel 1993, nel 1999 e nel 2001. Abbiamo lasciato Morozzi in stato confusionale. Ci ha detto che avrebbe continuato a scavare. Le prime due erano prostitute, quindi non si sono preoccupati di riscontrare eventuali violenze sessuali. Ma Anna Madeira era una ragazzina scappata di casa ed era vergine, a giudicare dal rapporto autoptico. E non torna. Maser era uno stupratore seriale, un sadico sessuale. Non avrebbe cambiato rituale.»

«Un altro mistero risolto dalla nostra Teresa!» era intervenuto il sindaco. «Giovan Battista, devi esserne fiero! Ti ho mai raccontato di quando ha ammanettato con destrezza all'asse del fienile di Roccasecca un energumeno che voleva ucciderla?»

«Avevi le manette?» domandò Tancredi, incuriosito.

«Sì, a volte le porta con sé» disse Lamonica sovrappensiero, mentre tentava di recuperare il tovagliolo caduto nella zuppa di Ivanka. «Quelle con il pelo rosa del sexy shop. Molto utili, di quando in quando. Ha anche abbattuto il nostro valente agente speciale Leonardo Serra con un vibratore.»

«Irma, bambina mia, non ascoltare, non sono cose per te.»

«Serra se lo meritava» sfuggì a Teresa.

«Indubbiamente» decretò il maresciallo.

«Certo, sono episodi di cui qualsiasi padre andrebbe fiero.»

«Grazie, papà.»

«Ma Serra non era il tizio che...»

«Ivanka!» gridò Teresa per interromperlo. «Sai che questa zuppa è buonissima! Devi darmi la ricetta.»

«Serra è il tizio che...?» Tancredi, purtroppo, aveva già drizzato le orecchie.

«Da quando in qua ti interessano le ricette? Non hai mai saputo fare neanche un uovo al tegamino» si stupì Giovan Battista.

«Io riporterei l'attenzione su questo Serra» insistette Maurizio.

«Per carità, un cretino!» Il sindaco aveva salvato la situazione. «E ha fatto tanto soffrire la mia povera Irma.»

«Veramente IO ho fatto soffrire lui. Gli ho spezzato il cuore quando ho scelto Corrado Zanni. Ma d'altra parte si arriva a un certo momento della vita in cui le scelte sono necessarie. Non è così Maurizio?»

«Parole sante. E non sei la sola. Qualcun altro dovrebbe compiere delle scelte.»

Teresa si sentì avvampare e cercò di cambiare discorso. Meglio un padre deluso che un Tancredi arrabbiato. La prima opzione era sempre stata in grado di gestirla.

«Morozzi mi ha fornito l'indirizzo della madre di Alice Mantovani. Vive a Tresigallo, provincia di Ferrara. Altra coincidenza, non trovate?»

«Mia figlia adora le coincidenze.»

«E ha ragione» disse Tancredi. «Nel mio lavoro per esempio le coincidenze non esistono. O meglio, quando ci sono, non sono mai casuali.»

«Certo! Perché lei HA un lavoro!»

«Scusa, Teresa» il maresciallo non stava più nella pelle, «quale sarebbe la coincidenza?»

«Che anche Beatrice Santini era di Tresigallo.»

«Accidenti. Una coincidenza davvero» disse Lamonica riuscendo finalmente a recuperare il tovagliolo, che appoggiò sgocciolante sulla tovaglia. «E tu pensi che la sorella di questa Alice possa essere lo scheletro che abbiamo ritrovato?»

«Esatto, maresciallo! Bravo! È scomparsa lo stesso periodo in cui è scomparsa mia madre.»

«Be', grazie, perbacco, resto comunque un uomo di legge, anche se...»

«Ed è l'unica vittima ritrovata fuori dal territorio di caccia di Maser» proseguì Teresa seguendo il flusso dei suoi pensieri. «Oltre al fatto che è anche l'unica a essere stata nascosta. Tutte le altre il nostro serial killer le ha sempre abbandonate in posti ben visibili.»

«Giusto.»

«E comunque, sempre meglio che credere che lo scheletro possa appartenere proprio a lei.»

«Lei chi?»

«Mia madre!»

«Ah, certo, certo.»

«Me la ricordo bene, la madre di Alice.» Giovan Battista Papavero come sempre seguiva il flusso dei suoi pensieri. «Povera donna, perdere una figlia in quel modo.»

«Pensavo di andare a trovarla.» Teresa si era fatta coraggio e lo aveva detto. Da un po' rimuginava sulla questione, ma non era riuscita a farsi avanti.

«Un'allegra scampagnata.»

«E tu verrai con me, papà.»

«Io? Perché dovrei?»

«Perché l'hai già conosciuta, perché sua figlia era amica della mamma e perché per una volta ho bisogno del tuo aiuto.»

«Ma se non ho fatto altro che toglierti dai guai?»

«Ah, sì? Non me ne sono mai accorta.»

30

«Mamma, Teresa Papavero sta arrivando» piagnucolò. Ormai non aveva più nulla dell'uomo che era stato. «Cosa devo fare?»
Seduto di fronte a lei, nella piccola soffitta, in quel freddo pomeriggio di dicembre, si sentiva come quando a dodici anni era stato rinchiuso per la prima volta ad Aguscello da suo padre.
Ricordava le urla della madre che non voleva separarsi dal suo bambino. Gridava, lo insultava. E lui invece era stato felice in quel posto. Sì, era pieno di brutture, ma c'erano loro a confortarlo. I suoi amici. Sua madre aveva resistito mesi senza di lui, poi, se lo era ripreso con sé e quella stessa notte aveva massacrato a coltellate il marito mentre dormiva. Lui che aveva osato portargli via il suo bambino. Lui che l'aveva profanata, tutte le sere, che l'aveva toccata. Era un peccatore e andava punito. E quel maledetto non si era neanche svegliato. Forse, dopo la prima coltellata, poteva avere avuto un guizzo, ma poi era arrivata la seconda, la terza e la quarta. Il letto era una pozza di sangue, se lo ricordava bene. E se lo ricordava perché era presente. Lo aveva obbligato lei ad assistere e poi a pulire. «Il Signore ha voluto che lo facessi in suo nome, per purificarmi. Hai visto come finisce un peccatore? Noi abbiamo una missione, figlio mio, ma devi esserne all'altezza. Pulisci e vai a pregare. Il Signore ti ascolterà.»

Poi era stata la volta di Alice e non aveva più retto. Dopo averla ripulita dal sangue, pettinata e ricomposta meglio che poteva, l'aveva sepolta in un parco e poi era corso da Lupo, a confidarsi. E lui aveva sorriso. Gli piaceva quel racconto.

«Fammi partecipare, la prossima volta» gli aveva detto.

«No, non ci sarà una prossima volta, non è una cosa bella.»

«Lo farai di nuovo, invece, altrimenti tua madre ti punirà. La tua è una missione, ricordi?»

«E... e la tua qual è?»

«Mostrarti quanto sono impure e poi donarle a te perché tu possa redimerle. Questo vuole il Signore, questo è il volere di Dio. Fidati di me. Insieme, ripuliremo il mondo. Non vuoi ritrovare Alice?»

«Sì.»

«Allora mettiamoci subito al lavoro. Tu redimerai la tua anima, io appagherò il mio corpo.»

E lui aveva obbedito.

Erano diventati una squadra. Avevano realizzato le loro fantasie, insieme, e lui aveva promesso che avrebbe protetto sia lui sia se stesso, per sempre. E così era stato.

«Ammazzala» gli ordinò la madre, riportandolo con il pensiero in quella stanza. «Io non posso certo farlo, guarda come sono ridotta.»

«Non è sola.»

«E quindi? Non è mai stato un problema per noi. Fallo ora. Il posto è libero, non è così?»

«Sì, ma mi serve per...»

«Ne troverai un altro.»

«NO!»

Si era alzato di scatto, rovesciando la sedia.

«Cosa hai detto? Come ti permetti?»

167

«Io lì sono stato felice.»

«Ah, ma davvero? Che cosa vuoi insinuare? Che per colpa mia non lo sei più? Vattene subito da questa casa, mostro ingrato. Tutto quello che ho fatto l'ho fatto per te e tu è così che mi ripaghi?»

«Tu... tu non mi hai mai voluto bene. Ora lo vedo!»

La madre scoppiò a ridere. «I figli sono tutti uguali. Li metti al mondo tra atroci sofferenze e quelli che fanno? Ti deludono, ti abbandonano...»

«Non ti ho abbandonata.»

«Punti di vista. Dimostrami che non è così e fai quello che devi fare una volta per tutte.»

«Io... io ti odio, mamma.»

«So che non è così, figlio mio. Dammi un bacio e vattene. Teresa Papavero ti aspetta.»

E lui ubbidì, ancora una volta.

Teresa Papavero lo stava aspettando.

31

Dopo la famigerata cena, Tancredi era tornato a Roma. Avevano discusso e lui si era rifiutato di restare con lei. Era stanco delle resistenze di Teresa e stanco che non ammettesse quanto Serra fosse ancora presente nella sua vita. In effetti, l'apparizione improvvisa di Leonardo aveva cambiato le carte in tavola, di nuovo, e Maurizio se n'era accorto.

«Tu, Papavero, hai un terrore fottuto di ciò che potresti avere» le aveva detto Maurizio, prima di salire in macchina. «Sei spaventata alla sola idea di essere felice. Quando si desidera qualcosa, in genere si fa di tutto per ottenerla. Tu no. Tu ragioni al contrario. Perché hai paura che questo qualcosa poi possa sfuggirti dalle mani. Be', ti dirò un segreto: la vita è fatta anche di perdite. Ma ci si rialza e si combatte di nuovo. Cosa vuoi? Serra? Vallo a prendere, allora.»

«Non diciamo stupidaggini, io... in realtà io non ho bisogno di nessuno.»

«Già, come Steven Segal. Non è una questione di bisogni, si tratta di decidere con chi si ha piacere di stare adesso.»

«Adesso, è vero. Domani, però?»

«Nessuno può garantire per il futuro e la mia pazienza si sta esaurendo. Vogliamo provarci? Proviamoci, senza troppe storie. Altrimenti, ognuno per la sua strada e amici come prima. Ma non ho tutta la vita davanti e neanche tu.»

«La fai facile. Sei abituato a combattere io...»

«Anche tu. Solo che non ti piace sentirtelo dire. Papavero, la felicità è una scelta.»

Dopo una settimana, il braccio era tornato a posto e le contusioni quasi del tutto scomparse. Ma Teresa, seduta di fronte a Giulio Minzioni, ripensava a quelle parole e si sentiva ancora inquieta. E non solo per colpa di Tancredi. Quella casa odorava di vecchio, nonostante il professore, alla veneranda età di ottantaquattro anni, fosse ancora sorprendentemente lucido e scattante. Con i capelli corti e radi e gli occhi azzurri, quasi di ghiaccio, la fissava senza dire una parola, come se la stesse studiando. Per un attimo se lo immaginò chiuso in cantina, o in una di quelle stanze imbottite dei manicomi, intento ad armeggiare con dei bisturi, e le vennero i brividi. O forse era solo il freddo.

Era dicembre, ormai, e l'umidità pungente di Ferrara aveva colto entrambi, lei e suo padre, impreparati. Teresa aveva prenotato due camere in un piccolo albergo della città ed erano partiti in treno da Roma, accompagnati in macchina alla stazione da Ivanka e Danko, che poi erano rientrati a Strangolagalli. Ivanka piangeva, non si capiva bene per cosa, forse pensava di non rivederla più, e Danko le cingeva la vita con il braccio, perché alle spalle non ci arrivava.

Appena arrivati, suo padre era andato a farsi un giro per il centro: non aveva alcuna intenzione di incontrare Giulio Minzioni che considerava un vecchio borioso, mentre lei aveva atteso mezzogiorno e si era presentata a casa sua.

«Dalla sua telefonata non ho capito bene il motivo di questo incontro» le disse il professore, interrompendo i suoi pensieri. «Cioè, il tema dell'inchiesta che sta conducendo.»

«Mi scusi, ha ragione. Il mio giornale è interessato ad approfondire quanto i traumi infantili possano incidere sulla formazione di un serial killer. Sono qui per Giorgio Maser e Aguscello.»

«Mio Dio» quasi bisbigliò l'uomo, appoggiandosi allo schienale. «Mi sta riportando con la mente a un'altra vita.»

«Mi dispiace.»

«Perché dovrebbe? Una vita che a me piaceva molto. Ero giovane e con una lunga strada davanti a me. Se non fossi stato ambizioso probabilmente sarei rimasto lì.»

«Può raccontarmi qualcosa? Voglio dire, nei limiti del segreto professionale.»

«Come ha fatto a risalire a me? Tutti i documenti di quel posto sono andati a fuoco nel famoso incendio e...»

Teresa decise di tentare la via della sincerità. La sua reazione, perlomeno, le avrebbe detto qualcosa.

«Ho trovato il suo biglietto da visita nella giacca di uno scheletro. Strano, eh?»

«Molto, direi.»

Di nuovo quegli occhi a fessura e quello sguardo di ghiaccio. E poi, che razza di reazione era?

Non si era neanche scomposto. E allora la colpì il pensiero che era sola con lui in quella casa e le tornò in mente l'immagine di poco prima... la cantina, i bisturi... e la sua inquietudine crebbe, per quanto si ripetesse che era assurdo. Giulio Minzioni era un professore di psichiatria molto noto, con un curriculum notevole e numerose pubblicazioni, e pure piuttosto anziano. Un po' come suo padre. Non avrebbe mai creduto di potersi sentire in pericolo. Mai. Eppure aveva la pelle d'oca. Che cosa diceva sempre il suo professore all'Università dell'Aquila?

«Spesso il soggetto ignoto è perfettamente inserito nella società, ha un lavoro appagante, un'ottima posizione sociale. Le vittime lo seguono di propria spontanea volontà e mai nessuno, se interrogato, potrebbe immaginare che lo stesso uomo con cui di solito giocano a carte, a golf, a tennis, sia lo stesso che uccide brutalmente...»

«Dunque, cosa vuole sapere di Aguscello?» intervenne Minzioni, riportandola alla realtà. «Io ho lavorato lì per poco tempo e Maser non era un mio paziente. Posso però dirle una cosa con certezza: nessuna violenza veniva perpetrata su quei poveri bambini. Erano tutte sciocchezze montate dai media. Spero che il suo giornale ne tenga conto.»

Come mai non le aveva domandato nulla sullo scheletro? No, quell'uomo aveva qualcosa che non andava e sembrava uscito dal processo di Norimberga. Lui era uno degli imputati, però.

«Glielo garantisco. Non è nel nostro interesse. La mia indagine riguarda tutt'altro. Sa dirmi chi aveva in cura Maser?»

L'uomo scosse la testa. «Io ero già andato via dalla struttura quando lui è stato ricoverato.»

«Che anno era?»

«Il 1962.»

«Maser avrà avuto più o meno dodici anni?»

«Probabile. L'età di tutti quei ragazzi si aggirava intorno agli otto, dieci anni. So che Maser ne aveva pochi di più. Anche perché, quando è stato arrestato, ne aveva trentasette, credo, quindi i conti tornano. È morto in prigione, se non sbaglio.»

«Sì, purtroppo. Lo avrei incontrato volentieri. Il giornalista Matteo Caserta, scomparso di recente, mi ha detto che non era convinto che fosse lui il colpevole. O meglio, che c'era qualcosa che non lo convinceva del tutto.»

«E cioè?»

«Cioè la scelta delle vittime, per esempio. Le ragazze uccise non somigliavano affatto alla madre di Maser. Punto primo. E nessuno in famiglia era cattolico praticante, ho studiato gli incartamenti che mi ha passato Caserta. Quindi il *modus operandi*, così connotato storicamente, sembra indicare qualcuno con un'istruzione raffinata o una qualche mania religiosa, non crede?»

«Io credo che ognuno debba fare il proprio lavoro. Caserta faceva il giornalista, non lo psichiatra.»

Stava difendendo Maser, la tesi del padre di Teresa, o se stesso?

«Ha perfettamente ragione, per questo sono qui da lei.»

«E allora si fidi se le dico che lui ERA il "mostro di Ferrara". Ne aveva tutte le caratteristiche. Infanzia con abusi sessuali da parte del padre, sociopatia, narcisismo... e non ha idea di come riduceva le sue vittime.»

Teresa deglutì. Cos'era quella? Una sfumatura di compiacimento?

«Le teneva segregate per settimane» proseguì. «Gli piaceva vedere la loro sofferenza. Si nutriva del loro dolore. La maggior parte aveva le ossa spezzate, una è stata trovata con le braccia e le gambe disarticolate. Ci vuole molta forza per farlo, sa?»

Doveva rispondere? Dio mio, questo Minzioni era un nazista. O un serial killer.

«Lei però non era il suo medico...» riuscì solo a dire, dandosi della sciocca. Non doveva far trapelare nulla e andare via da lì il prima possibile.

«Infatti, ma so leggere i giornali, e un mio collega fece una diagnosi molto azzeccata del suo profilo criminale. Mi pare si chiamasse Papaveri, o qualcosa del genere...»

«Sì, Giovan Battista Papavero.»

«Esattamente. Lui. È sicura che non vuole niente da bere?»

«No, no, grazie. Anzi, le chiedo un'ultima cosa, poi tolgo il disturbo. Si ricorda di Alice Mantovani?»

«Alice Mantovani? Mi faccia pensare... questo nome mi è familiare.»

«Una delle vittime di Maser.»

«Ma certo! Alice.» Si batté la fronte con la mano. «Ecco perché ricordavo il nome. Era una mia paziente, o almeno lo è stata per un brevissimo periodo di tempo. Lei era entrata nella struttura solo un anno prima di Maser. Una ragazzina molto introversa. Bellissima, ma introversa. Anche lei aveva subito degli abusi dal padre. Non fisici, psicologici.»

«Strana coincidenza, non trova?»

«Affatto. Tutti i ragazzini di quella struttura erano lì per gli stessi motivi. Si vede che non è una psicologa. Le coincidenze non esistono.»

«Lo dice spesso anche mio padre» le scappò.

Ma Minzioni non le chiese nulla a riguardo. Questo fece scattare in Teresa un ulteriore campanello di allarme, se ce ne fosse stato ancora bisogno. Forse sapeva chi era e questo avrebbe spiegato anche il motivo per cui non le avesse chiesto nulla dello scheletro. Perché ce lo aveva messo lui nell'intercapedine. Rabbrividì.

«Ricordo che Alice aveva una sorella più grande. Le era molto affezionata. Il nome però adesso mi sfugge... mi scusi, l'età è maledetta... però, però sono quasi sicuro che la madre sia ancora viva. Almeno, lo era all'epoca dell'arresto di Maser.»

«Dice sul serio?»

In realtà Teresa sapeva che era così, aveva già controllato. E conosceva anche il nome della sorella di Alice, perché glielo aveva riferito Caserta, ma ormai desiderava scavare il più possibile nella mente del professore.

«Be', sì. Era molto giovane quando aveva avuto le figlie. Anche lei ogni tanto passava per Aguscello. Raramente. Si sentiva in colpa per non aver fatto nulla per Alice, ma quando veniva in visita, per la ragazza era una vera gioia.» E quest'ultima frase la pronunciò con una sfumatura particolare. Un piacere inspiegabile, dal momento che erano trascorsi anni.

«La ringrazio davvero. Lei è stato gentilissimo. Le faccio un'ultima domanda poi tolgo il disturbo. Le dice qualcosa il nome Luisa Tatti?»

Non poteva andare via da lì senza sapere.

Lui sorrise.

«Certo» disse.

E Teresa si sentì mancare.

«Una ragazzina molto fragile, anche lei.»

«P... perché?»

«Mai saputo. Non si apriva, non si confidava. Me la ricordo bene. Se ne stava seduta di fronte a me, in silenzio a mangiarsi le unghie. Era come se vivesse in un mondo tutto suo. Riusciva a trovare se stessa solo con Alice. Erano inseparabili. Non so dirle altro. Poco tempo dopo sono andato a lavorare altrove. Ma mi è sempre rimasta impressa Luisa.»

Dio mio, che problema aveva sua madre? Che cosa le era accaduto?

«Grazie. Io ora devo proprio scappare...»

«Che peccato. Parlare di quel periodo mi ha riportato indietro nel tempo. A ricordi molto belli... sicura che deve proprio lasciarmi?»

Teresa annuì con enfasi e si alzò dalla sedia. Adesso doveva davvero andare via. Ne sentiva il bisogno. Sentiva che se fosse rimasta le sarebbe accaduto qualcosa di brutto.

«Allora non mi resta che farle strada. Venga, l'accompagno all'ingresso.»

«Non si disturbi...»

«Ci mancherebbe.»

Con uno scatto repentino, insolito per un uomo di quell'età, riuscì a passarle davanti e ad aprirle galantemente la porta. Lei però non voleva assolutamente trovarselo alle spalle. L'ultima volta che si era lasciata cogliere di sorpresa, aveva quasi rischiato di morire. E se fosse stato lui ad aggredirla a casa del giornalista? Non doveva abbassare la guardia.

«Prego, passi prima lei.»

Il suo tono fu così deciso, che Minzioni capitolò. E mentre lo osservava avanzare verso le scale si accorse che zoppicava.

«Si è fatto male?»

«Come?»

«La gamba...»

«Ah, non è nulla. Un piccolo infortunio giocando a golf. La mia passione.»

Quando Teresa si ritrovò fuori a respirare l'aria fredda di dicembre, le sembrò un miracolo.

Per un attimo, aveva avuto la sensazione che da quella casa non sarebbe uscita viva.

32

«Papà, quell'uomo è inquietante.»
Si erano trovati in centro, subito dopo l'incontro con Minzioni, che viveva appena fuori Ferrara.
Teresa aveva chiamato un taxi e aveva raggiunto il padre.
«E io che cosa ti avevo detto?»
«No, tu mi avevi detto che era un vecchio borioso, non un possibile serial killer.»
«Tu vedi serial killer ovunque. Questo mi preoccupa moltissimo. Forse è il modo in cui sei cresciuta, l'ambiente che hai respirato. Mi sento un po' in colpa.»
«Ma *nooo*, anzi.»
«Meno male, allora non pensiamoci più. Mangiamo qualcosa prima di andare dalla Mantovani?»
«Veramente volevo fare un salto a Tresigallo subito, per dare un'occhiata in giro.»
«Che cosa vuoi che ci sia a Tresigallo?»
«Le vittime, papà. Perché non vuoi darmi un po' di credito? Ti sembrano tutte sciocchezze le mie?»
«Devo rispondere?»
Ma Tresigallo sorprese entrambi.
La città metafisica, così veniva chiamata. E lo si poteva comprendere subito, alla prima occhiata, il motivo di quel nome.

Palazzi bassissimi, tutti uguali e dai mille colori, portici di marmo, coni, parallelepipedi, archi. Un'architettura razionalista unica in Italia, che regalava una dimensione straniante a quella città. Una specie di calma folle.

«Che posto incredibile» disse Teresa mentre passeggiavano, soli, lungo la via principale, circondati da quelle case basse e colorate messe lì come delle quinte prospettiche.

«Sembra un manicomio gigante. Non mi stupisce che Maser sia impazzito.»

«Che intendi dire?»

«Che l'ambiente in cui cresci ti influenza. Guarda cosa ha fatto a te!»

Teresa alzò gli occhi al cielo e, come faceva da ormai quarantatré anni, cambiò discorso: «Cosa diremo alla povera Carla Mantovani?».

«Lascia parlare me. Non sono situazioni facili da gestire. Ci vuole molta psicologia e altrettanta delicatezza.»

Mangiarono in silenzio in un bar sotto gli archi della piazza principale, immersi in un'atmosfera surreale. L'appartamento di Carla si trovava proprio lì dietro. Finirono per suonare il campanello senza neanche aver concordato un piano.

Vennero accolti in un ambiente caldo, ma triste. Tutto in quella casa raccontava il dolore della perdita. Teresa riusciva a sentirlo bene.

«Professore, che sorpresa rivederla, dopo tutti questi anni…» e la tristezza di quel pensiero fece sfiorire il sorriso della donna. Se ne andò, così come era venuto.

«Da quando mi ha telefonato, io… io non ho più avuto pace. Non so come si possa sopravvivere alla perdita di due figlie.»

«Come due? Ero rimasto a una.»

Teresa cominciò a tossire violentemente per l'imbarazzo.

«Mi scusi, è il freddo. Mio padre intendeva dire che non si aspettava di trovarla così... così spontanea, ecco.»

«No, no. Sono realmente sorpreso. Come direbbe Oscar Wilde, "Perderne una è sfortuna, ma perderle entrambe è sbadatag..."»

«Io la capisco benissimo» intervenne Teresa sull'orlo della disperazione. Carla stava guardando Giovan Battista Papavero con gli occhi sbarrati e un'espressione stordita.

«Mia madre è scomparsa quando avevo dodici anni» proseguì Teresa, approfittando dello smarrimento della Mantovani. «Per questo sono venuta qui con papà. Perché forse lei ha le risposte che sto cercando da tanto tempo.»

«Era *L'importanza di chiamarsi Ernesto*, comunque» disse sottovoce Giovan Battista Papavero.

Per fortuna, la donna era così anziana, e così stanca della vita, che non comprese a fondo che cosa stesse accadendo.

«Se posso aiutare, lo faccio volentieri. Volete vedere le loro stanze?» chiese. Come se non aspettasse altro da quando erano entrati.

«No, no, grazie» rispose Giovan Battista.

«Certamente» intervenne Teresa. «Tu papà, forse è meglio se...»

«Non mi muovo. Questo divano è comodissimo.»

Dopo avere seguito Carla lungo un tetro corridoio, Teresa si ritrovò in una cameretta da bambina, con le pareti rosa, il copriletto rosa e le tende rosa.

«Quella di Alice. Ho lasciato tutto com'era.»

A Teresa venne un groppo alla gola al pensiero che lei, al contrario, aveva voluto cancellare ogni traccia di sua madre.

La mente giocava strani scherzi e ciascuno aveva i suoi elaborati meccanismi per rimuovere il dolore.

«Ora le faccio vedere la stanza di Elisabetta. Sa, quando Alice è… è stata rapita e poi uccisa, la sorella non si è data pace.»

«Quanti anni avevano di differenza?»

«Tre.»

«E quando… quando è scomparsa l'altra sua figlia, se posso chiederlo?»

«Nel 1988. In gennaio. Faceva molto freddo, proprio come adesso. Non lo dimenticherò mai. Mi ha detto: "Mamma, vado a trovare Alice".»

«È una frase strana…»

«Ha detto proprio così. Ha fatto una piccola valigia e se n'è andata. Credo si sia suicidata. Questo intendeva con…»

«Non lo penso affatto.»

«Come dice?»

«La valigia. Nessuno che abbia intenzione di suicidarsi si mette a fare le valigie.»

Carla Mantovani la guardò come un naufrago che vede avvicinarsi una nave. «Lei è la prima che… Polizia, carabinieri, medici, tutti parlarono di depressione e di suicidio. E smisero di cercarla, subito.»

«Sa cosa credo? Credo che sua figlia stesse cercando delle prove. E credo anche che le avesse trovate. Ha qualcosa che apparteneva a Elisabetta che io potrei prendere? La sua spazzola, o un pettine, un maglione che non ha più lavato, i suoi primi dentini. Glielo restituirò al più presto, ovviamente.»

«Perché mai dovrei…? Non capisco…»

«Perché vorrei dimostrare che sua figlia non si è suicidata. Perché vorrei darle la possibilità di seppellirla.»

E lì, al centro del mondo di Elisabetta, Teresa le raccontò tutto, o quasi.

Carla piangeva, ma non erano lacrime di dolore, finalmente.

Erano lacrime di vita. Le diede la spazzola, ancora piena di capelli ricci. Come se la figlia fosse passata di là appena un'ora prima. Poi fu il turno di Teresa di avere delle risposte.

«Se non le dispiace» disse tirando fuori le fotografie dalla borsa, «potrebbe dare un'occhiata a queste?»

La Mantovani allungò le sue mani tremanti e quando le vide, non poté più trattenersi: «Alice! Alice nel giardino di Aguscello...»

«Esattamente. E sa dirmi chi è la ragazza insieme a lei?»

«È Luisa!»

E qui fu Teresa a non trattenersi più. Sapeva bene di chi si trattava, ma sentire pronunciare il suo nome la fece commuovere. «Sì, è... è mia madre. Non avevo idea che lei... che lei fosse stata ricoverata in un posto come quello. Non ne aveva fatto parola con nessuno e...»

«Tesoro caro, non sono cose di cui si parla facilmente, soprattutto a una figlia. O a un marito, non trovi?»

«Forse ha ragione. Lei... lei la conosceva bene?»

«No, non bene. Non conoscevo neanche mia figlia. Anzi, le mie figlie. Ma era la migliore amica di Alice, di questo sono sicura. L'unica amica che aveva lì dentro. Erano inseparabili. Un terzetto, in verità.»

«Terzetto?»

«Sì... con loro c'era sempre un ragazzo, un bambino tanto a modo. Elisabetta avrebbe ricordato il nome, lei andava spesso a trovarlo, ma io... io non me la sentivo.»

«Sarebbe molto importante se...»

«Lo so, ma proprio non riesco... non ricordo... Ah, la testa, mi scusi. E deve avere fatto lui la foto, o la stessa Elisabetta.»

«Spero tanto che le venga in mente.»

«Lo spero anche io e nel caso la chiamerò immediatamente.»

«La ringrazio. Quanti anni potevano avere in questa foto?»
«Vediamo, qui sarà il 1964, 1965. Tredici, quattordici.»
«E quanto è rimasta Alice in quel posto?»
«Tanto tempo. Usciva, rientrava... Poi, poco prima di tornare lì dentro, lei è... è...» ma non riuscì a concludere la frase. Troppo dolore.

Si abbracciarono a lungo. Consapevoli entrambe che non c'era più bisogno di aggiungere altro.

Quando tornarono in salone, trovarono Giovan Battista Papavero addormentato sul divano.

Uscirono da quella casa sconvolti, anche se per ragioni differenti, e con una manciata di cioccolatini che Teresa non era riuscita a rifiutare e che aveva nascosto nella borsa per non offenderla.

33

«Allora, è andata bene mi pare, no?» disse Giovan Battista Papavero mentre salivano in taxi. «Non ho capito la storia delle figlie. Cioè come è possibile che siano morte entrambe? Tu mi hai persino zittito mentre citavo la battuta di Oscar Wilde, che invece era oltremodo calzante: "Perdere un genitore è sfortuna, ma perderli entrambi è sbadataggine!" In questo caso, la povera Carla aveva perso le figlie, ma...»

«Sì, papà. Ti sembrava opportuna?»

«Molto, in effetti.»

«E comunque Elisabetta non è morta, è scomparsa. All'epoca hanno ritenuto si fosse suicidata per il dolore. Io, invece, penso che lo scheletro trovato a Strangolagalli, trent'anni dopo, sia proprio il suo.»

«E cosa te lo fa pensare? Soprattutto, cosa diavolo ci faceva a Strangolagalli? Ultimamente pare sia diventato il centro dell'universo, quel paese. Roba da matti.»

Già, pensò Teresa, *che ci faceva?*

Le rotelle del suo cervello si misero in moto all'improvviso.

«Credo... credo fosse lì per incontrare mamma.»

«Eh?»

«Ragioniamo. Sapevi che mamma da bambina era stata in manicomio?»

«Certo che no! Tu, piuttosto, come fai a saperlo?»

«La foto! La foto ritrovata insieme allo scheletro, quella che ti ho mostrato a Ventotene, con il medico che si vede sullo sfondo. Abbiamo stabilito che è stata scattata ad Aguscello e...»

«Chi lo ha stabilito? Abbiamo chi?»

«Era un modo di dire...»

«Ah, va bene. Devi essere chiara nell'esposizione, altrimenti come faccio a capire e ad aiutarti? Allora, Luisa è stata in un manicomio. Il che spiegherebbe parecchie cose, anche la tua pazzia. Lo dicevo, l'hai ereditata da Luisa, non da me. Ma a parte questo, dove altro ci conduce tutto ciò?»

«Al fatto che mamma si trovava lì, insieme ad Alice Mantovani. Al fatto che erano molto amiche e che a un certo punto Alice esce dal manicomio e viene uccisa. Nel frattempo, mamma, che fine fa? Resta lì dentro? Continuano a sentirsi?»

«E che ne so?»

«Domanda retorica, papà.»

«Precisione, Teresa. Precisione!»

«Va bene, sarò più precisa. Cerca di seguirmi, però. Dopo qualche anno, arrestano Maser, ricoverato con loro nello stesso manicomio e nello stesso periodo. Forse lui aveva cominciato lì, ma non lo sappiamo. Probabilmente, tra le prime a fare una brutta fine è proprio Alice.»

«Sì, i conti tornano. Maser ha operato per una quindicina di anni. Dal 1970, quando il manicomio va a fuoco e lui viene rilasciato, fino all'arresto.»

«Ma Alice viene uccisa nel 1968.»

«Sarà uscito di nascosto.»

«Plausibile. Comunque è un sadico sessuale. Violenta e tortura le sue vittime con strumenti medioevali che lui stesso costruisce, giusto?»

Giovan Battista Papavero annuì, mentre l'autista gettava ai due clienti occhiate terrorizzate dallo specchietto retrovisore. Su "strumenti medioevali" mandò un sms al suo collega: "Ho caricato due psicopatici assassini". In risposta ricevette un: "Incidenti del mestiere".

«Ma perché?»
«Perché cosa?»
«Risultava che sua madre fosse una fervente cattolica? Quando ha imparato a costruire quegli strumenti? Che senso avevano per lui? Tra l'altro, non mi risulta siano mai stati trovati.»
«No, li avrà distrutti. E quelle ragazze dovevano espiare le loro colpe al posto della madre.»
«Ma se neanche ci assomigliavano da lontano?»
«A chi?»
«Alla madre di Maser!»
«Le ragioni possono essere molteplici. La domanda fondamentale è: che cosa ci vedeva lui? La somiglianza con qualcuno è una cosa che riesce a riconoscere solo il soggetto in questione. Noi non la vediamo.»
«Okay, proseguo, allora. Elisabetta, la sorella di Alice, per qualche ragione, non credeva che fosse stato Maser a ucciderla. Forse aveva trovato delle prove a suffragio di questa ipotesi. Forse le prove erano in quel rullino. Forse *erano* il rullino. Ma in che modo? Le foto le abbiamo viste e non ci sono indizi. Comunque, se così fosse stato, tu al posto della ragazza da chi saresti andato a chiedere aiuto?»
«Da un buon terapista.»
«No. Dalla migliore amica della sorella all'epoca dei fatti e...»
«Teresa, come ben sai, o forse no, i seriali cambiano raramente la vittimologia stabilita, perché si basano su una fantasia

molto specifica. Quante probabilità ci sono che possano nascere due sadici sessuali con la stessa fantasia e quindi con la medesima vittimologia? Maser era colpevole, che ti piaccia o meno. Gli omicidi successivi sono una casualità. Così come è una casualità il fatto che tua madre si trovasse ad Aguscello.»

Intanto il taxi era entrato sgommando nel parcheggio dell'albergo. L'autista scese con un balzo e spalancò lo sportello del passeggero, dalla parte dell'uomo, che gli era parso il più pericoloso.

«Siamo arrivati!» annunciò, muovendosi sulle gambe inquieto.

Questo fece perdere la concentrazione a Teresa, che proprio un attimo prima stava per raggiungere un punto fondamentale del suo ragionamento.

«Accidenti» pensò ad alta voce.

La frase spaventò ancora di più il povero autista che ringraziò il cielo di essere giunto a destinazione sano e salvo.

«Ceniamo in albergo?» domandò il padre, dopo aver pagato la corsa e osservato l'uomo che risaliva in macchina e partiva a tutta velocità. «Ma è matto? Spero lo fermi la stradale. Siamo vivi per miracolo. Hai notato come guidava?»

Teresa annuì. Non voleva che le sfuggisse il filo del ragionamento. Aveva intuito qualcosa, ma in quel momento non riusciva a coglierlo.

«*Bah*, tassisti. Io comunque sono distrutto. L'incontro con la Mantovani mi ha molto scosso.»

«Anche me, papà, anche me.»

Si registrarono alla reception e presero l'ascensore insieme.

«Faccio un riposino» le disse il padre. «Allora ceniamo qui? Ci vediamo giù tra tre ore. Diciamo per le otto?»

«Perfetto.»

Teresa era sovrappensiero. Entrò in stanza e buttò la piccola valigia sul letto.

Che cosa le stava sfuggendo? Guardò l'ora: erano le cinque e c'era ancora un po' di luce fuori. La giornata era stata fredda, ma assolata. Non ci pensò su molto. Svuotò la borsa dalle cose inutili, come la spazzola di Elisabetta e le foto delle torture, mentre conservò quella di Alice, prese una bottiglietta d'acqua del frigo bar e anche un pacchetto di salatini, li adorava, e scese di nuovo alla reception.

34

«Dove la porto?» chiese il tassista, non appena salì in macchina.
«Ad Aguscello.»
Quello si voltò di scatto verso di lei. «Il vecchio manicomio?»
«Sì, esattamente.»
«Guardi che è chiuso, eh!»
Teresa scoppiò a ridere. «Lo so, grazie. Non avevo intenzione di farmi ricoverare. Devo solo dare un'occhiata veloce.»
Il tassista, evidentemente avvezzo alla follia dei clienti, non fece una piega, ma si vedeva che era inquieto. «C'è qualche cosa in particolare che la attira di quel posto?» chiese a un certo punto. «Mi scusi se glielo domando, ma… insomma, non è come visitare un museo, non so se mi spiego.»
«Perfettamente. Sono una giornalista e sto… sto conducendo un'inchiesta.»
«Ah, ovvio, sì. Ne ho accompagnati parecchi di quelli come voi lì, in effetti. Ma tanto tempo fa. Adesso non ne parla quasi più nessuno.»
«Strano, no? Voglio dire, all'improvviso hanno smesso di occuparsene.»
«Già. Io non ci capisco niente di queste cose. Mi sa che funziona un po' come per la politica, o i programmi televisivi. Si seguono le mode del momento.»

«Credo che lei abbia ragione.»

«Quindi conosce tutte le storie che sono circolate su questo ospedale psichiatrico, inutile che gliele racconti io...»

«Invece no, me le dica. Qualcosa può essermi sfuggito.»

«Storie tremende. Intanto, lo sapeva che era gestito dalle suore?»

«No» mentì.

«Già basterebbe, non trova? Le suore sono inquietanti. Infatti torturavano i bambini. Con strumenti tipo elettroshock e robe di questo genere. Mi hanno raccontato che se ci vai di notte, puoi sentire i loro lamenti...»

«I lamenti dei bambini? Dio mio, che cosa tremenda. E lei ci è andato?»

«Non sono mica scemo! Anche se, per carità, non credo ai fantasmi, eh! Però... meglio non rischiare di incrociarne uno, giusto?»

«Giustissimo.»

«Comunque, dicono che dentro, non nel parco, ma nell'edificio, ci siano ancora le sedie e i lettini che usavano un tempo. Il solo pensiero mi fa venire i brividi. E che i muri siano ricoperti di scritte terribili. Ci facevano i riti satanici. Dopo, però. Cioè dopo che è stato chiuso.»

«Per l'incendio?»

«Anche lì, se ne dicono molte. La versione più accreditata è quella, sì, un incendio doloso che avrebbe ucciso tutti i bambini. Però io preferisco l'altra. Dice che un ragazzino, un certo Filippo Erni, si sa pure il nome, sia impazzito in seguito alle torture subite, abbia ucciso alcuni suoi compagni e sia stato rinchiuso in una stanza all'ultimo piano. Da lì, pare che si sia lanciato in preda alla disperazione e che adesso vaghi proprio nel giardino, correndo come un forsennato e con la faccia cattiva. In seguito allo scandalo, il manicomio fu chiuso. E lo spirito del ragazzino è prigioniero di Aguscello per sempre...»

Teresa, nonostante non credesse a una parola di quello che aveva già letto anche su Internet, non poté fare a meno di rabbrividire. Per fortuna, c'era ancora luce, e non era sola.

Quando il taxi svoltò in un sentiero non asfaltato, capì di essere arrivata.

Un cancello arrugginito e imponente chiudeva la struttura. Ma si vedeva che la catena era lasca e che si poteva passare attraverso le sbarre.

«Può aspettarmi? Ci metterò davvero cinque minuti.»

«Ha paura di incontrare il ragazzino, eh?»

«Mi è venuto un dubbio.»

«Non la lascio mica da sola.»

«Grazie mille. Tanto resto nei paraggi.»

«Non si preoccupi. Sto qui, non mi muovo.»

35

L'autista attese un'ora. Poi, non vedendola tornare, si affacciò al cancello.
Niente. Della sua cliente, neanche l'ombra.
Coraggiosamente, si infilò tra le sbarre e attraversò il parco. Ma dentro l'edificio non sarebbe mai e poi mai entrato. Si limitò a chiamarla da fuori.
«Signorina? Signorina è qui?»
Nessuna risposta.
Che doveva fare?
Tornò indietro e chiamò la centrale operativa. Non gli era mai accaduta una cosa del genere e non voleva commettere degli errori. Che poi, si sapeva come andavano certe cose. Avrebbero accusato lui di rapimento o, peggio, di omicidio. Sarebbe finito sui giornali. Magari in carcere! In fondo, aveva visto abbastanza telefilm per sapere che l'ultimo ad avere visto la vittima era quello che ci andava sempre di mezzo. Cos'era, la giornata dei matti?
Il suo collega, poveraccio, aveva caricato due assassini. A lui era toccata una donna scomparsa. Che poi, una mica poteva svanire nel nulla così, giusto?
Dalla centrale gli dissero di tornare in albergo e avvisare che la cliente era sparita.

E lui lo fece.

La ragazza della reception, peraltro una gran bella ragazza, chiamò al banco il padre della sua cliente che scese indossando i pantaloni del pigiama e una camicia sgualcita.

«Che succede?»

«L'autista, qui…» cominciò a dire la receptionist.

«Pierfrancesco» la interruppe subito il tassista, facendo gli occhi da pesce lesso e appoggiando il gomito sul bancone. «Come Favino, l'attore.»

Lei gli sorrise e Pierfrancesco si sentì mancare. Era la donna della sua vita.

«Pierfrancesco stava dicendo che sua figlia, è sua figlia, giusto? Che si è fatta accompagnare ad Aguscello, è scesa dal taxi, ma poi… sì, ecco, poi…»

«È svanita nel nulla» le venne in aiuto il Favino mancato.

«Tipico di Teresa. Dovevamo cenare tra poco…»

«No, guardi, scusi se insisto, ma la cena se la scordi proprio! Voglio dire che è davvero scomparsa. Anche se fosse uscita da un'altra parte, dove poteva andare? Il posto è isolato e lontano da altre abitazioni… poi lei mi aveva detto che non si sarebbe allontanata.»

«Be', ma tra il dire e il fare…»

Questo era scemo, o cosa? pensò l'autista.

«Senta, io sono tornato per informarla. Perché, insomma, si sa come vanno certe cose e non voglio averci nulla a che fare. Sono un bravo ragazzo, io» e mentre lo diceva, aveva gonfiato così tanto il petto che per poco non gli esplodeva. L'importante era avere colpito nel segno con la receptionist. Le gettò uno sguardo di sottecchi e capì di esserci riuscito. Lei lo stava fissando con ammirazione. Doveva dare l'affondo. «Tra l'altro» aggiunse, «sono entrato personalmente a cercarla.»

«Cioè? Sei entrato nel manicomio?»
Ormai era sua.
«Certo. Se una donna è in pericolo, mica mi tiro indietro. Anzi. Prima ho perlustrato il giardino. Centimetro per centimetro. Poi mi sono detto che dovevo fare di più, e sono entrato.»
«Ma è pericoloso! Ci sono gli spiriti!»
«Nooo!»
«E non l'ha trovata?» Giovan Battista Papavero, adesso, stava cominciando a perdere la pazienza. Cos'era quel siparietto?
«Niente. Nessuna traccia. E ormai sono passate due ore. E siccome un mio collega mi ha detto che proprio oggi ha portato qui due assassini, insomma... il minimo che potessi fare era avvisarla.»
«Due assassini? Qui da noi?» La ragazza era sconvolta.
L'autista annuì, serio. «Ma non ti preoccupare. Se vuoi resto nei paraggi.»
«Davvero lo faresti? Grazie mille...»
«Bisognerà chiamare la polizia» disse sovrappensiero il Professore. «Ma due ore sono troppo poche perché una persona venga dichiarata scomparsa.»
«Già. Però è così, eh! Glielo garantisco. Io comunque rimango da queste parti, se ha bisogno.»
La receptionist sospirò, innamorata. Giovan Battista Papavero anche, ma per tutt'altre ragioni.
«La ringrazio. Vado a fare un paio di telefonate» e salì in stanza.
Questa storia non gli piaceva affatto. Perché Teresa era andata ad Aguscello da sola? Non poteva farsi accompagnare? Sapeva bene che sarebbe stato inutile avvertire la polizia prima di ventiquattr'ore, ma qualcosa doveva pur fare e se c'era una possibilità di ritrovare sua figlia, le ricerche sul posto andavano

fatte immediatamente. Le tracce, altrimenti, sarebbero state compromesse. Conosceva la procedura. Chiamò prima Nicola Lamonica e si fece dare il numero dell'ispettore che seguiva le indagini sullo scheletro, poi contattò il Morozzi e tutte le persone influenti che conosceva.

Quella notte, il manicomio di Aguscello fu invaso dalla polizia, ma di Teresa non c'era alcuna traccia.

Parte terza

36

7 dicembre 2019

Teresa, adesso, ricordava tutto.

In piedi, al buio, in mezzo a quella stanza delle torture, davanti a quella scritta macabra, si lasciò andare alla disperazione. Pianse, perché non aveva speranze, perché sapeva che cosa l'aspettava, perché nessuno sarebbe arrivato a salvarla.

Quanto tempo era rimasta addormentata?

Un'intera notte, si disse. Doveva essere così, dal momento che si era risvegliata stordita e senza memoria. Ore preziose. Ore in cui probabilmente l'avevano cercata, persino lì, ma lei non aveva potuto fare niente perché dormiva.

Camminò ancora rasente il muro. Non poteva arrendersi così facilmente. In qualche modo lui l'aveva fatta entrare, per cui doveva esserci una via d'uscita.

Rifletté mentalmente. Quanto sarebbe riuscita a resistere senza cibo né acqua?

Un mese senza mangiare, quindici giorni senza bere. Più o meno. Ma come avrebbe potuto calcolare lo scorrere del tempo? Impossibile. E prima o poi sarebbe dovuta andare in bagno… fu attraversata da un brivido al solo pensiero. Questa era la tortura che le aveva inflitto.

Niente marchingegni di legno per lei, niente spacca ginocchia. Solo una lenta agonia.

Non ci pensare, Teresa, si disse. *Concentrati su altro. Sei più forte di lui.*

Come prima cosa, doveva cercare di ricostruire gli avvenimenti. Anche un piccolissimo dettaglio poteva aiutarla. La memoria era la sua arma migliore e la memoria l'avrebbe fatta uscire.

Rovesciò il contenuto della borsa sul pavimento e lo illuminò con il portachiavi. Le aveva portato via il cellulare, ma probabilmente aveva tralasciato altre cose.

Il suono di quella bambolina echeggiò per tutta la stanza e stavolta la fece quasi sorridere. Se fosse stata sveglia quando avevano perquisito quel posto – sempre che si trovasse ancora nel manicomio, naturalmente – sarebbero riusciti a individuarla in un baleno.

Si riscosse e si mise ad analizzare gli oggetti sparsi a terra: una bottiglietta di acqua, una busta di salatini, un paio di caramelle, il portafogli, una penna... le fotografie? Dove erano le fotografie?

«No!» gridò. «Maledetto bastardo» continuò, come se lui potesse ascoltarla. «Mi senti, stronzo?»

Un momento, cosa erano quelli? Cioccolatini?

Sì, certo, erano i cioccolatini della signora Mantovani.

Scoppiò a ridere. «Vedi? Ho da mangiare e da bere. Ho perfino i cioccolatini!»

Ma che stava facendo? Aveva ceduto subito al suo gioco psicologico. Una mente lucida è capace di mettere in atto tutte le proprie strategie di sopravvivenza. Una mente sopraffatta non è in grado di mantenere l'equilibrio e crolla. Lei non doveva crollare. Poteva resistere, ma doveva centellinare energie, cibo, acqua.

Si sedette a terra, appoggiò la schiena al muro e cominciò a riflettere.

Era scesa dal taxi e si era infilata tra le sbarre di ferro del cancello. Se lo ricordava benissimo. Era andata verso l'ingresso, poi, quando aveva ritenuto di essere alla distanza giusta e nella giusta prospettiva, aveva tirato fuori la fotografia e l'aveva osservata.

Sì, si era detta. Quello era il posto esatto. Alle spalle di Alice, dalla porta principale, stava uscendo un medico, la macchia bianca che avevano individuato nella foto. Ricordò che aveva pensato che il camice bianco poteva essere indossato anche da un infermiere, o da una suora. Ma se invece fosse stato proprio un medico? Poteva trattarsi di Giulio Minzioni, per esempio. Lui le aveva riferito che non aveva in cura Maser, ma era la verità? In fondo, quanti medici lavoravano in quella struttura?

Poi aveva rivolto lo sguardo al taxi. Era sempre fermo lì davanti. Vedeva il braccio dell'autista sporgere dal finestrino e il fumo di una sigaretta alzarsi nell'aria.

Allora si era tranquillizzata e aveva fatto il giro. No, non sarebbe mai entrata da sola. Non tanto perché avesse paura dei fantasmi, piuttosto perché temeva molto di più le persone in carne e ossa, e lei, contrariamente a suo padre, era certa che ci fosse ancora un serial killer in circolazione.

Aveva camminato fino al retro della villa e si ricordava perfettamente di avere pensato a quanto doveva essere stata bella, un tempo.

Poi qualcuno l'aveva afferrata da dietro e le aveva tappato la bocca con una mano.

Aveva sentito una leggera pressione sul collo e si era fatto tutto buio.

Eccolo il suo ultimo ricordo.

Bene, ma questo come poteva esserle di aiuto?

37

Giovan Battista Papavero stava facendo colazione in albergo dopo una lunga notte trascorsa a perlustrare, insieme alla polizia, il manicomio di Aguscello. Ma di sua figlia non c'era traccia.

Non un indizio, non un'impronta. Scomparsa nel nulla. Ora, lui sapeva che questo era impossibile.

Da qualche parte doveva pur essere. Se anche l'avessero tagliata a pezzettini, eventualità a cui non voleva proprio pensare, i pezzi dove erano finiti?

L'autista del taxi, come promesso, aveva risposto a tutte le domande, sotto gli occhi ansiosi della ragazza della reception, mentre l'ispettore Morozzi, che aveva coordinato la perquisizione del manicomio da Roma, era ancora incapace di credere che la Papavero potesse averci visto giusto.

Il maresciallo Lamonica, dal canto suo, dopo avere ricevuto la telefonata di Giovan Battista, aveva allertato tutta Strangolagalli. Luigia, invece, si era messa in contatto con la redazione di *Dove sei?* che già quella sera avrebbe mandato in onda un servizio con le fotografie di Teresa, spiegando anche come era vestita al momento della sparizione. L'inviata era appena arrivata a Ferrara e alloggiava nello stesso albergo di Giovan Battista, con il quale stava facendo colazione.

I due si erano subito intesi. Carmen Botteri, che veniva dalla TV nazionale, non era più di primo pelo, ma era comunque una gran bella donna.

«Siamo sconvolti per quanto è successo» gli sussurrò. «Come si sente? Posso fare qualcosa per lei?»

Giovan Battista, calato nella parte del padre sconvolto, emise un profondo respiro. «No, grazie. State già facendo tutto il possibile. D'altra parte, non mi aspetterei di meno da una trasmissione importante come la vostra. Vi seguo sempre con interesse. Siete dei grandi professionisti.»

Lei gli prese la mano e la strinse nella sua.

Se Teresa fosse stata lì ad ascoltarlo, avrebbe alzato gli occhi al cielo. Suo padre odiava quella trasmissione. Neanche la scomparsa della moglie lo aveva persuaso a parteciparvi.

Luisa, pensò ora lui. Che ci fosse davvero un legame tra Giorgio Maser, Luisa, Aguscello, lo scheletro ritrovato a Strangolagalli e Teresa?

«Mi dica quello che sa» proseguì Carmen, con voce calda. «Tutto può essere utile in questo momento. Teresa mi aveva accennato a quel serial killer, Maser, e al suo arresto...»

«Lui di certo non c'entra, è morto.»

Carmen annuì, comprensiva.

«Però, guardi, e glielo dico in confidenza e senza alcuna prova a supporto, puro intuito, c'entrava poco anche all'epoca.»

«Davvero?»

«C'era qualcosa che non mi convinceva... qualcosa che oggi, se me ne ricordassi, potrebbe essere fondamentale.»

«Non si angusti, non è certo colpa sua...»

«Mia figlia stava seguendo una pista, aiutandomi in un'indagine su un possibile legame tra il manicomio di Aguscello e le morti di altre ragazze avvenute ben dopo l'arresto di Maser. Chiami l'ispettore Morozzi e le darà i loro nomi.»

«Lo farò, senz'altro.»

In quel momento, dalla sala della colazione Giovan Battista vide entrare Ivanka e Danko, partiti in macchina, nel cuore della notte, subito dopo aver ricevuto la visita del maresciallo.

«Chi ha preso Teresa? Stesso uomo? Io amazo lui!» stava gridando Ivanka.

«*Nin ti preoccupi. Chi sono i qui.*»

«Mi scusi» disse a Carmen, «le presento il mio uomo di fiducia e la sua compagna. Sono qui anche loro per indagare.»

«Stanno insieme?» domandò la giornalista dopo avere dato uno sguardo alla coppia.

«Eh, sì. L'amore, quando arriva, arriva.»

«Molto vero» rispose, senza staccare gli occhi da quelli di lui.

«*Andiami a Agusci a vederi!*» Danko piombò davanti a loro e parlò in tono così perentorio che Carmen sobbalzò sulla sedia.

«Cosa ha detto?»

«Che vuole andare ad Aguscello a controllare che Teresa non sia lì, nascosta da qualche parte.»

«Ha detto tutte queste cose?»

«Sì, è un uomo dotato del dono della sintesi.»

«Ah, ecco.»

«No, Danko. Inutile andare ad Aguscello» proseguì poi Giovan Battista, rivolto al suo fido scudiero. «Non c'è niente. Abbiamo setacciato la zona, perlustrato tutto l'edificio. È vuoto.»

«*Quinci?*»

«Quindi si va a parlare con questo Giulio Minzioni. Teresa lo ha visto da sola e quando è uscita mi ha riferito subito che le sembrava un uomo molto inquietante. Sospetto che abbia qualcosa a che fare con questa storia. Ma devo osservarlo, vedere come si comporta...»

«Certo, con la sua esperienza potrà stabilire se sta mentendo» sussurrò in tono ammirato Carmen, intravedendo la possibilità di unire l'utile al dilettevole.

«Esattamente. Ma è fondamentale farlo il prima possibile. Stiamo perdendo ore preziose. Ho allertato anche Morozzi.»

«Posso venire con lei? Sarebbe molto importante per la trasmissione, mi aiuterebbe a tracciare il profilo di chi ha rapito Teresa e segnalarlo in diretta. Lei non ha idea di quante persone sono in grado di ricordare i dettagli più insignificanti e...»

«Ah, su questo le credo. Mia figlia è specializzata in dettagli insignificanti. Comunque sì, venga pure. Anche se è molto pericoloso, devo avvisarla.»

«Ma non sarò sola... ci sarà lei con me.»

«Tu. Ci sarai tu. Smettiamo di darci del lei. Anche perché io mi presenterò come medico specializzato, gli chiederò di poter fare quattro chiacchiere tra professionisti che si comprendono. Questo lo farà sentire a suo agio e a quel punto abbasserà le difese e io potrò coglierlo in fallo.»

«Un piano perfetto. E il mio ruolo?»

«Tu sarai la mia assistente. Facile che un uomo come me giri con un'assistente. Cosa te ne pare?»

«Geniale. A meno che lui non conosca la trasmissione. A quel punto saremmo fregati.»

«Figuriamoci, chi vuoi che la guardi?» rispose senza riflettere. «Avviso Morozzi.»

E mentre Carmen lo squadrava attonita, Giovan Battista Papavero tornò a rivolgersi a Ivanka e Danko in tono fermo, insensibile allo smarrimento della sua ammiratrice. «Voi chiamate gli ospedali, le pompe funebri, guardate nei secchi dell'immondizia e nelle discariche. Teresa potrebbe essere ovunque.»

203

38

Giulio Minzioni era seduto di fronte a Teresa e le sorrideva. Un ghigno malefico.

Lei provò a muoversi, ma non ci riusciva. A quel punto si rese conto di essere legata a una sedia.

Si fece forza per riuscire a spostare il busto e dare uno scossone, ma i lacci erano troppo stretti.

«So chi sei» gli disse solo. «So cosa hai fatto.»

Lui rideva, rideva. Così forte che le facevano male le orecchie, ma non poteva tapparsele.

Aveva un mal di testa tremendo e sete, tanta sete. Desiderava solo che lui smettesse di ridere, perché il dolore si alleviasse.

«Acqua...» bisbigliò.

«Bastava chiedere. Te la faccio portare subito» e l'uomo si voltò verso una porta chiusa.

Con lo sguardo annebbiato, Teresa intravide quella porta che si illuminava. No, non si stava propriamente illuminando, ma aprendo. La luce che vedeva proveniva da fuori. Fuori c'era il sole. Al di là di quella porta c'era la salvezza.

Improvvisamente fu di nuovo buio.

Un'ombra stava coprendo la luce. E l'ombra parlò: «Volevi cominciare senza di me?»

«Ti stavo aspettando. NOI ti stavamo aspettando, non è vero, Teresa?»

L'ombra avanzò e lei poté vedere che cosa portava. Un modellino di una barca, in legno, del tutto simile a uno di quelli di Matteo Caserta.

«Guarda che bello, lo abbiamo fatto per te» disse Minzioni.

«Avvicinati. Falle vedere a cosa serve.»

E quello si avvicinò e lei capì chi era entrato nella stanza.

«Ma... Maser?»

«In persona.»

«Ma tu... tu sei morto.»

Scoppiò a ridere anche lui.

No, no, smettetela, pensò. *La testa, la testa mi...*

«Assomigli tanto a tua madre, sai?»

«Mamma? L'hai uccisa tu? È suo lo scheletro nell'intercapedine?»

«Noi, l'abbiamo uccisa noi.»

«Ho tanta sete...»

«Lo so. Non ti va di giocare? A tua madre piaceva giocare con me.»

«Non riesco... ho la gola secca...»

«Non ci pensare, adesso. Giochiamo, solo noi tre.»

Maser avanzava, e Teresa non riusciva a retrocedere. Avrebbe voluto allontanarsi, scappare, ma si ritrovò la faccia di lui a un centimetro dalla propria.

«No, per favore... vai via, vai via!»

«Giochiamo, insieme. Tutti e tre... giochiamo, Teresa, come facevo con tua madre e con Alice. Giochiamo...»

«No, no, NOOO!»

Si svegliò di soprassalto.

Sudava freddo, aveva fame, sete e la testa le pulsava violentemente.

Respirava a fatica.

Un incubo, un altro fottutissimo incubo.

Ormai non si reggeva più in piedi, era debole e costantemente attraversata da brividi.

Dallo stato in cui si trovava, doveva essere lì dentro almeno da una settimana.

Le aveva provate tutte in quei giorni, finché ne aveva avuto la forza. Si era arrampicata sul letto e aveva cercato in ogni angolo della stanza, in ogni crepa del muro una via di uscita, illuminando le pareti con il portachiavi. Non era riuscita a trovare niente, tranne quella porta impossibile da aprire dall'interno. Si era distrutta le unghie cercando di infilarle nella fessura, ma non era servito a nulla, se non a farla sentire ancora più impotente. La via d'uscita c'era, eppure lei non avrebbe potuto usarla in alcun modo. Almeno il tempo era passato. Poi, quando le gambe si erano indebolite, il corpo aveva smesso di rispondere ai comandi e la sete aveva preso il sopravvento su tutto, si era scelta un angolino e non si era più mossa. L'odore acre dei suoi bisogni non le dava neanche più fastidio, coperto da quello della paura, sua e delle donne che erano state rinchiuse nella stanza.

Tornò con la mente al sogno. Tanto, non aveva altro da fare.

Maser e Minzioni. La coppia. *Folie à deux*. Ma certo! L'aveva studiata al corso.

Una personalità dominante, che istiga e pianifica, e una sottomessa, il complice volenteroso.

Giorgio Maser, il dominante, Giulio Minzioni, il sottomesso.

Il dominante non viene mai colto dal panico, mantiene il sangue freddo e non è facile farlo collaborare quando viene catturato. Cosa le aveva detto Matteo Caserta? Che una volta preso, aveva smesso di parlare. Aveva protetto il sottomesso. Ecco perché gli omicidi erano continuati. Ecco perché la personalità di Maser risultava così confusa. Perché erano in due! Minzioni aveva ucciso la donna trovata nell'intercapedine. Temeva di essere stato scoperto. Sapeva che Maser non avrebbe mai parlato, ma Elisabetta, o chi per lei, avrebbe potuto farlo e doveva a tutti i costi nascondere il suo segreto. E per nasconderlo, doveva tumularlo, fare in modo che non fosse trovato. Questo spiegava anche il rituale differente. I corpi delle vittime venivano esposti. La donna ritrovata a Strangolagalli no.

Adesso tutto aveva un senso. Un sadico sessuale si eccita con il dolore inflitto. Maser era il sadico sessuale in cerca di eccitazione e vendetta, il dominante, Minzioni eseguiva, sotto coercizione. Probabilmente lui non violentava neanche le vittime, non era quello il suo compito. Lo lasciava fare al dominante.

Ecco perché gli omicidi erano continuati, così come le torture, perché avevano due fantasie differenti, due desideri finali opposti, ma avevano condiviso lo stesso delirio psicotico. E uno esercitava il potere sull'altro.

Doveva riposarsi un pochino. Solo un pochino. Era stanca, le girava la testa. Se si fosse riposata, dopo sarebbe stata meglio. Chiuse un attimo gli occhi e...

No, che stava facendo? Non doveva riaddormentarsi, no. Doveva restare sveglia, vigile, ragionare.

Li spalancò di colpo e si diede uno schiaffo su una guancia. Era tutta colpa della mancanza di zuccheri e di acqua.

Resta sveglia, Teresa, resta sveglia.

Frugò nella borsa, in cerca dell'ultimo cioccolatino. Era stata brava, li aveva centellinati. Ma con questo, aveva chiuso.

Lo scartò e se lo infilò in bocca.

Sentì la botta di energia scorrerle nel sangue e per una frazione di secondo pensò che se la sarebbe cavata. Ma fu solo una frazione di secondo.

Appoggiò la schiena alla parete e attese. Ormai, era solo una questione di tempo.

39

Dopo una settimana, le indagini erano in stallo. Nonostante la fotografia di Teresa fosse passata su tutti i TG nazionali e *Dove sei?* se ne fosse occupato ogni giorno, nessuno aveva chiamato, non c'erano stati avvistamenti, né avevano trovato tracce del suo passaggio.

Era completamente scomparsa.

Giovan Battista Papavero non si era mosso da Ferrara, convinto che il colpevole fosse Minzioni, soprattutto dopo la sua conversazione con lui. Morozzi, sopraggiunto anche lui in città con un permesso speciale per seguire da vicino le ricerche, aveva fatto mettere sotto controllo il suo cellulare, mentre Danko sostava giorno e notte davanti la sua abitazione. A volte con Ivanka, a volte senza. Lo pedinava, ovunque andasse, ma fino a quel momento non erano riusciti a trovare niente di rilevante. Era bravo, meticoloso, ordinato.

«Corrisponde!» diceva Giovan Battista ogni volta che Danko gli riferiva una qualche informazione o gli riportava i suoi spostamenti. «È lui, non ci sono dubbi. Ha studiato la mente criminale di Maser e se ne è appropriato. Succede. Quando si sono incontrati, il paziente ha trasmesso il suo desiderio criminale al medico che, certamente, aveva in sé già il germe del male. L'ho sempre detto, io, che per fare questo lavoro bisogna essere forti, equilibrati, psichicamente stabili. In caso contrario, il malato può condurti alla follia.»

«Stai calmo» gli diceva Carmen. «Non ti fa bene alla pressione.»
«La mia pressione sta benissimo, ma sei gentile a prenderti cura di questo vecchio.»
Diceva apposta la parola "vecchio" in modo che lei potesse contraddirlo, lusingandolo. Cosa che, infatti, avveniva sempre.
«Sei il mio maschione. Forte, geniale, invincibile.»
«Se non ci fossi tu... ho già perso una moglie, se dovessi perdere anche mia figlia io...»
«Non pensarlo neanche. La ritroveremo.»
«Ma dove può essere? Una settimana, Carmen, è già trascorsa una settimana...»
«Teresa molto robusta» interveniva Ivanka.
«Eh, sì, quello sì, in effetti.»
«Teresa vince morte!»
Giovan Battista Papavero non voleva pensare neanche lontanamente che Minzioni potesse usare con lei gli strumenti che aveva utilizzato con le altre vittime. Si rifiutava di credere che il suo *modus operandi* fosse lo stesso di Maser. «È impossibile!» diceva. «Se così fosse, l'avremmo già ritrovata. E poi, dove li terrebbe questi macchinari? Non sono cose che si possono nascondere in uno zaino, no?»
«*Minzi affitti garagi.*»
«Sì, mi hai detto che ha un garage, ma ti sei intrufolato e lo hai trovato vuoto.»
«*Vuoti, sì. Forse ha altri?*»
«Scava, trova tutti i garage che ha!»
Il povero maresciallo Lamonica si sentiva impotente. L'unica cosa che poteva fare era telefonare tutti i giorni per avere notizie e poi aggiornare il sindaco di Strangolagalli il quale, a sua volta, teneva pronti gli stendardi, sia quelli di benvenuto, nel caso ci fossero state buone notizie, sia quelli a lutto, non si

poteva mai sapere. Mancavano pochi giorni al Natale e il paese si preparava ad affrontare il peggio.

La signora Marisa non aveva mai cucinato così tante torte in vita sua, preparate per consolare Chantal e sua madre, Luigia e la sua famiglia, il maresciallo Lamonica e sua moglie Agnese, Floriano e Peppino. Don Guarino, da parte sua, aveva già scritto l'omelia per il funerale e, chiuso in canonica, sognava la sua chiesa di San Michele addobbata a festa e circondata dalle telecamere. Sarebbe stata una funzione epocale.

Leonardo Serra, invece, si preparava a partire. Non aveva avuto pace. Una settimana di inferno, senza poter fare niente, senza poter partecipare attivamente alle ricerche. Ma adesso era riuscito a sistemare le cose. Gli sarebbe bastato un giorno, solo un giorno e nessuno si sarebbe accorto di niente.

«Aspettami davanti alla struttura» aveva detto alla Carli. «Arrivo lì questa notte e tu devi aiutarmi.»

«Stai mandando tutto a monte, te ne rendi conto?»

«No, se ci sarai tu con me.»

«L'edificio è stato setacciato. Teresa non è lì. Stai rischiando la pelle inutilmente.»

«Isabella, ho studiato con attenzione il verbale che mi hai mandato. Lei è lì, non ho dubbi. Lo hai letto anche tu, non è vero? Come pensi che possa essere scomparsa nel nulla? Per favore, è trascorsa una settimana. Forse la stanno torturando. Non ha più molto tempo.»

«Solo questa notte, Serra. E se non la troviamo, torni al tuo posto e non ci pensi più.»

«Promesso.»

«A che ora arrivi?»

«Intorno alle undici.»

«A stasera, allora.»

40

«Hai noleggiato una macchina?» gli domandò la Carli non appena lo vide scendere dall'auto.

«È tutto a posto. Me l'hanno prestata. Stai calma.»

«Leonardo. Stiamo mandando a monte mesi di sacrifici, lo sai vero? Come faccio a stare calma? E se ti dovessero scoprire? Sai che cosa ti farebbero...»

«Basta parlarne. Entriamo.»

«Non capisco che cosa ti è successo. Non sei mai stato così... così...»

«Si cambia, Isabella.»

«Già, ma pensavo che tu fossi immune ai cambiamenti.»

Leonardo non le rispose e puntò la torcia verso il cancello di ingresso.

«Cristo se è inquietante 'sto posto» disse, invece.

«La ami?»

«Cosa c'entra questo adesso?»

«È la tua risposta?»

«Ti sembra il momento di parlarne? E poi chi sei, la mia psicologa?»

«No, hai ragione» rispose. Poi aggiunse, ma a bassa voce: «Sono solo la tua amante».

Passarono attraverso le sbarre e si incamminarono verso l'entrata del manicomio.

Con le torce, illuminarono ogni angolo, ogni parete di ogni stanza di quella villa. Salirono scale pericolanti, scostarono vecchi mobili, lessero le scritte sui muri, perlustrarono il giardino.

Serra gridava il suo nome, lo stesso faceva la Carli, ma di Teresa non c'era traccia.

Dopo più di un'ora, erano tornati al punto di partenza.

«Non c'è, Leonardo.»

«Non è possibile. Io sento che è qui da qualche parte.»

«L'avremmo trovata. Io e te siamo imbattibili nelle ricerche.»

«Già...»

«Ti ricordi di quella volta in Maremma?»

Serra sorrise. «Quando ti sei ubriacata nella villetta della signora che ci ospitava? Come potrei dimenticarmene.»

È quando siamo stati insieme la prima volta, pensò lei. Ma non lo disse. Disse invece un'altra cosa, per cercare di togliersi dalla testa quel ricordo: «Stavamo dando la caccia alla coppia di ladri... come è che si chiamavano?»

«Irma e Davide. Ladri di zaffiri. Non li abbiamo mai presi, però.»

«Certo, come potevamo sapere che quella casa nascondeva un tunnel che portava direttamente nel bosco?»

Serra scattò in piedi.

«Cazzo, Isabella sei un genio!»

«Che succede?»

«Ho capito. Ci deve essere una stanza segreta, un passaggio sotterraneo. Questo è un manicomio, un posto dove si eseguivano anche interventi poco ortodossi. E dove farli senza essere disturbati?»

«Sì, ma c'è stato un incendio.»

«E chi lo dice? Anche quello è una leggenda. Non ci sono certezze, né prove in merito. Carli, chi può davvero saperlo?

Soprattutto, se anche fosse vero, qualcosa deve essere rimasto, no?»

«Non per forza. Il fuoco cancella tutto, lo sai meglio di me e...»

«Che stai dicendo? Il fuoco, se c'è stato, ha distrutto la parte superiore, e infatti non si riesce più ad accedere. Ma se si fosse propagato anche sotto, i pavimenti avrebbero dovuto cedere, implodere. Come mai non è successo?»

«Non abbiamo visto niente. Nessun ingresso, nessuna finestra...»

«E qui entrano in gioco Irma e Davide, i ladri di zaffiri. Ricominciamo da capo, Carli. Tu controlla il perimetro esterno. Magari si entra da fuori, dal terreno. Io faccio lo stesso all'interno.»

«Dopo di che, Serra, tu sparisci. Alle prime luci dell'alba, non voglio più vederti, okay?»

«Okay. Ma mancano ancora parecchie ore...»

41

Si stava riaddormentando. Nonostante i brividi di freddo. Temeva di avere la febbre alta. Ma erano così tanti i dolori che sentiva, che non riusciva più a distinguerli.

Provò a pensare al sogno che aveva fatto, a scandagliarlo. Pensò che l'avrebbe aiutata a distrarsi, a non pensare a tutti quei dolori alle ossa, alla pancia, alla gola...

Esistevano due complici. Due assassini sadici che si erano conosciuti lì, ad Aguscello. Aveva persino ricordato la lezione del suo professore al Master. Le sembrava così lontano quel periodo, un'altra vita.

«Tipica degli assassini sadici» aveva detto il docente, «è l'estraneità alle vittime, perché è più facile torturare e uccidere qualcuno che non si conosce. Nel caso di *folie à deux*, padrone e servitore, ci troviamo di fronte a due pazzi che collaborano per realizzare le loro fantasie sadiche, un raro fenomeno psicologico in cui due o più persone condividono lo stesso delirio psicotico.»

«E come decidono quale dei due uccide?» gli aveva domandato proprio lei.

«Generalmente è il dominante quello che toglie la vita, ma potrebbe anche obbligare l'altro a farlo, esercitando comunque un potere su di lui. Il dominante è il cervello della coppia; questo non vuol dire che il sottomesso sia in alcun modo innocente. Tutt'altro. Ma ha bisogno del dominante. Ciò vuol dire che se non fosse presente un comune desiderio criminale, il loro sodalizio non esisterebbe. Condividono un delirio, questo motiva le loro azioni. La tempesta perfetta: quando due personalità così colludono, sono letali.»

«Ma come fanno a riconoscersi?» aveva chiesto Corrado. Era sempre stato un uomo pratico.

«A volte durante l'infanzia, altre volte possono essere parenti. Spesso c'è in ballo un genitore, che è sempre il dominante. Rimarreste stupiti di quante opportunità di incontro esistono per queste menti contorte. E appena cominciano a compiere i loro atti violenti, i due li accettano come un comportamento comune e si annoiano nelle normali attività. Vivono solo per questa nuova realtà. Ne sono ossessionati e ne diventano dipendenti. C'è una totale lealtà tra i due e si fermano solo se catturati.»

Giulio Minzioni e Giorgio Maser.

Teresa non ce la faceva più. Le palpebre si stavano chiudendo, la gola era in fiamme, lo stomaco contorto dai crampi della fame.

Giulio Minzioni e Giorgio Maser.

Si sdraiò a terra e strinse tra le mani il portachiavi di Serra.

Ormai aveva smesso di illuminarsi ed era un peccato, perché la sua flebile luce le aveva tenuto compagnia durante quei giorni interminabili in cui aveva rischiato di diventare pazza.

Almeno continuava a suonare.

Forse era un bene che si stesse addormentando.

Chiuse gli occhi e si abbandonò a quella piacevole sensazione di oblio. Capì di essersi arresa.

Che strana che era la morte. Sentiva dei rumori lontani, persino delle voci.

Qualcuno gridava il suo nome.
«Sono qui» sussurrò.
Che stupida. Non c'era nessuno lì, nessuno che potesse realmente sentirla, era la sua immaginazione, il suo stato che la induceva a credere nei miraggi. Come un assetato nel deserto. Dio cosa avrebbe dato in quel momento per bere un sorso d'acqua.
Lasciatemi dormire, pensò. *Lasciatemi in pace. Non siete reali.*
Poi eccolo di nuovo, lo stesso rumore e il suono di una voce lontana.
Scoppiò a piangere. Perché la stavano torturando in quel modo?
Provò ad alzarsi, ma non ci riuscì. In fondo, a cosa sarebbe servito?
No, stava solo sognando. Non era reale.
Non è reale, si disse. E lei non voleva morire pazza.
Strinse il portachiavi. Come se quell'oggetto potesse confortarla.
«Vieni qui, ho sentito qualcosa...»
Teresa a quel punto smise di respirare e, con l'ultimo filo di speranza, schiacciò quell'orribile bambolina. Schiacciò, schiacciò fino a che non le fece male la mano.
Magari stava diventando pazza davvero, magari non c'era nessuno, e la delusione l'avrebbe definitivamente annientata. Ma se invece...
Un boato, almeno così lei lo percepì, rimbombò per tutta la stanza. Sollevò le palpebre e fu accecata da una luce. Maser! Maser era venuto a prenderla come nel sogno.
Strisciò sul pavimento, per cercare di allontanarsi, ma ebbe come la sensazione di non essere riuscita neanche a muoversi. Poi vide un'ombra piegarsi su di lei. Colpa sua. Lo aveva richia-

mato con il portachiavi. Aveva creduto che fossero i soccorsi e invece...

L'ombra stava tenendo in mano qualcosa. Il modellino! Era il modellino della barca.

«No, per favore» sussurrò. «Non voglio giocare...»

«Amore mio...»

«Lasciami stare...»

A quel punto, l'ombra la sollevò da terra e lei decise che era ora di smettere di combattere.

42

Alle due del mattino non avevano ancora trovato niente. Eppure Serra era certo che fosse lì, lo sentiva. Anche la logica giocava a suo favore. Chiunque l'avesse presa, all'inizio non era potuto andare da nessuna parte, con il taxi che piantonava l'ingresso. Ma dopo? L'aveva spostata? E per andare dove? Quella villa era già il nascondiglio perfetto.

Forse avrebbe dovuto aspettare la luce del sole. Di giorno, sarebbe stato più facile cercare una crepa, una rientranza, l'ingresso di quelle famose stanze segrete che dovevano pur esistere, ma a quel punto lui sarebbe stato spacciato.

Allora ricominciò tutto da capo. Piantò la torcia a terra e ripercorse dall'inizio tutte le stanze, battendo i piedi sul pavimento. I sensi erano all'erta. Anche solo un suono impercettibilmente diverso poteva indicare un vuoto, sotto.

«Serra, rinuncia.»

«*Sss*.»

«Sono quasi le tre, tra poche ore devi essere di ritorno.»

A quel punto si mise in ginocchio a perlustrare con il palmo della mano.

«Cosa stai facendo?»

«Dalla pianta risulta che qui sotto non c'è niente. Ma se invece non fosse così? Se ci fosse una stanza?»

«A me sembra una follia. Io ti aspetto fuori.»
«Fai come vuoi. Io non me ne vado senza di lei.»
«Ma lei NON è qui!»
«Isabella, sei con me o no?»
«Che domande. Sono sempre stata con te.»
«Allora dammi fiducia.»

La Carli si arrese. «Fammi un fischio se ti serve aiuto. Sto di guardia in giardino.»

«Sei un'amica.»

«Già…»

Purtroppo, avrebbe voluto aggiungere. Ma non lo fece. Si limitò a raggiungere l'ingresso.

Serra ci impiegò un'altra ora. Un'altra ora a graffiare con le unghie il pavimento sporco di quel posto. E quando stava per arrendersi, arrivò il rumore di quella mattonella.

Si era spostata?

Fece una leggera pressione e la spinse. Sentì un clic e poi vide aprirsi un varco.

Cos'era quella? Una botola?

Si rimise in piedi e con entrambe le mani sollevò il coperchio che era pesantissimo.

«L'ho trovata! Carli l'ho trovata!»

Non aspettò la risposta e illuminò con la torcia l'interno.

C'erano delle scale.

Le percorse tutte, facendo attenzione a non cadere e si ritrovò in un corridoio buio con delle stanze su entrambi i lati. Sentiva le vene del collo che pulsavano. Sentiva di essere vicino.

Tirò fuori la pistola e con cautela entrò nella prima delle cantine. «Teresa, Teresa sei qui?»

Niente. Vuota.

Corse di fuori ed entrò nella seconda, ma si bloccò subito.
«Che razza di...» disse ad alta voce.
La torcia aveva illuminato dei macchinari in legno e quando capì di cosa si trattava, gli si gelò il sangue nelle vene.
Sentì un rumore alle sue spalle e si voltò di scatto, puntando la pistola.
«Cazzo, Serra, sono io!»
«Cristo, Carli. Potevo spararti. Guarda che roba!»
«Cosa sono?»
«L'opera di un pazzo.»
Cominciava a pensare che se anche avesse ritrovato Teresa, forse non sarebbe stata nelle condizioni di muoversi.
Corse di nuovo nel corridoio e aprì tutte le stanze.
«Non c'è. Non c'è da nessuna parte.»
«Questo però è il suo covo, Serra, l'hai trovato.»
«Ma non lei. Dov'è? Dove può tenerla?»
«Qui bisogna far venire la scientifica. Sarà pieno di impronte e...»
«Vieni qui. Ho sentito qualcosa...»
«Cosa?»
«Come un... urlo.»
«Un urlo? Serra, non ci stai più con la testa.»
«Sss. Eccolo di nuovo. Non ci posso credere, Teresa! Teresa! Mi senti? Suonala ancora, tesoro. Suonala, ti prego.»
La Carli pensò che fosse impazzito, ma Serra non le dava più retta, sembrava seguire degli indizi che vedeva solo lui. Cominciò a spostare le sedie appoggiate al muro, poi trascinò da un lato un vecchio armadio.
«C'è una porta! Isabella ho trovato una porta!»
Cercò di aprirla, ma era chiusa. Allora sparò alla serratura e fece irruzione.

Teresa era lì, distesa. Forse senza più vita.
Corse verso di lei e si chinò per sollevarla.
«No, per favore» sussurrò lei. «Non voglio giocare...»
Stava delirando.
«Amore mio» disse Leonardo, accarezzandole una guancia.
«Lasciami stare...»
Serra la prese in braccio. «Ti porto via da qui. Ci sono io, adesso. Ci sono io...»
Uscì da quella stanza e si trovò la Carli di fronte: «Oddio, Serra, è... è...?»
«È viva, Isabella. È viva! Corri su, chiama l'ambulanza e accendi il riscaldamento della macchina.»
«Vado, ce la fai a...»
«Sì, sì, corri.»
Con Teresa fra le braccia, ripercorse il corridoio al contrario, senza smettere un attimo di guardarla. «Teresa, Teresa mi senti? Resta sveglia.»
Arrivò alle scale. La parte più difficile perché erano pericolanti e strette.
«Siamo quasi arrivati. Tieni duro. Credevo di averti persa...»
Ma era arrivato in tempo?
Non riusciva a capirlo. Respirava, ma...
«Ho sete...» sentì.
Allora lui la guardò e vide che aveva sollevato le palpebre, ma le teneva aperte a fatica.
«Adesso starai meglio, amore mio...»
«Sono morta?»
«No, se non te lo ordino io.»
«Serra?»
«Sì.»
«Serra, sei davvero tu?»

«Sì, sono io.»
«Quella tua bambolina di merda mi ha salvato...»
«Te l'avevo detto che era un bel regalo.»
«Ho tanto freddo... e sete...»
«Ci penserò io. Sei al sicuro, è tutto finito, capito? Tutto finito.»
Teresa annuì e si abbandonò a lui.
Non riusciva ancora a crederci. Forse stava ancora sognando. Ma se così era, non avrebbe voluto svegliarsi mai più.
Serra, intanto, era riemerso dalla cantina. Corse verso l'uscita e poi fuori, attraverso i giardini fino al cancello.
«Apri la macchina» gridò.
Isabella era già lì e aveva preparato tutto.
Leonardo fece sdraiare Teresa sul sedile posteriore; poi si chiuse lo sportello alle spalle.
«Siamo arrivati, Teresa. Senti che bel caldo?»
Stava tremando troppo e cominciò a frizionarle il corpo. Prima le gambe, poi le braccia. Ma lei continuava a tremare. Allora si tolse il giaccone e lo stese sopra di lei.
«Va meglio, così?»
Teresa annuì appena.
Poi, senza smettere di toccarla, cercò la bottiglia d'acqua e le versò delle gocce sulle labbra. Lei afferrò la bottiglia. Voleva bere, ma lui sapeva che era rischioso. Non tutta insieme.
«Piano, piano. Cerca di fare piccoli sorsi.»
Stava meglio? Non avrebbe saputo dirlo.
«Sei... sei venuto a cercarmi...»
«Ne dubitavi?»
«Sono ridotta male, vero? Quanto tempo... quanto tempo è passato?»
«Una settimana.»

«Mi hai chiamato amore mio...»

«Stavi sognando.»

Lo sportello si spalancò. «Serra devi andartene. L'ambulanza sarà qui a momenti.»

«Non posso lasciarla.»

«Devi! I patti erano questi. L'hai trovata, ce l'hai fatta. Adesso però vai. Subito. Ti prometto che mi prenderò io cura di lei.»

Quando lui si voltò di nuovo verso Teresa, lei era svenuta.

«Papavero? Papavero che succede? Mi senti?» e la scosse con forza, per cercare di farla riprendere.

«Resta sveglia, capito?»

«Non ce la faccio...»

«Sì che ce la fai.»

«Tu resti qui?»

«E dove vuoi che vada?»

«Serra, l'ambulanza è qui» intervenne la Carli. «Sali su quella cazzo di macchina e vattene. Mancano pochissime ore. Devi rientrare.»

Leonardo abbassò la testa e recuperò il suo abituale sangue freddo.

Si scostò da Teresa e scese. «Tienimi aggiornato minuto per minuto.»

«Te lo prometto.»

E proprio mentre girava la chiave di accensione, dallo specchietto retrovisore vide l'ambulanza svoltare l'angolo della via a sirene spiegate.

Questa volta Teresa non lo avrebbe perdonato tanto facilmente.

43

Aprì gli occhi.
La prima cosa che vide fu una flebo. Era in ospedale, dunque. Era viva!
Si guardò intorno. Aveva la bocca secca, la gola in fiamme, ma era viva.
«Ti sei svegliata, finalmente!»
«Papà?»
«Chiamo un medico.»
«No, papà, aspetta. Devo dirti subito una cosa...»
«Che succede? Senti dolore da qualche parte?»
«Ovunque, ma non è quello. Ho capito, ho capito come ha fatto Maser a colpire ancora... cioè, non Maser, ma...»
«Bambina mia. Tu ora devi pensare solo a riprenderti. Al resto ci pensiamo noi.»
«Ma papà...»
«Vuoi dirmi che erano due? Lo sappiamo. O meglio, lo so. Siamo già al lavoro. Il complice è Giulio Minzioni. Sei più tranquilla? Fammi andare a cercare un medico... ah, eccolo.»
Il dottore era entrato nella stanza proprio in quel momento.
«Stavo per venire a chiamarla. Si è svegliata!»
«Bene, bene. Le hanno già misurato la febbre?»
«Non saprei...»
«Ce l'aveva molto alta. Nella flebo abbiamo inserito antibio-

tici, tra le altre cose, e antipiretici. Piano piano, si rimetterà in sesto, l'abbiamo presa in tempo. Stasera potrà anche mangiare. Poco, ma...»

«Grazie. Non vedo l'ora, in verità.»

«Naturale. Ha combattuto, è stata forte.»

«Avevo con me dei validi aiuti. Cioccolatini e qualche salatino.»

«Che le hanno salvato la vita.»

«Sono stata drogata, vero?»

«Sì. Gli esami tossicologici hanno evidenziato residui di ketamina nelle urine. Il sangue era quasi del tutto pulito. Ma stiamo ancora cercando qualche traccia.»

«Ketamina? La droga degli stupri. È... è terribile. Ma con la ketamina sarei rimasta cosciente.»

«Probabilmente era mescolata a un altro narcotico. Una bomba, direi. Per questo deve riposare e anche quando si sentirà meglio, le raccomando di restare in camera. Ha le difese immunitarie basse e siamo sommersi di ricoverati con delle polmoniti gravi.»

«Lo farò. Come... come sono arrivata qui?»

«Non se lo ricorda?»

«Qualcosa... so che ero ad Aguscello e che qualcuno mi ha trovata. Poi sono svenuta.»

Sì che si ricordava. Serra, Serra era venuto a salvarla, come avrebbe potuto dimenticarlo? Era stato il momento più bello della sua vita. Ma se adesso non c'era, non era lì con lei, poteva voler dire solo una cosa.

«È stata portata qui in ambulanza.»

«Chi? Chi mi ha trovata?»

Il medico si voltò con espressione interrogativa verso Giovan Battista Papavero.

«L'ispettrice Isabella Carli» rispose il padre. «Gran bella donna, se posso permettermi.»

Certo, pensò Teresa. *Isabella*.

Aveva fatto bene a non dire niente.

«Qui fuori c'è quell'altro tuo Don Giovanni, quel Tancredi. Lo faccio entrare?»

«Maurizio? Sì, papà, grazie...»

«Solo cinque minuti, eh?» aggiunse il dottore, prima di seguire il padre verso l'uscita.

Rimasta sola, cercò di riordinare le idee. Ma nel suo stato era davvero difficile. Le faceva rabbia soprattutto il modo in cui si era fatta catturare. Avrebbe dovuto prevederlo.

C'erano un mucchio di cose che non quadravano e un numero enorme di domande a cui doveva ancora dare una risposta. Per esempio, lo scheletro nell'intercapedine.

«Papavero, tutto sommato hai una bella cera...»

Maurizio Tancredi era entrato nella stanza.

«Lo stesso non posso dire di te.»

Aveva la barba incolta e gli occhi cerchiati.

«Sai come vanno certe cose... passi le notti in bianco a chiederti che fine ha fatto una persona, se è viva o morta... Poi non mi è piaciuto il modo in cui si siamo salutati l'ultima volta.»

Teresa gli sorrise. Era bello Maurizio. Ed era lì.

«Mi hai fatto penare, Teresa...» e così dicendo le prese la mano.

«Mi dispiace.»

«Cosa devo fare con te?»

«Non sparire.»

«Non ho intenzione di andare da nessuna parte.»

«Hai capito cosa intendo...»

«Se è questo che vuoi, non lo farò.»

Teresa chiuse gli occhi. Voleva assaporare il gusto di quelle parole che adesso non le facevano più così tanta paura.

«Aguscello è sotto assedio» disse Maurizio. «Hai trovato il covo del killer, ti rendi conto?»

«Più che altro, il covo ha trovato me.»

«Sai le foto, quelle del rullino?»

«Come dimenticarle.»

«Gli strumenti erano in quella cantina, li teneva in un'altra stanza. Una roba da fare accapponare la pelle.»

«Chi te lo ha detto?»

«Isabella Carli, l'ispettrice che ti ha salvato. Non smetterò mai di ringraziarla.»

Serra, Serra l'aveva salvata. Ma poteva dirlo a Maurizio? Poteva dirlo a qualcuno?

Ne dubitava.

«Adesso sarà difficile per lui scovare un altro posto così sicuro» proseguì Tancredi.

«Questo lo porterà a esporsi.»

«Tuo padre è convinto si tratti di Giulio Minzioni, lo psichiatra del manicomio.»

«Sì, anche io, in effetti.»

«Sei d'accordo con lui? Sarebbe la prima volta.»

«No, è lui che è d'accordo con me. Io sono andata a trovarlo e se penso che sono stata da sola con quell'uomo... però, perché non ne ha approfittato allora? Ero lì, indifesa...»

«Mica tanto. Tutti sapevano dov'eri. Troppo rischioso. Anzi, così potrà dire esattamente questo, e cioè che se avesse voluto farti del male, avrebbe potuto farlo mentre eri a casa sua, e invece...»

«Forse hai ragione.»

«Ho sempre ragione. Ho saputo che ti hanno drogata.»

«Ecco perché mi sono svegliata in quello stato comatoso. La ketamina, poi... sai che cosa vuol dire, questo? Che la usa sulle vittime per farle restare coscienti. Vuole vedere il terrore nei loro occhi, è quello che lo eccita. Un vero e proprio sadico sessuale... Anche se... anche se io credevo fosse Maser quello sadico, quello che si eccitava guardando le vittime soffrire, il dominatore. Credevo che Minzioni avesse un'altra pulsione. Ma quale?»

«Riesci a non pensarci, almeno fino a che non ti sarai ripresa del tutto? Riposati, io adesso vado...»

«Aspetta solo un attimo, devo dirti una cosa.» Era vero. Doveva riposare, ma prima era necessario cercare di rispondere alla domanda più importante. «Ho preso... ho preso la spazzola di Elisabetta Mantovani, la sorella di Alice. Ci sono ancora i suoi capelli. L'ho lasciata in albergo.»

«Me lo dirai quando ti sentirai meglio.»

«No, Maurizio, è fondamentale per me conoscere la verità. Voglio... voglio sapere se quello scheletro è di mia madre. Ne ho bisogno.»

«Lo capisco.»

«Le chiavi... le chiavi della stanza devono averle alla reception. O se l'hanno liberata ti diranno dove hanno messo la mia roba. Ti prego...»

«Sai meglio di me, però, che se il DNA non dovesse corrispondere a quello di Elisabetta, non è detto comunque che si tratti di tua madre.»

«Lo so, ma almeno proviamoci, cerchiamo di darle un nome. E se non è Elisabetta, allora faremo la comparazione con il mio DNA.»

«Certo. Domani mattina devo rientrare a Roma. Prima passo in albergo.»

«Grazie...»

«Poi torno a prenderti. Ora riposa.»

Teresa annuì, non aveva la forza di parlare. E non per i dolori o la febbre. Non parlò perché altrimenti sarebbe scoppiata a piangere.

Aveva vissuto una vita intera cercando di evitare le emozioni, cercando di non farsi coinvolgere in relazioni che potessero farla sentire fragile, e adesso quelle stesse emozioni le si stavano ritorcendo contro. Stavano esplodendo dentro di lei e lei non riusciva ad arginarle. Il distacco e la freddezza con cui in passato aveva affrontato tutto non c'erano più. Sostituiti da paure e incertezze.

Luigia le aveva sempre detto che l'amore era bello proprio perché rendeva insicuri, ma una volta abbracciato, portava alla felicità. Lei non ci aveva mai trovato nulla di bello nell'insicurezza. Anzi.

Forse, non aveva mai trovato nulla di bello nella felicità. Perché se poi quella ti veniva tolta?

«Allora ricominci da capo» le rispondeva.

Che cosa si era persa in quegli anni?

Ripensò alle parole di Maurizio: "La felicità è una scelta".

Già, lo era. Ma la felicità, le aveva fatto davvero così paura?

44

L'uomo non aveva più niente. Gli era stato tolto tutto e si sentiva perso.

Ad Aguscello era piombata la polizia. Il suo rifugio, la sua casa, i suoi strumenti non c'erano più.

Non si capacitava di come avessero fatto a trovarla. Per anni era stato il suo nascondiglio e mai nessuno lo aveva profanato.

Adesso, dove avrebbe portato le ragazze? Come avrebbe potuto proseguire nella sua missione senza quel posto?

Ci fosse stato ancora Lupo, lui, lui avrebbe saputo agire.

Aprì il cassetto del suo ufficio, prese i fogli con i suoi preziosi disegni e li mise nella tracolla.

Non voleva lasciare indizi. Glielo aveva insegnato Lupo.

Eppure adesso la polizia ne aveva trovati a bizzeffe. Persino le sue impronte. Ma nessuno poteva risalire a lui. Nessuno. Era stato bravo.

Uscì dall'ufficio a testa bassa. Fino a quel momento non aveva avuto bisogno di altro per vivere. Quel lavoro, che gli aveva garantito un'entrata mensile e il permesso di restare nella casa in cui era cresciuto insieme a sua madre, e la certezza di poter continuare indisturbato nella missione. Erano state le uniche cose importanti per lui.

I vicini si erano abituati a loro, li conoscevano da anni. Un saluto la mattina, uno la sera, niente più. Qualche volta l'amica di mamma cucinava una torta e gliela portava, tutto qui. Chi si sarebbe accorto di uno come lui?

Era trasparente.

Solo Alice lo aveva notato.

Si diresse verso la macchina.

In altri tempi, avrebbe saputo dove andare per ritrovare un po' di pace. Ora non più.

Si chiuse in auto e scoppiò a piangere.

Il pensiero di dover avvertire sua madre lo mortificò. Che cosa poteva dirle per non farla arrabbiare? Dopo tutti quegli anni aveva ancora paura di lei, delle sue reazioni.

Sentiva su di sé i colpi della cinghia con la quale usava batterlo quando era piccolo. Certe volte gli spezzava un braccio, altre volte una gamba.

Lei si arrabbiava facilmente e lui non aveva mai capito che cosa la facesse scattare. Spesso succedeva mentre stavano cenando. Una frase detta senza pensare, un bicchiere di acqua rovesciato. Era impossibile prevedere come avrebbe reagito. Sapeva solo che si comportava così perché seguiva le leggi del Signore, era Dio che le ordinava cosa fare e lei non poteva opporsi. Suo padre si limitava a guardare. Finché aveva smesso di fare anche quello.

Quando sua madre scattava, papà si alzava da tavola e usciva.

Senza dire una parola, senza neanche alzare un sopracciglio.

Si era ribellato solo quando aveva visto il suo bambino perdere i sensi dopo il marchio con il fuoco. Dopo che sua madre lo aveva quasi ammazzato. Allora aveva chiamato gli uomini di Aguscello.

Ma l'aveva pagata cara.

Mise in moto e partì. Non aveva altra scelta. Come suo padre.

45

«Lui sta bene?» chiese Teresa a Isabella Carli, passata in ospedale a trovarla, prima di rientrare a Roma.

Erano trascorsi tre giorni dal suo salvataggio e si sentiva molto meglio. La febbre si era abbassata, anche se non era ancora del tutto scomparsa, e aveva ripreso a mangiare.

Il dottore le aveva garantito che la vigilia di Natale sarebbe riuscita a tornare a casa, a Strangolagalli. La notizia l'aveva riempita di gioia e si era messa d'impegno per poter essere davvero dimessa. Voleva rivedere Luigia, il maresciallo, il sindaco, la signora Marisa. Persino don Guarino le era mancato.

Sarebbe stato il primo Natale a Strangolagalli. Il primo Natale con suo padre dopo tanto tempo.

«Sì. Ha rischiato moltissimo per te.»

Teresa ebbe un tuffo al cuore. Si ricordava ciò che le aveva detto. Non era stato solo un sogno. Ma si trattava pur sempre di Serra, e con lui non si poteva mai sapere.

«E questo non ti è piaciuto.»

«Mentirei se ti dicessi il contrario.»

«Allora, ti ringrazio per essergli stata vicino, per averlo sostenuto.»

«Lo faccio sempre.»

Già, pensò. *Perché siete fatti l'uno per l'altra, perché lavorate insieme, vi fidate. Siete una bella squadra.*

«Non lo rivedrò tanto presto, vero?»

«Se la smetti di cercare di farti ammazzare, no.»

Per un attimo, fu tentata di riprovarci. Sarebbe corso di nuovo a salvarla?

«Credo di essermi spaventata a sufficienza» disse, invece. «Sono viva per miracolo. Solo che questa storia mi coinvolgeva personalmente e...»

«Lo so, stai tranquilla. Ora è tutto nelle mani della polizia di qui e anche l'ispettore Morozzi ha cominciato a indagare sulle vittime ritrovate dopo l'arresto di Maser. Sono parecchie e tutte prostitute senza nome, ragazze di strada che nessuno ha reclamato.»

«Morte come Alice?»

«Stesso modo. Mi domando come farà ora che il suo covo è stato scoperto. Dove andrà? Come si comporterà?»

«Minzioni è un costruttore meticoloso. Un uomo paziente. Altrimenti sarebbe già stato scoperto. Svolge un lavoro importante, e questa è l'unica cosa che non mi torna del suo profilo. Lo psicotico vive isolato, è un uomo invisibile, anonimo. Non riesco a inquadrarlo bene. Come non mi torna nemmeno il rapporto a due. Nella coppia lui era il sottomesso. Ma se così fosse, come ha fatto a sopravvivere senza il dominatore tutti questi anni?»

«Teresa, avevi promesso...»

«Scusa, è più forte di me. Mi ha drogata, capisci? Lo stronzo si è permesso di drogarmi e se penso a quello che avrebbe potuto farmi... Per fortuna aveva scelto per me un altro tipo di morte. Perché non sono il suo tipo e non avrebbe ricavato piacere nel torturarmi. Non si sarebbe eccitato. Se questo è ciò che

lo attira nelle torture. Mi ero convinta che Maser fosse il sadico sessuale e che Minzioni avesse un altro delirio psicotico. Ma evidentemente mi ero sbagliata.»
«Ketamina, giusto?» domandò la Carli.
«Quella e altre robe. Ma la ketamina è indicativa, no? Tu sai che cosa comporta.»
«Nel gergo della strada si dice "cadere nel buco della ketamina"» annuì l'altra. «Una droga terribile.» La ketamina provocava una dissoluzione parziale dell'ambiente circostante, delle sensazioni fisiche e dei pensieri. Cambiava la percezione del tempo e dello spazio. Teresa sapeva che le vittime erano rimaste coscienti, vedendo e sentendo tutto ma senza riuscire a opporsi, nemmeno a muoversi. Poteva solo essere grata che a lei fosse stato riservato un cocktail di droghe diverso.

«A questo punto, nonostante non ne sia convinta, devo ammettere che Minzioni si nutre del terrore delle sue vittime, proprio come faceva Maser. Se avessero fatto il tossicologico, avrebbero trovato ketamina nel sangue di tutte loro.»

«Probabilmente l'hanno eseguito. Ma chi si stupisce di trovare droghe nel sangue di una prostituta?»

«Nessuno. Così come una possibile violenza sessuale.»

«Però, lasciamo che siano gli esperti a condurre le indagini, Teresa. Non è compito tuo e neanche mio. Io poi non sono una profiler. Il mio dovere è quello di seguire gli indizi, arrestare il colpevole e sono anche molto brava.»

«Lo immagino.»

Io, invece, che cosa sono capace di fare? Pensò.

Quando aveva incontrato Serra la prima volta, lui le aveva fatto intendere chiaramente che la considerava una zitella di paese. Una gattara, nonostante lei non avesse neanche un gatto.

Si erano lasciati bene, tutto sommato. E lei era stata sempre convinta che tra Leonardo e Isabella ci fosse del tenero. Adesso ne era proprio certa. Come era certa di non poter competere con una come lei.

Prese le fotografie delle torture che si era fatta riportare da suo padre e che teneva sul comodino, e cominciò a studiarle di nuovo.

Era certa che lì si nascondesse qualcosa. E non solo la metodologia, che ormai era chiara.

Dove erano stati disegnati quegli schizzi? Perché sua madre, o Elisabetta, o chi per lei, li teneva con sé? Li aveva fotografati di nascosto, probabilmente, e doveva ancora sviluppare il rullino.

Se fosse stata sua madre, era logico supporre che avesse scattato le foto dopo un viaggio a Ferrara, che però non risultava a suo padre, né a lei. Teresa ricordava tutto, tranne ciò che era accaduto il giorno della sua scomparsa. Le parole che le aveva detto sulla ruota panoramica.

Per questo doveva trattarsi di qualcun altro. Qualcuno che poi era andato a Strangolagalli, portandosi dietro quel rullino. Qualcuno che aveva bisogno di aiuto, o di un confronto.

E proprio mentre stava pensando a tutte queste cose, gli occhi le caddero su una scritta, molto parziale, in fondo a una fotocopia. Cercò di leggerla meglio, spostando la luce, ma era troppo sfocata. Le venne un'idea, per quanto assurda.

Se chi aveva fatto quei disegni avesse scritto su un taccuino, un bloc-notes con una matrice o un marchio. Quando era piccola, suo padre le permetteva di scarabocchiare sui bloc-notes che portava a casa. Su ogni foglio era riportato il nome dello studio in cui lavorava.

Scese dal letto e sparpagliò le fotocopie sulla coperta.

Strizzò gli occhi, nel tentativo di distinguere le parole. Alcune erano tagliate dalla foto, altre sfocate. Ma poteva ricomporle. Se appartenevano allo stesso taccuino, ci sarebbe stato scritto lo stesso nome. Lui era un abitudinario. Magari faceva i suoi schizzi in ufficio.

Presa da una frenesia incontrollabile, afferrò le forbici da unghie e iniziò a montare il collage.

Doveva stare molto attenta a non sbagliare.

Dopo un'ora il risultato era quasi accettabile.

Se aveva messo le lettere al posto giusto la scritta era: "spedi pro pa fa dal 1970".

Okay, "spedi" sta per spedizioni? Spedire?, pensò. "Pro", progetto? Pro loco? Prossimità?

Scoppiò a ridere da sola. Prossimità. Come le era venuto in mente?

L'unica cosa chiara era la data.

Prese il cellulare nuovo che le aveva comprato il padre e andò su Internet.

Digitò: "Ferrara spedi".

Si aprì subito la pagina delle "Spedizioni prontopacco facile dal 1970".

«Sì!!!» gridò.

«Anche io sono felice di vederti, ma non credevo di farti questo effetto.»

Suo padre era entrato nella stanza e la stava guardando dalla porta, con la sua solita espressione indecifrabile.

«Papà, ho scoperto una cosa incredibile!»

«Le doppie punte?»

«Ma no, guarda qui, vedi? Sono riuscita a decifrare il nome dell'azienda scritto a margine di questi fogli. Sai che cosa vuol dire?»

Giovan Battista Papavero lesse con attenzione. «Che esiste

dal 1970? Una sicurezza. Me lo voglio ricordare, per quando dovrò spedire dei pacchi.»

«Non ti sembra importante? Significa che il nostro uomo, o Maser, scarabocchiava i suoi schizzi sul bloc-notes di questa ditta di trasporti.»

«Che ci regala un ulteriore legame con Minzioni.»

«In che senso?»

«Non ti ricordi che quando eri piccola, soprattutto a Natale, portavo a casa quintali di taccuini e bloc-notes di aziende farmaceutiche, vinicole…? Mi riempivano di regali. Minzioni non sarà stato da meno. Avrà utilizzato questa azienda per spedire qualcosa e poi loro hanno cominciato a riempirlo di taccuini che lui utilizzava per i suoi scopi.»

«Io ricordo i bloc-notes che portavi dal tuo studio, non quelli provenienti da altre aziende. E guarda caso, riportavano il nome dell'associazione di psicologi di cui eri socio. E comunque esiste un'altra possibilità. Potrebbe essere un bloc-notes che nulla ha a che vedere con Minzioni. Potrebbe semplicemente averlo trovato per caso e adoperato solo perché ce lo aveva sotto mano.»

«Sciocchezze. Vedrai che sarà come dico io. E non capisco perché ti sei fissata su questa cosa. È assolutamente irrilevante. Tra l'altro, le droghe che avevi nelle urine poteva procurarsele solo un medico.»

«Sì, vero. Ma chi dei due fa gli schizzi delle torture?»

«Minzioni, ovviamente. Perché anche dopo la cattura di Maser l'assassino continua a farli. Poi è lui l'uomo istruito della coppia, quello capace di elaborare piani e strategie, capace di avvicinare le vittime senza destare sospetti. Un vero predatore sessuale, affascinante, colto, di bell'aspetto. E magari è anche un bravo disegnatore.»

«È proprio quello che ho pensato mentre sedevo davanti a lui.»

«Vedi?»

«Comunque, voglio chiamare Morozzi e avvisarlo di questa scoperta.»

«Pover'uomo. Non lo invidio affatto.»

«Senti, devo dirti una cosa.»

Cambiò discorso e cercò le parole adatte per comunicargli la questione del DNA di cui ancora non gli aveva detto niente.

«Maurizio ha preso la spazzola di Elisabetta, la sorella di Alice.»

«E perché? Poteva comprarne una.»

«Papà, non vuoi sapere se lo scheletro appartiene alla mamma? Se così fosse, ti rendi conto che cosa vorrebbe dire?»

«Sì, che dovrai tornare in analisi.»

46

«Ti prego, accompagnami!»
«No.»
«Perché, no?»
«Perché stavi per morire.»
«Ma questa volta ci sarai tu, con me.»

A tre giorni dalla Viglia di Natale e dopo una settimana in ospedale, Teresa era stata dimessa. Maurizio si era offerto di riportarla a Strangolagalli in macchina, ma lei era stata categorica. Voleva assolutamente restare ancora a Ferrara e, prima di ogni altra cosa, fare un salto alle "Spedizioni prontopacco". Sentiva che quella strada l'avrebbe portata da sua madre. Non voleva mollare proprio adesso, a un passo dalla verità. Minzioni, forse, avrebbe confessato qualcosa. Ma se, invece, non avesse detto una parola, come aveva fatto il suo compagno? Se quei disegni erano stati portati fino a Strangolagalli, un significato dovevano pur averlo.

Come si era ripromessa di fare, aveva subito informato Morozzi della sua scoperta, sentendosi promettere che avrebbe indagato. Prima, però, voleva concentrarsi su Minzioni, convocato per una chiacchierata informale presso la stazione di polizia di Ferrara.

«Ormai ci siamo» le aveva detto Giovan Battista. «È solo una questione di tempo. Di fronte a me, capitolerà.»

«Non ne dubito.»

«E abbiamo tutti gli elementi.»

«Tranne il motivo che lo spinge a uccidere.»

«Questo glielo farò venire fuori io.»

«Giusto. Gli anni, più o meno, corrispondono. Minzioni era ad Aguscello insieme ad Alice e a Maser. Lui dice di essere andato via prima del suo arrivo, ma potrebbe aver mentito e non abbiamo prove che confermino la sua tesi. Devi scoprire perché lo fa, papà. Cosa è accaduto nella sua infanzia che lo ha reso il mostro che è.»

«Sono qui apposta.»

«Allora, tu penserai a Minzioni, ne ho avuto abbastanza di lui, mentre io seguirò le bricioline che ha seminato mamma.»

«Speriamo non ti conducano di nuovo in manicomio.»

A Teresa non importava più nulla di Maser, di Minzioni e delle ragioni che spingevano entrambi a uccidere. Desiderava solo trovare sua madre, scoprire che cosa le fosse accaduto. E se seguire la pista di quell'azienda fosse stato un buco nell'acqua, valeva comunque la pena tentare.

«Cosa ti costa accompagnarmi lì?» insistette Teresa, una volta saliti in macchina.

«Molto, in termini di impegno emotivo.»

«Esagerato.»

«Tu sei un impegno emotivo, Papavero. Perché non lasci che se ne occupi la polizia? O tuo padre?»

«Perché a loro non interessa trovare mia madre. Stanno pensando esclusivamente all'arresto di Minzioni, giustamente. Mio padre, poi... sembra tornato ragazzino. Credo si sia innamorato. Non come lo intendiamo noi, s'intende.»

«E come lo intendiamo noi? O meglio, come lo intendi tu?»

E Maurizio la guardò con l'intensità a cui ormai Teresa si era abituata, per fortuna.

«Sì, be', hai capito cosa voglio dire. È un anaffettivo e adesso mi rendo conto di avere sempre temuto di essere come lui.»

«Ritieni che tua madre se ne sia andata per questo?»

«Non so più niente di mia madre. Non so se è andata via o se l'hanno uccisa e questo mi destabilizza. Se lo scheletro non fosse il suo, come la prenderò? Forse ha ragione mio padre. Dovrò tornare in analisi.»

«Tra poco avremo i risultati e lo scoprirai. Hai telefonato alla madre di Alice?»

«Sì. È persino venuta a trovarmi ieri. Dovevi vederla, non ha smesso un attimo di piangere. Non riesco neanche a immaginare cosa voglia dire pensare di ritrovare una figlia dopo trent'anni, poterla finalmente seppellire.»

«Non sappiamo ancora se si tratta di lei, né sapremo mai con esattezza come è morta. E se davvero è stata massacrata di botte...»

«Non glielo direi, almeno non io. Però, potrei scoprire il perché e sono sicura che questo la aiuterebbe. Una figlia che muore è terribile, ma una figlia che scompare è peggio, psicologicamente. Trascorri la vita ad aspettare il suo ritorno e ogni volta che qualcuno suona alla porta, o il telefono squilla, speri che dall'altra parte ci siano informazioni per te. Non metti mai la parola fine.»

«Immagino che per te e tuo padre sia stato lo stesso.»

«Già. Però la mamma di Alice si è ricordata il nome del ragazzo che stava sempre con sua figlia, e con mia madre. Mi aveva detto che erano un terzetto, che si volevano molto bene. Lui potrebbe sapere qualcosa.»

«Se è ancora vivo.»

«Giusta osservazione.»
«Come si chiamava?»
«Roberto Chiatti.»
«Lo hai già cercato, immagino.»
Teresa annuì.
«E...?»
«Non ho trovato niente. Non una pagina facebook, non una presenza sui social. Niente di niente.»
«Dio mio, avrà ottant'anni!»
«Molti meno. Era lì con mia madre, ricordi? E mia madre non ha ottant'anni! E comunque cosa c'entra? Una persona non può essere così trasparente. Oggi come oggi chiunque è rintracciabile. Ho chiesto a Morozzi di trovarlo, se è ancora vivo almeno potrò parlarci. Ho bisogno che lui mi racconti com'era mia madre. Comunque, hai cambiato discorso. Mi porti, o no?»
«Certo che ti porto. Sono mai riuscito a dirti di no?»
«C'è ancora tempo per quello. Ma sapevo che ti avrei convinto.»
«Sono così prevedibile?»
«Sì, perché sei un uomo curioso, che è poi quello che mi piace di te.»
«Solo questo? E io che pensavo tu mi trovassi irresistibile.»
Lo sei, pensò. Ma non lo disse.
«Sarà come cercare un ago in un pagliaio» disse Maurizio, sovrappensiero.
«Dobbiamo solo scoprire se la carta intestata è veramente la loro e se veniva utilizzata in quegli anni. Magari c'era un legame tra il serial killer e l'azienda. Quindi anche con la Mantovani e mia madre. Pensa che fortuna se lavorasse ancora qui... Lui e l'amico che stava con loro in manicomio potranno rivelarmi qualcosa.»

«Potrebbero anche essere la stessa persona.»

Teresa si voltò verso di lui, eccitata. «Certo!!! Tutto torna. Ragioniamo. Chiatti è il caro amico di mia madre e di Alice ad Aguscello. Magari era anche un paziente di Minzioni. Questo non lo sappiamo ma è facilmente verificabile. E se è stato in cura da lui, potrebbe esserci rimasto in contatto e così, quando esce dal manicomio e trova lavoro in questa ditta di spedizioni, regala al suo vecchio psicologo i bloc-notes della sua azienda, senza ovviamente sapere a che scopo vengono utilizzati. Tancredi, ma lo sai che sei un genio?»

«Sempre saputo.»

«Insopportabile, ma geniale. La stessa persona...»

47

"Prontopacco facile" aveva sede appena fuori Ferrara, in un capannone. All'esterno, sostavano i furgoni con il logo e il nome della ditta di trasporti. Dal 1970.

Parcheggiarono lì davanti e scesero dalla macchina.

All'ingresso, una bella ragazza appena maggiorenne, con piercing un po' ovunque sul viso e un trucco particolarmente appariscente, sedeva dietro un bancone.

Appena entrati, Teresa strattonò Tancredi.

«Che c'è?» le chiese.

«È il momento di sfoderare il tuo fascino.»

«Come?»

«Non la vedi anche tu? È pronta a cadere ai tuoi piedi.»

«Sei pazza? Mi arrestano. Quella potrebbe essere mia figlia.»

«Appunto. Tipico atteggiamento di un uomo di mezza età che non viene a patti con i suoi cinquant'anni e ci prova con le ragazzine.»

«Non so se offendermi di più perché mi hai dato dell'uomo di mezza età, o del pedofilo.»

«Be', non ci metteremo a discutere di questo originale fenomeno sociologico, vero? Tu ora vai, io mi siedo qui buona buona. Non appena troverai il modo di allontanarla, andrò a frugare tra le sue cose.»

«Questa storia non mi piace per niente.»
«Sì che ti piace. O hai paura di aver perso il tuo fascino?»
«*Tsk*, figurati. Consideralo già fatto.»
«Un suggerimento. Non le dire che sei un medico legale... fa un po' impressione. Un chirurgo, un...»
«Vuoi anche insegnarmi a rimorchiare?»
«Per carità. Mamma mia come sei suscettibile.»
Tancredi si allontanò, e lei si mise seduta. In attesa.
«Buongiorno» gli sentì dire. «Sono un uomo disperato, solo lei può aiutarmi.»
«Certo! In che modo?»
«Ho perso un pacco. Era molto, molto importante» e così dicendo, si appoggiò al bancone. Si era tolto la giacca, in modo da mostrare i suoi bicipiti in tutto il loro splendore.
«Mi dica il nome...»
«Carolina, Carolina Sechi.»
«Sua... moglie?»
«Sorella, mia sorella.»
«Scusi, non volevo essere indiscreta...»
«Non lo è stata. Era una domanda legittima. Non sono sposato.»
«Ah, ecco.»
«Lo ero. Sono... insomma... ho perso mia moglie, anni fa. Sono rimasto solo con un bambino che mi fa dannare.»
Maurizio, questo è un colpo da maestro. Un padre vedovo.
«Il pacco era per mia sorella. Ha solo me e non è in grado di... sì, non sta bene, ecco.»
Gesù Santo. Vedovo e con una sorella malata? Troppo! Chi ci crede?
«Che cosa tremenda!» esclamò la ragazza, portandosi anche le mani alla bocca. «Mi dispiace tantissimo.»

Nooo, ci ha creduto?

«Non so come dirglielo» proseguì la fanciulla, «però, di solito, io non controllo le spedizioni. Dovrebbe chiamare questo numero e...»

«La prego. Sono stato ore attaccato al telefono senza riuscire a parlare con nessuno. Si tratta di una questione davvero importante e delicata e... adesso mi trovo qui... Non mi faccia tornare a casa a mani vuote. Mio figlio non me lo perdonerebbe. C'erano i suoi regali per mia sorella, lì dentro. Me la farà pagare, è sicuro.»

Lei sorrise e si sistemò i capelli. Comportamento tipico di chi si trova in imbarazzo e vuole controllare di essere a posto. Era fatta.

«Poi, lei è così gentile. E bella, se posso permettermi.»

«Grazie...»

«Ricambierò la sua cortesia con un caffè, e... le offrirei volentieri una cena. Ma non oso sperare tanto.»

«Be', ma io non la conosco neanche...»

«A questo si può presto rimediare. Piacere, Giovanni Martinez, vedovo, padre di un figlio di otto anni e medico legale.»

Su "legale" alzò parecchio la voce.

«Io sono Deborah, con l'acca. Un medico legale? E cioè?»

«*Uff*, un lavoro come un altro. L'unica cosa divertente è che spesso collaboro con la polizia.»

E bravo il mio medico legale! Uno che lavora a stretto contatto con la polizia, non può essere un delinquente...

«La polizia?»

«Sì, perché si tratta quasi sempre di casi di omicidio. Vedi, Deborah con l'acca, possiamo darci del tu?»

Lei annuì estasiata.

«Vedi, Deborah, il mio compito è molto delicato. Quando

trovano un cadavere, solo io posso stabilire come è morto. Se si tratta di un omicidio, quando è successo...»
«Dio mio. Come nelle serie TV!»
«Esattamente. Se vuoi, ti posso raccontare i dettagli più macabri, davanti a un caffè.»
«Ora?»
«Perché no?»
Deborah con l'acca si era completamente scordata della sorella malata di Maurizio e della misteriosa sparizione del suo pacco. Pendeva dalle sue labbra.
«Non so se posso...»
«Suvvia. Non hanno mai ammazzato nessuno per un caffè. Anzi, sì, qualche volta in effetti lo hanno fatto.»
«Davvero?»
Lui annuì, serio.
La povera Deborah, senza smettere un attimo di fissarlo, fece il giro del bancone e gli sussurrò, ammiccante: «Vieni con me. Ma solo un attimo, eh?»
«Me lo farò bastare...»
Dio mio! pensò Teresa. *Davvero le donne sono così stupide?*
Non appena i due scomparvero dietro l'angolo, corse alla reception. A quell'ora nell'atrio non c'era nessuno, erano quasi tutti in pausa pranzo.
Come prima cosa, aprì i cassetti. Nel primo trovò smalti colorati, una spazzola e un paio di buste aperte di cracker. Il secondo era quasi vuoto. L'ultimo fu illuminante.
Il bloc-notes aziendale. Strappò un foglio e lo nascose in tasca. Diede un rapido sguardo al di là del banco della reception, ma quei due ancora non si vedevano. Bene.
Allora si concentrò sul computer. Mosse il mouse e apparve il logo della ditta.

Ci voleva una password. C'era un post-it attaccato allo schermo. Sorrise. Tipico di ogni dipendente scrivere la password e appiccicarla lì. Digitò: "deborah-1999".

Gesù, è davvero una bambina.

Le apparve la schermata delle spedizioni. Il desktop era pieno di cartelle, una ricerca senza indizi era impossibile. Fu allora che ripensò alle parole di Maurizio. Se davvero la persona che lavorava lì era la stessa che aveva fornito la carta intestata su cui Maser e Minzioni avevano scarabocchiato le loro creazioni... Se lui era il legame tra loro... Scrisse velocemente il nome Roberto Chiatti in "trova file" e...

«E quindi sei anche tu una specie di poliziotto, giusto?» sentì.

Era Deborah.

Mollò tutto così e balzò via. Appena in tempo, perché li vide sbucare all'improvviso nell'atrio. La trovarono impietrita, davanti al bancone. Ma si riprese in un attimo: «Be'? Che modi sono? Lasciare una persona qui in attesa per ore!» esclamò.

«Mi scusi...»

«Non direi "ore". La signorina e io ci stavamo solo prendendo un caffè alla macchinetta, è un suo diritto, sa?»

«Lo vedremo. Presenterò una lamentela formale al personale.»

«No, per favore...»

«Non esageriamo» intervenne Maurizio. Poi, rivolto a Deborah aggiunse, sottovoce: «Ci penso io, non ti preoccupare. So come gestire donne così, stai tranquilla. Sono solo delle zitelle isteriche. Resta qui, io torno subito.»

E dopo averle fatto l'occhiolino, prese Teresa sottobraccio e la accompagnò verso l'uscita.

«Zitelle isteriche?» disse lei a denti stretti.

«*Sss*, ci sta guardando...»

In effetti, lasciarono Deborah in piedi ad aspettare il ritorno di Giovanni Martinez, il vedovo più affascinante che avesse mai conosciuto. Non seppero più nulla di lei, né seppero mai se avrebbe poi raccontato alle amiche di un uomo, un medico legale apparso dal nulla, che chiedeva di una spedizione inesistente.

48

«Dimmi che il mio sacrificio è servito a qualcosa.»
Erano di nuovo in macchina e Maurizio stava guidando verso l'albergo.
«Ho notato quanto ti disperavi. Stavi proprio soffrendo.»
«È stata dura, in effetti. Hai visto quanti piercing aveva in faccia? Quella se mi becca, mi ammazza, altro che.»
«Chi è Carolina Sechi?»
«Chi?»
«Carolina Sechi, tua *sorella*.»
«Gelosa?»
«Ma va...»
«La mia prima fidanzata al liceo.»
«Come ti è venuto in mente?»
«Boh? Mi sembrava credibile. Allora?»
«Ho trovato questo...» e tirò fuori il foglio che aveva strappato. «Guarda? Stesso logo. Dal 1970. Ma non è tutto. Ho inserito il nome di Roberto Chiatti nel computer della tua fidanzata e...»
«E...?»
«Niente. Non ho fatto in tempo a leggere granché perché siete arrivati voi. Ma sono riuscita a vedere che esiste. Che lavora lì.»

251

«È una buona notizia, no?»

«Ottima, direi. È il pezzo che ci mancava, la conferma che è stato lui a mandare il taccuino a Minzioni, come avevo supposto. Ma non solo. Sappiamo anche che l'amico comune di Alice e di mia madre, e forse anche di Maser, è qui, lavora ancora e potrebbe darmi delle informazioni su di loro. Soprattutto su mia madre, degli altri due mi importa poco, ormai. Ti rendi conto che potrei incontrare una persona che è stata a stretto contatto con lei? Che può raccontarmi perché fosse rinchiusa in un manicomio?»

«Non mi fisserei su questa cosa. Le ragioni possono essere svariate, né sappiamo quanto ci è rimasta. Non ha nulla a che vedere con te, Teresa. Non cercare un'altra scusa per non buttarti nella vita. Tu non sei come tua madre. Soprattutto, non sei pazza, e probabilmente non lo era neanche lei.»

«Be', mio padre la pensa diversamente.»

«E da quando dai retta a tuo padre?»

«Da sempre. È il mio mentore. Secondo te, perché avrei seguito le sue orme? Per cercare di emularlo. Ma sono stata una continua delusione per lui.»

«Io mi preoccuperei piuttosto di non essere una delusione per te stessa. È inevitabile deludere un genitore. Più grave è farlo con se stessi. Io sono stato una delusione per mio padre, e i miei figli prima o poi faranno qualcosa che mi deluderà. Ma io ho cercato di essere coerente con ciò che sono, ho lottato per quello che desideravo ottenere…»

«Perché tu sapevi ciò che volevi. Io brancolo nel buio…»

«Qui sbagli. Lo sai eccome. Solo che ti fa paura. La paura è la principale ragione per cui la vita di una persona subisce un freno. Ovvio, se ti butti ti può andare male. Ma quando ti va bene…»

Parcheggiò davanti all'albergo e si voltò verso di lei: «Teresa» le disse, accarezzandole una guancia. «Tu sei una donna intelligente. Ma se sei la prima a non rendertene conto, ci saranno sempre mille Giovan Battista Papavero pronti a farti credere il contrario.»

«È così difficile...»

«No, non così tanto. Cerca di capire chi vuoi essere e vai in quella direzione, mostra agli altri ciò di cui sei capace» e dopo averlo detto, la baciò.

Furono interrotti dallo squillo dei cellulari. Di entrambi i cellulari.

Teresa rispose per prima. Era Morozzi. «Ho trovato la persona che stavi cercando. Abita a pochi chilometri da Ferrara. Un dipendente della ditta "Spedizioni prontopacco facile", come supponevi, da più di trent'anni. Nulla da segnalare, neanche una multa per divieto di sosta. Pare viva ancora con la madre.»

«Con la madre? Ma sarà un'ultracentenaria.»

«Non sembrerebbe. Non so nulla di lei, però.»

«Ti ringrazio, vuol dire molto per me. Quando puoi, mandami l'indirizzo, così prima di tornare a Strangolagalli vado a trovarlo. Lì come procede?»

«Minzioni è stato convocato per oggi pomeriggio. Sarà un interrogatorio difficile.»

«Immagino. Ma avete mio padre dalla vostra. È un osso duro, eh? Non fosse stato per lui, Maser non sarebbe mai stato catturato.»

«Ti terremo aggiornata.»

Quando riattaccò, si voltò verso Maurizio. Anche lui aveva terminato la conversazione.

«Mangiamo qualcosa?» gli disse. Da quando era stata ricoverata in ospedale, non faceva altro. «Perché quella faccia? È successo qualcosa? I tuoi figli?»

«No, loro stanno bene. Riguarda… riguarda te. Teresa, devo dirti una cosa.»

«Oddìo» disse solo. «Hai i risultati del DNA?»

«Sì.»

«Sapevo che prima o poi questo momento sarebbe arrivato. Non potevo scappare ancora per molto. Giusto?»

«Giusto.»

«E si tratta di mia madre?»

Teresa rimase con il fiato sospeso.

Era pronta ad affrontare la verità?

49

Teresa sedeva in taxi. Stava andando a casa di Roberto Chiatti. Non vedeva l'ora di incontrarlo. Non solo avrebbe potuto trovare la prova che mancava per collegare Minzioni a quei disegni, se lui gli avesse confermato di avergli regalato i bloc-notes, ma avrebbe anche scoperto qualcosa su sua madre.

Era ora di cena. Non le sembrava appropriato, tuttavia non aveva alcuna intenzione di rimandare ancora. La verità andava affrontata e almeno era sicura di trovarlo.

Aveva trascorso la giornata con Maurizio, si erano sistemati in camera, poi erano usciti per pranzo.

Il fatto che il DNA non appartenesse a sua madre, bensì a Elisabetta, come aveva previsto, l'aveva gettata nel più cupo sconforto.

Se fosse stata lei, almeno sarebbe riuscita a mettere un punto a una parte importante della sua vita. Invece, adesso, doveva ricominciare da capo. Che fine aveva fatto Luisa? Era davvero scappata o anche lei era stata uccisa da Minzioni e nascosta in chissà quale altra intercapedine?

Doveva smontare tutti i muri delle abitazioni di Strangolagalli?

Il sindaco non ne sarebbe stato felice.

La cosa più emozionante era stata la telefonata con Carla Mantovani.

Non si era trattato propriamente di un lieto fine, ma almeno era l'ultimo atto della tragedia. Trent'anni, trent'anni senza sapere più nulla di una figlia e poi all'improvviso, a cinquecento chilometri di distanza, quasi in un'altra epoca, uno scheletro ritrovato all'interno di un'intercapedine risulta appartenere alla figlia che credevi scomparsa, che pensavi si fosse suicidata o, peggio, che fosse stata rapita e tenuta segregata per tutto quel tempo.

La vita a volte poteva essere sorprendente. Persino Giovan Battista Papavero si era un po' commosso alla notizia. Nonostante dovesse ancora capire bene chi fosse questa Elisabetta.

Morozzi era rimasto di sasso.

Teresa aveva chiamato anche Isabella, nella speranza, vana, lo sapeva, che lei lo dicesse a Serra.

Ora però, se Roberto Chiatti non aveva informazioni rilevanti su sua madre, sarebbe stata costretta ad archiviare la faccenda. Definitivamente.

Ma non poteva non averne.

Erano un terzetto. Lui, Alice e Luisa. Così le aveva riferito Carla. Sempre insieme, sempre uniti.

«Si aiutavano molto» aveva detto. «Quel posto era... era un inferno. Lo capii solo anni dopo, quando vennero fuori i racconti delle sevizie subite dai bambini. E se anche mia figlia...»

«Non ci pensi, quelle storie non sono mai state confermate.»

Però, però, se invece fossero state vere? Se sua madre fosse stata...

Non voleva crederlo.

Papà si sarebbe accorto di qualcosa, si disse. *Sono esperienze che segnano e che ti porti dietro per tutta la vita.*

«Siamo arrivati.»

L'autista si voltò verso di lei, in attesa di un segno.

«Grazie, scusi, mi ero distratta. Quanto le devo?»

Pagò e scese, ma davanti al portone esitò.

Era una villetta bifamiliare in una zona poco frequentata e di certo a basso reddito.

Si fece coraggio e, mentre stava per suonare il campanello, dalla casa accanto uscì una signora.

Sembrava la brutta copia di una delle fate madrine di *La bella addormentata nel bosco*. Capelli viola, raccolti in una decina di bigodini, e uno straccio colorato attorno alla vita. Stava portando fuori l'immondizia. «Buonasera, cerca qualcuno?» le chiese, guardandola di traverso.

«Buonasera. Roberto Chiatti. Sa se è in casa?»

«E dove vuole che vada? Con una madre anziana. Una bravissima persona. Si prende cura di lei da anni. I miei figli se ne sono andati, sa? Strano, però. Non riceve mai visite. A quest'ora, poi...»

«Sono... sono una collega dell'ufficio. Ha dimenticato dei documenti importanti e mi dispiaceva non farglieli avere.»

«Che cara.»

«Be', allora io suono.»

Ma quella non accennava a spostarsi.

«Qui ci conosciamo un po' tutti. Ci controlliamo a vicenda» disse, invece. «Ci prendiamo cura gli uni degli altri.»

«Certo, fate bene. Ma io non sono venuta a uccidere nessuno.»

«Ah, che spiritosa.»

«Ho qui i documenti, vede?»

E sollevò la borsa.

Quella però non mollava, e se Roberto Chiatti avesse aperto la porta si sarebbe accorta subito che la "collega" era in realtà una sconosciuta.

Che impicciona di merda, pensò Teresa.

«Suono, allora.»

«Prego.»

E Teresa lo fece, non aveva altra scelta ormai.

Attese un pochino.

«Forse non è in casa» disse alla signora. «Magari torno domani.»

«Le dico che c'è. Aspetti.»

In effetti, dopo qualche minuto sentì il rumore del chiavistello.

Teresa sbirciò con la coda dell'occhio la tizia, che proprio non si spostava.

A quel punto la porta si aprì e Teresa si trovò di fronte un uomo paffuto e gioviale.

«Buonasera... sono qui per...»

Dopo un attimo di smarrimento, l'uomo parlò: «Ma certo, entri pure».

Ah, sì?

«È tutto a posto, Caterina, grazie» disse poi, rivolto alla signora.

«Bene, caro. Qualsiasi cosa, sono qui accanto.»

«Grazie, grazie, lo so.»

Poi, rivolto a Teresa, aggiunse: «Si accomodi».

E lei lo fece.

50

«Buonasera e grazie di essere venuto» disse Morozzi, non appena Giulio Minzioni si sedette nella sala degli interrogatori.
«Ci mancherebbe.»
«Conosce già Giovan Battista Papavero, non è vero?»
«Certo. Fino a poco tempo fa solo di fama, poi è passato a farmi visita qualche giorno addietro ed è stata una chiacchierata particolarmente illuminante. Abbiamo parlato a lungo di criminologia...»
Giovan Battista si riempì il petto di aria.
«Sa perché è qui?» domandò l'ispettore.
«Per il caso Giorgio Maser, ma non capisco... credevo fosse chiuso e come sapete io non lo avevo in cura.»
«Vede, Minzioni» intervenne Giovan Battista, «abbiamo riaperto le indagini.»
«Ah.»
«Sono sopraggiunti altri fattori, altre prove che noi abbiamo raccolto. Sono tutte qui dentro.»
E così dicendo, poggiò sul tavolo una scatola di cartone. Fuori avevano scritto con il pennarello: "Giulio Minzioni".
«Per l'amor del cielo, è uno scherzo?»
«In che senso?»
«È una tecnica antiquata quella di far credere al sospettato

di avere molte prove a suo carico, di averlo studiato per anni. Questo per solleticare il suo narcisismo. Il che mi porta a pensare che voi sospettiate di me. Ma per cosa? Non capisco. Io sono venuto spontaneamente e per una chiacchierata informale. Se devo chiamare il mio avvocato...»

«*Nooo*, niente avvocati. Si tratta davvero di una chiacchierata. Abbiamo bisogno del suo aiuto per inchiodare quel figlio di puttana.»

Giovan Battista Papavero si era perfettamente calato nel ruolo dell'*Ispettore Tibbs,* anche se l'ispettore Tibbs era nero.

«Ditemi che cosa è successo e vedrò cosa posso fare per voi.»

«Sono scomparse altre ragazze e sono state ritrovate morte.»

«Mi dispiace, ma...»

«Uccise con la stessa tecnica adottata da Maser.»

«Questo è interessante. Quindi sospettate l'esistenza di un emulatore?»

«Come mai ha usato proprio questo termine?»

Giovan Battista Papavero era sicuro di averlo in pugno ormai.

«Lei come chiamerebbe un soggetto ignoto che compie gli stessi riti di un serial killer che operava più di trent'anni fa?»

«Io la chiamerei piuttosto "reciprocità".»

«Prego?»

«Una spinta a ricambiare un favore.»

«Non la seguo.»

«Le faccio un esempio, ma non lo prenda come un fatto personale. Poniamo il caso che Maser lo abbia protetto ad Aguscello, abbia tenuto per sé le cose che accadevano lì dentro. In cambio ha ottenuto la sua totale devozione.»

«Abbia protetto chi, mi perdoni?»

«Lei.»

«E non dovrei prenderlo come un fatto personale? La finta scatola con le presunte ricerche su di me, la convocazione con la scusa di una chiacchiera informale, la ridicola accusa di essere stato protetto da un serial killer che io neanche ho avuto in cura.»

«Perché si scalda tanto, se non le sembrano cose importanti? E guardi queste foto» aggiunse, lanciando gli schizzi delle torture sul tavolo per testare la sua reazione. «Non mi verrà a dire adesso che non ha nulla a che fare con questi disegni? Osservi il logo dell'azienda che si legge su questi fogli.»

«Veramente non si legge nulla.»

«Certo, perché ho dovuto fare un collage molto complesso e delicato. L'aiuto: "Prontopacco facile". E sa una cosa? Abbiamo controllato, lei si serve spesso di questa ditta di trasporti.»

«E volete incriminarmi per questo?»

«Non per questo, ma per i disegni che ci ha fatto sopra!»

Sentiva di aver calato l'Asso.

«Ma lei è pazzo! E le dico anche perché. Primo, "Prontopacco" è un'azienda serissima, gliela consiglio se ha bisogno di spedire qualcosa con urgenza e discrezione, ma non ho mai visto quei fogli in vita mia, né tantomeno i disegni che ci sono scarabocchiati. Secondo, e ci tengo a precisarlo, ad Aguscello non accadeva niente di censurabile. All'epoca l'elettroshock era una normale prassi per curare un certo tipo di psicosi. Terzo, e concludo, io Maser non l'ho mai neanche incrociato e se anche lo avessi fatto, crede davvero che mi sarei lasciato coinvolgere in una faccenda simile?»

«Maser le fa un favore, e lei si sente in debito con lui» proseguì Giovan Battista, implacabile.

Stava cedendo, lo leggeva dai suoi comportamenti. Mani sudate, sguardo sfuggente. Non poteva fare a meno di buttare l'occhio sulla scatola con le prove. Cercava di non darlo a vedere, ma...

«Sentite, io adesso me ne vado» disse, e accennò ad alzarsi. Morozzi intervenne per rimetterlo a sedere.

«Abbiamo quasi finito. Le stavo dicendo che tipi come Maser lo imparano a scuola quali ragazzi tormentare e quali proteggere, e riescono ad applicare poi lo stesso criterio con tutte le persone che incontrano da adulti. Sono abilissimi nell'individuare questo tipo di soggetti, nello scovare le loro debolezze e approfittarne. Qual è la sua debolezza, Minzioni? Basso livello di autostima? Genitore violento? Problemi con l'altro sesso?»

Giulio Minzioni si guardava intorno esterrefatto.

«Basso livello di autostima? Io?»

Era il punto che l'aveva più colpito, evidentemente.

«Se scavassimo nel suo passato, nella sua infanzia, che cosa troveremmo?»

«Tanti giochi da tavolo e le macchinine.»

«Credo piuttosto la triade di MacDonald.»

Minzioni scoppiò a ridere. Per Giovan Battista, questo era il segno che aveva perso ogni freno. Il muro era caduto. Per Minzioni, invece, era il segno che doveva chiamare un avvocato e uno psichiatra. Lo psichiatra per Papavero, però, non per lui.

51

Teresa aveva capito subito che qualcosa non andava. Perché l'aveva fatta entrare? Perché non si era stupito di vederla davanti alla sua porta? Eppure il desiderio di sapere, di conoscere qualcosa di sua madre aveva ormai preso il sopravvento su tutto il resto. Per questo avanzò, incurante di una crescente sensazione di pericolo.

«Mi scusi se la disturbo» disse appena fu dentro. «Mi chiamo Teresa Papavero. Mi... mi ha dato il suo nome Carla Mantovani.»

Lui la guardava senza parlare. Aveva un'aria così innocua, così fragile.

«Alice...» mormorò a un certo punto.

«Sì, esatto. Carla è la mamma.»

«Si... si accomodi.»

«Grazie.»

Il piccolo salotto in cui la fece sedere era pulito e ordinato. Non c'erano cornici, nessuna fotografia, niente che rivelasse una sua possibile vita sociale.

"Nella coppia composta da uno psicotico estremo e uno controllato" aveva detto il suo professore a L'Aquila, "il fattore più comune del soggetto con psicosi estrema è la solitudine. Impossibile per il soggetto ignoto legare con gli altri. Ha un basso livello di autostima, ha problemi con l'altro sesso e ha avuto un genitore violento. Conduce un'esistenza solitaria. È praticamente un fantasma. Il soggetto controllato, invece, cioè il dominante..."

Teresa cominciò a sudare freddo e comprese che cosa non le tornava della coppia Maser-Minzioni. Che erano due dominanti.

«So che voi eravate molto amici» disse, nel tentativo di prendere tempo. Doveva capire a fondo chi si trovava di fronte prima di giungere a conclusioni affrettate.

«Molto.»

«E so anche che eravate inseparabili con una certa Luisa Tatti...»

Annuì.

«Ecco, Luisa era mia madre.»

Annuì ancora.

Dio mio, cosa c'era che non andava in lui?

«Quello che vorrei sapere è se può dirmi qualcosa su come era, perché si trovava lì.»

«"Non più il sole sarà la tua luce nel giorno, e non più la luna t'illuminerà con il suo chiarore, ma il Signore sarà la tua luce perenne, il tuo Dio sarà la tua gloria. Il tuo sole non tramonterà più, la tua luna non si oscurerà più, poiché il Signore sarà la tua luce perenne, i giorni del tuo lutto saranno finiti".»

Teresa era rimasta pietrificata.

«Isaia 60,19-20.»

Allora le fu tutto chiaro. Ecco perché l'aveva fatta entrare, ecco perché non era rimasto stupito di vederla. Perché la stava aspettando.

D'istinto, si voltò verso la porta d'ingresso, ma sapeva di essere sola e di dover trovare un sistema per uscire da lì.

Roberto Chiatti era il sottomesso. Stessa fantasia del dominante, ma con una missione differente.

"I soggetti ignoti con una missione sono i peggiori, non si fermano mai" aveva detto il professore durante una lezione. "Perché sono persuasi di averla ricevuta da Dio e che la Bibbia in qualche modo dia loro ragione."

«Qual è la tua missione, Roberto?»

Lo chiamò per nome e gli diede del tu. Era fondamentale instaurare con lui un rapporto di fiducia.

«Ripulire il mondo. Lupo... mi faceva vedere che erano tutte cattive, impure. Me lo dimostrava ogni volta e io allora cercavo di redimerle. Dopo... dopo che lui...»

Dopo che lui le aveva violentate per soddisfare i suoi istinti sadici, avrebbe voluto concludere Teresa. Ma si trattenne.

«Chi è Lupo?» chiese, invece.

«Lupo! Il mio amico, il mio unico amico.»

«Lupo era il soprannome di Giorgio? Così si faceva chiamare?»

Roberto annuì.

«Lupo mi ha detto: "Hai un dono. Le tue mani sanno costruire sogni". E io volevo costruire sogni per lui.»

Certo. Gli strumenti di tortura era lui a progettarli, ma era Giorgio a violentare le vittime, a condurre il gioco, a proteggerlo. Allora, cosa ne era stato di Roberto dopo la sua cattura?

«Alice. Lei... lei mi voleva spingere a peccare.»

Tutti i tasselli stavano andando al loro posto. Alice era la prima vittima. Non di Maser, però. Alice era la prima vittima di Roberto, che nel 1968 era già fuori da Aguscello, il suo primo amore. Ecco perché non risultava essere stata violentata, Roberto non era uno stupratore, ed ecco perché l'aveva seppellita con cura.

«E Luisa?»

«Luisa non era un problema. A Giorgio piaceva, Luisa.»

No, non era possibile. I sadici sessuali non provano empatia per nessuno.

«E io ho sempre fatto tutto quello che mi diceva Giorgio.»

«E poi? Quando lui se n'è andato? Come hai fatto? Ti sei sentito abbandonato? Solo?»

«No! Ho sempre avuto mamma.»

Certo, la madre.

«E dove si trova adesso?»

«Di sopra. La vuoi incontrare?»

«Mi farebbe molto piacere.»

«Seguimi, allora.»

E Teresa lo fece. Non aveva molta altra scelta.

Salirono le scale in silenzio, fino alla soffitta.

Poi lui aprì la porta: «Mamma, ti ho portato una sorpresa» disse. «Sarai contenta di me.»

Teresa vide una donna con pochi capelli bianchi, seduta su una poltrona, di spalle.

«Valle a parlare. Ha detto di andare da lei» la esortò Roberto in un sussurro.

«Lo ha detto? Non ho sentito…»

«Vai! Non le disubbidire. Non sai quanto può essere cattiva.»

Poi si tappò le orecchie. «Sta arrivando, mamma. Non gridare con me.»

Teresa avanzò lentamente.

Si avvicinò alla poltrona, ci girò intorno. E nel momento esatto in cui sentì la porta chiudersi con violenza, le arrivò davanti e si sentì perduta.

Aveva di fronte una donna completamente mummificata.

«Ma... ma è morta» riuscì a bisbigliare, più a se stessa che a lui.

«Io però continuo a sentirla qui dentro» disse Chiatti, colpendosi la tempia con la mano.

52

«La triade di MacDonald?» domandò Giulio Minzioni, sconvolto. «Ma lei sta scherzando, spero.»
«Perché lo crede? Perché la fa stare più tranquillo?»
«Tranquillo un corno!»
Bene bene, pensò Giovan Battista. *Sta perdendo il controllo.*
«Non si agiti...»
«Non sono agitato, sono incazzato. Lei mi sta accusando di avere manifestato da piccolo i tre segnali precoci di un possibile comportamento dissociativo criminale?»
«Non ci sarebbe niente di male.»
«Questo lo dice lei. Se avessi avuto la triade di MacDonald sarei stato rinchiuso in un manicomio.»
Giovan Battista Papavero lo guardò come durante un torneo di scacchi, subito prima di uno scacco matto a sorpresa.
«Come paziente, non come medico, imbecille» riprese Minzioni. «E poi la triade di MacDonald è una teoria superata da tempo. Non ha letto gli ultimi studi a riguardo?»
«Piromania» cominciò a contare sulle dita Giovan Battista, incurante delle proteste di Minzioni. «Enuresi notturna, crudeltà verso gli animali. Ne ha mai avuto anche uno solo di questi? O magari tutti e tre?»
«Ho ucciso un uccellino, una volta, se la cosa le può far piacere.»

«Ah!» esclamò Giovan Battista, battendo una mano sul tavolo.

«È successo mentre camminavo nel bosco. Era a terra, con un'ala spezzata e senza accorgermene l'ho calpestato. Ho pianto per una settimana per lo shock. E non ho mai fatto la pipì a letto. Adesso, se non vi dispiace, me ne torno a casa dal mio gatto. Che è vivo e vegeto, per la cronaca. Sta con me da diciassette anni. Se gli avessi usato violenza, sarebbe stato il primo ad andarsene, mi creda, è un animale molto indipendente e grasso. Oppure devo chiamare il mio avvocato? Scegliete voi.»

In quel momento, Morozzi ricevette una telefonata e uscì.

«Scusate un momento» disse. «Torno subito.»

Era Teresa Papavero. In altri frangenti non le avrebbe dato retta, ma quell'interrogatorio era così umiliante, che piuttosto che continuare ad assistervi avrebbe risposto persino a sua suocera.

Il problema, però, fu che dall'altra parte del telefono non c'era nessuno. O meglio, si sentiva qualcuno parlare in lontananza, ma era chiaro che le parole non erano rivolte a lui.

«Reciprocità» sentì dire alla Papavero. «Io ti capisco, sai? Ti sei sentito spinto a ricambiare il favore. Giorgio ti ha protetto ad Aguscello e tu ti sei sentito in debito con lui.»

«O porca miseria!» gridò Morozzi.

Quelle parole non erano affatto rivolte a lui. Magari lo fossero state.

Lasciò i due luminari a psicoanalizzarsi a vicenda e corse fuori.

Teresa Papavero aveva trovato il complice di Maser.

53

«Cosa dici, mamma? Certo, mamma, lo faccio. So che devo farlo.»

«Non sei obbligato.»

Teresa sapeva quali istruzioni stava ricevendo. La madre lo aveva plagiato per anni, usandogli ogni tipo di violenza, costringendolo, in nome di Dio, a compiere atti terribili.

Chiatti non era cattivo. Il cattivo era Maser. E quella donna orribile e mummificata che sedeva in poltrona.

«Io devo farlo. "Ricorda dunque come hai ricevuto e ascoltato la Parola, custodiscila e convertiti perché, se non sarai vigilante, verrò come un ladro, senza che tu sappia a che ora verrò io da te". Capitolo terzo dell'Apocalisse. Versetto 3.»

«Roberto, ascoltami, ti prego.»

Roberto, però, non aveva orecchie che per le parole di sua madre. Quelle rimbombavano nella sua mente così violente, così potenti che si prese la testa fra le mani. Teresa approfittò di quel momento di sconforto per frugare nella sua borsa e prendere il cellulare. Senza smettere di guardare verso Chiatti, trovò l'elenco delle ultime telefonate e premette il tasto di chiamata. Il numero che aveva composto prima di andare lì era quello di Morozzi. Aspettò qualche secondo, poi infilò di nuovo il cellulare nella borsa. Sperò con tutto il cuore che l'ispettore avesse risposto. Ma non aveva modo di saperlo.

«Stai a sentire me, per un attimo.»
Lui a quel punto alzò lo sguardo su di lei.
«Non posso neanche immaginare quello che hai passato ad Aguscello. E Giorgio ti ha aiutato, non è vero?»
«Era il mio migliore amico.»
«Certo. E tu lo hai voluto ripagare. Reciprocità. Io ti capisco, sai? Ti sei sentito spinto a ricambiare il favore. Giorgio ti ha protetto ad Aguscello e tu ti sei sentito in debito con lui.»
Ma lui non le dava retta. Sentiva solo la voce della madre.
Camminò come un automa verso una credenza. «Perché vuoi punirmi?»
Si voltò verso la madre: «Basta, basta. Perché mi dici queste cose? Ho sempre fatto quello che mi dicevi, ho ubbidito, ho pregato Dio, ho eliminato le persone indegne.»
Aprì il primo cassetto e prese una siringa e una fiala.
«Nooo!» gridò. «Io non sono come loro. Perché? Perché non mi vuoi bene, mamma?»
Riempì la siringa, lentamente e con grande abilità.
«Sì, lo sto facendo, non lo vedi?»
Teresa assisteva a questo dialogo surreale senza riuscire a proferire parola.
Ma doveva trovare il modo di inserirsi tra lui e la madre. Doveva scacciare la paura e concentrarsi, altrimenti per lei sarebbe stata davvero finita.
Lo vide avvicinarsi, con in mano la siringa piena. «"In verità, in verità vi dico: chi ascolta la Mia parola e crede in Colui che Mi ha mandato, ha vita eterna, e non viene in giudizio, ma è passato dalla morte alla vita". Vangelo di Giovanni, 5:24.»
«No, Roberto, ti prego. Tu non sei così. Il Signore non vuole questo per te.»
«"Se viviamo, viviamo per il Signore. E se moriamo, moria-

mo per il Signore. Sia dunque che viviamo o che moriamo, siamo del Signore"...»

Ormai era a un passo da lei.

«Ripensa al bambino che sei stato. Ripensa a come eri. Volevi davvero tutto questo, Roberto? Non volevi invece essere amato, e amare? Tua madre non lo ha fatto. Giorgio non lo ha fatto. Alice sì. Lei voleva solo vivere.»

«Zitta, stai zitta» disse, rivolto a lei. Poi: «No, non la sto ascoltando, mamma».

«Che ti ha detto? Ti ha detto di non ascoltarmi? Invece tu fallo. Ha paura di perderti. Ha paura che io ti convinca che non ha ragione lei. Una madre, dovrebbe volere bene al proprio figlio, dovrebbe proteggerlo, non fargli del male. Tua madre, invece, te ne ha fatto, vero?»

Chiatti si bloccò.

«Ha continuato a farti del male in nome di un Dio che non avrebbe mai permesso tutto questo. Ti ha mentito. Ti picchiava?»

L'uomo annuì.

«E credi fosse giusto?»

«Ero un bambino cattivo.»

«Nessun bambino può esserlo così tanto. Lei ti ha reso quello che sei.»

«Tu... tu mi stai confondendo. Il Padre nostro dice: "Liberaci dal male".»

«E chi è il male? Alice era il male?»

«No.»

«Allora perché l'hai uccisa?»

«Mamma, mamma ha detto...»

«Vedi? Te lo ha detto lei. Ma Alice era buona, Alice ti voleva bene.»

«Non lo so... non lo so...»

«Tu!» urlò Teresa, indicando la donna mummificata. «Smettila di blaterare cose senza senso. Smettila di dirgli quello che deve fare.»

«La senti anche tu?»

«Certo. Ma non mi fa paura. Io posso sconfiggerla. Posso allontanarla da te.»

«Davvero? Papà, papà ci aveva provato e...»

«E...?»

«L'ha sgozzato, come un pollo.»

«Con me non ci riuscirà, te lo prometto.»

«Scusa, non posso. Io devo... devo fare il bravo bambino...»

In quel momento, dal piano di sotto, si sentì uno sparo. Subito dopo persone che correvano per le scale, mormorii sommessi, poi voci sempre più vicine.

«È finita. Sono venuti a prenderla.»

«Lei?»

«Sì, lei. Non potrà più farti del male.»

Roberto fece cadere la siringa a terra e si sentì libero. La voce di sua madre era scomparsa, c'era solo silenzio nella sua testa. Scoppiò a piangere. Pianse per la sua amata Alice, per ciò che avrebbe potuto essere e non era stato. Per sua madre che lo aveva trasformato in un mostro. Pianse per quel bambino che nessuno aveva salvato.

Quando Morozzi fece irruzione nella mansarda, trovò Teresa abbracciata al serial killer che aveva ucciso più di trenta donne.

Conclusioni... o forse no.

54

«Io però non ho capito una cosa sulla questione Maser-Chiatti» disse il maresciallo Nicola Lamonica mentre si serviva dal tavolo del buffet una splendida triglia marinata dopo avere scartato, senza farsi notare, l'intruglio russo cucinato da Ivanka. E non si poteva certo dire che Teresa non avesse provato a spiegarglielo ripetutamente. A lui e a tutti gli altri. Ma non c'era stato verso.

Ci avrebbe riprovato quel giorno.

Finalmente, la tanto attesa inaugurazione del B&B *Le combattenti* era arrivata.

Dopo il Natale, trascorso da Teresa come lei aveva sempre sognato, e cioè in compagnia delle persone più importanti della sua vita, a Strangolagalli, i lavori erano ripresi e conclusi in men che non si dica. E il 15 febbraio 2020 era stata preparata una cena luculliana.

Erano presenti persino Isabella Carli e l'ispettore Morozzi con la moglie. Solo Maurizio non c'era. Si era stancato di aspettarla. Possibile che non riuscisse a essere felice? A lasciarsi andare? O era colpa di Serra? Non sapeva ancora rispondere e come sempre, decise di rimandare.

In verità, anche don Guarino brillava per la sua assenza. «Sta arrivando una pestilenza, un'epidemia!» aveva pontificato dal pulpito l'ultima volta. «Dobbiamo prepararci ad affrontare il peggio.»

«Ma che ce frega a noi de du' cinesi?» aveva commentato Floriano appena fuori dalla chiesa. «Quelli poi stanno là. Avoja prima che 'na polmonite arrivi fino a qui, no?»

«Giusto» gli aveva risposto Peppino, che si era sentito chiamato in causa. «Non dimentichiamoci però le vie della seta, i commerci, le barriere che non esistono più. Tutto è fluido, adesso.»

«Ma che s'è bevuto questo, stamattina? Che vie della seta? De che sta a parla'? Qui le vie nun so' de' seta, al massimo so fatte co' i sampietrini e de' fluido ce sta solo er vino che te sei bevuto.»

Don Guarino, comunque, per non saper né leggere né scrivere, si era barricato in canonica dai primi di febbraio e non ne era più uscito.

«Ah, beato lei che non ha capito una cosa» disse ora Chantal al maresciallo. «Io non ho capito niente.»

Romoletto le cinse le spalle, comprensivo. Anche lui non aveva afferrato granché di quella faccenda, ma non voleva certo darlo a intendere.

«Chiedi a me, caro Nicola» intervenne Giovan Battista. «Che cosa non ti è chiaro?»

«Be', tanto per cominciare, chi c'era nella nostra intercapedine?»

«Questa la so persino io!»

«Chi? Chi ha parlato?» chiese il sindaco, guardandosi intorno. «Io!»

«Signora Marisa, perbacco, dovrebbe andare in giro con un sonaglietto.»

«Elisabetta Mantovani, la sorella di Alice» rispose la donna, senza commentare la faccenda del sonaglietto.

«Povera ragazza, dovremmo dire a don Guarino di celebrare una messa per lei. In fondo, è stata trovata qui da noi.»

«Ma quello sta a pensa' solo all'epidemia e ai cinesi.»

«E non è il solo, amico mio.»

Peppino, con la sua consueta espressione da Dick Van Dyke, stava intingendo un panino all'olio dentro la zuppa di Ivanka. Era l'unico a Strangolagalli ad apprezzare la sua cucina.

«Cioè?»

«Cioè, ce la troveremo presto tra noi. I virus camminano veloci, non si fermano ai confini, come le persone. Hai letto cosa dice l'OMS?»

«Nun so manco che è, figurati se so quello che dice.»

«Organizzazione Mondiale della Sanità. Ci troviamo di fronte a un'epidemia, Floriano. Come la peste, il vaiolo, la sars!»

«Madonna quanto te piace a te fare er catastrofico. E mica siamo in un film.»

«*Contagion*» si inserì il sindaco. «Splendida pellicola di Soderbergh. Un pipistrello mangia una roba infetta e un pezzettino gli cade nella vasca dei maiali. Questo pezzettino viene a sua volta divorato da uno dei maiali che poi viene macellato e mangiato da una poveraccia in un ristorante di Pechino, o di Hong Kong, non mi ricordo. E lei contagia tutti gli altri con cui entra in contatto, che a loro volta ne contagiano altri e così via, generando una pandemia globale. Assalti ai supermercati, morti di polmonite ovunque, città deserte, esercito nelle strade, cecchini. Ma si tratta di un film catastrofico.»

«Se, va be', fantascienza proprio.»

«Direi. Torniamo piuttosto a occuparci di questioni reali e con il lieto fine. Stavamo parlando dell'ultima impresa della nostra Teresa.»

«Be', tanto a lieto fine non direi. Di mia madre non ho saputo nulla. Roberto Chiatti non parla, non dice più niente. Ha rimosso persino il fatto di avere seppellito qui Elisabetta.»

«Ah, perché è stato lui? Non Maser?» Il maresciallo era sempre più confuso.

«No, Maser era già stato arrestato.»

Intanto si era formato un piccolo capannello intorno a Teresa.

«Giorgio Maser, Alice Mantovani, Roberto Chiatti e mia madre si conoscono ad Aguscello, un manicomio terribile, da quel che si racconta.»

«Quello dove ti hanno rinchiusa!» esclamò Chantal, rabbrividendo.

«Esatto. Lì Maser individua immediatamente Chiatti come il ragazzino da proteggere. Tipi come lui imparano presto quali ragazzi tormentare e quali difendere.»

«Sono le mie stesse identiche parole!» intervenne Giovan Battista Papavero, orgoglioso.

«Sì, peccato che le abbia rivolte alla persona sbagliata» borbottò Morozzi che non riusciva ancora a togliersi dalla testa la figuraccia con Giulio Minzioni.

«Ma si tiene in disparte, lo lavora a distanza. Infatti, la mamma di Alice mi ha riferito che erano un terzetto, intendendo la figlia, Chiatti e mia madre. Di Giorgio, o Lupo, come lo chiamavano i ragazzi, non fa parola perché lui non è mai con loro. Poi Roberto Chiatti viene riportato a casa dalla madre, che usa violenza su di lui da quando è piccolo e non tollera di averlo lontano. Uccide il marito, obbligando il figlio ad assistere, sempre in nome del Signore, ovviamente.»

«Ovviamente» commentò Giovan Battista.

«Maser non so quando viene dimesso, ma appena questo accade, va a cercare Chiatti, che nel frattempo ha ucciso Alice. Ha commesso il suo primo crimine, sotto la coercizione della madre. A Maser non interessa, anzi. Quando Chiatti si confida con lui, Maser vede finalmente uno spiraglio, un compagno di vita. Ha preparato il terreno, lo ha difeso, quindi Roberto adesso gli deve molto. Forse tutto.»

«Reciprocità» disse di nuovo Giovan Battista. Morozzi questa volta si limitò a guardarlo costernato.

«Certo, quando du' matti s'incontrano è la fine» chiosò Floriano.

«Così, Maser lo convince a continuare. Lui guarda, gli piace ciò che vede, Chiatti esegue ma solo perché crede di farlo per un ordine superiore, quello di Dio, come gli ha insegnato sua madre.»

«Quindi sono in tre?» Irma era estasiata.

«Non necessariamente. La madre forse sa, ma non interviene. Solo quando Maser viene arrestato torna a essere fondamentale per Chiatti. Lui da solo non è nessuno. Ragion per cui quando la donna muore, lui la lascia vivere nella sua mente. Persino i vicini erano convinti che fosse ancora viva.»

«Ma come fa Elisabetta a finire a Strangolagalli?» domandò la signora Marisa.

«Aveva trovato le prove che Maser non era colpevole dell'uccisione di sua sorella. Aveva trovato Chiatti, non so come. E aveva fotografato i suoi disegni, quelli che poi ho trovato nel rullino. Era venuta qui a chiedere aiuto a mia madre, la migliore amica di Alice. Chiatti l'ha seguita e uccisa. Su tutto il resto si stende un velo. Perché mia madre è scomparsa proprio quella notte? Ha visto qualcosa? Chiatti ha ucciso anche lei?»

Nel salone calò il silenzio.

«*Quisti stori troveremo risposti, chi pensi io.*»

«Eee?» chiese qualcuno.

«Che ha detto?» domandò qualcun altro.

«Danko detto che pensa lui a tutto. Trova risposta a mamma

Teresa» rispose Ivanka, guardando con amore il suo Danko. «Lui riuscire a fare tutto. Lui mio uomo.»

«Roba da matti» commentò Giovan Battista che ancora non si capacitava di quella storia, poi si diresse verso Carmen, l'unica rimasta a pendere dalle sue labbra.

«E Giulio Minzioni? Quel professore che avete interrogato?» Il maresciallo era ancora parecchio confuso al riguardo.

«Giusto, Minzioni?» rincarò Luigia.

«Ah, lui non c'entrava nulla» disse Teresa quasi a se stessa.

«Questo lo dite voi» bofonchiò Giovan Battista, in piedi accanto a lei. «Qualcosa ha fatto, devo solo scoprire cosa.»

A quel punto, lei si appoggiò in un angolo a osservare il suo nuovo B&B, i suoi amici e pensò che in fondo era tutto ciò di cui aveva bisogno. Se l'era vista brutta, e più di una volta. Ma l'affetto di quelle persone l'aveva tenuta in vita. Il loro affetto e la consapevolezza, finalmente, di volersi buttare nelle cose, di rischiare. Che senso aveva una vita vissuta senza rischi? Vissuta nella paura di essere abbandonata?

La verità su sua madre era là fuori da qualche parte, ma anche se non l'avesse mai trovata, la vita andava avanti.

Sentì il cellulare che le vibrava nella tasca della giacca.

Era un numero criptato ed ebbe un tuffo al cuore.

«Pronto?»

«So che stai bene, che è tutto finito, per fortuna.»

«Serra...»

«Spero che adesso tu abbia smesso di metterti nei guai.»

«Perché? Altrimenti cosa fai? Vieni a salvarmi?»

«Come sempre.»

«Leonardo, scusa, ma devo proprio andare, c'è Maurizio che mi aspetta e...» mentì.

«Certo, certo. Sai che cosa non perdono a quel Tancredi? Il

fatto che dorma con una maglietta con scritto: "I medici legali lo fanno meglio". Non è mica una cosa normale.»
«Smettila.»
«No, davvero, sono contento che tu abbia trovato un brav'uomo, una persona che ti faccia stare bene, che ti sia vicina. Io non posso competere con uno come lui. Ed è giusto che tu sia felice...»
«So che cosa stai facendo.»
«Ah, sì? E cosa sto facendo?»
«Sei sicuro che se minacci di allontanarti da me, io cercherò di riportarti indietro...»
«Hai il terribile difetto di voler analizzare tutti i comportamenti. Non sono mosso da sentimenti così meschini. Credo davvero che il tuo dottore sia una bella persona e che...»
«So che è una bella persona, non ho certo bisogno che tu me lo dica. Né ho bisogno della tua approvazione.»
E allora perché lo aveva lasciato andare? Pensò.
«Appunto. E io cosa sto dicendo? Non posso essere contento per te? Per voi?»
«Lo stai facendo apposta.»
«Via, Papavero, come fai a dire una cattiveria simile? Voglio solo che voi due siate felici. Molto noiosi ma felici.»
«Lo sapevo!»
«Be', la noia è un sentimento nobile.»
«Sei insopportabile. E chi ti dice che ci annoieremmo?»
«A me sembra evidente. Hai scelto la strada più facile, quella che ti fa meno paura. Quindi, la più noiosa. Riusciresti a guardarmi negli occhi e a dirmi che non mi vuoi? Che non mi ami?»
«Al momento trovo difficile guardarti negli occhi.»
«Già, comodo, eh? Ma prima o poi...»

«Quando arriverà quel poi, staremo a vedere.»

«Inizia a contare i giorni, Papavero... inizia a contare. Da oggi.»

«Cos'è, una minaccia?»

«Solo un invito alla prudenza, perché non starò via ancora a lungo. Fossi in te aspetterei a cantare vittoria.»

«Serra, sai cosa credo io, invece? Che ti complico la vita, che non vado bene per te. Stai facendo un lavoro difficile e pensare a me ti distrae, ti mette in pericolo...»

«Papavero...»

«Sì?»

«Faccio un lavoro difficile, ogni giorno mi sveglio pensando che forse potrebbe essere l'ultimo e sai che cosa mi manda avanti? Che cosa mi fa svegliare tutti i giorni? Pensare a te. Tu, Teresa, la vita me la semplifichi. Inizia a contare...»

Ringraziamenti

Ed eccoci alle consuete diciotto pagine di ringraziamenti, a cui, come sapete, non rinuncerei per nulla al mondo. Dopo lo shock del coronavirus, ci sono i ringraziamenti della Moscardelli. Ma se abbiamo superato il primo, ce la faremo anche con i secondi.

È stato un periodo difficile e questo libro è il frutto di tre mesi di lockdown. Tre mesi di paure, incertezze. Ma c'eravate voi a sostenermi, a spronarmi, a obbligarmi a scrivere, nonostante la testa non riuscisse a trovare la giusta concentrazione. Ve lo dovevo e l'ho fatto. Menzione speciale ad Alessia Gazzola, che durante la pandemia ha risposto pazientemente a tutte le mie domande su cadaveri, autopsie, scheletri e orbite oculari. Grazie davvero Alessia, che pazienza!

E allora parto da mamma e papà, perché è merito loro se sono nata. Podalica, ma è pur sempre meglio di niente. Ringrazio mio zio Caco per essersi preso cura di me e mamma. Ringrazio mio fratello Nicola, Valentina e Rosetta. Il mio amato nipotino Matteo. I due giorni che abbiamo trascorso a Milano tutti insieme, noi quattro, sono stati tra i più emozionanti della mia vita (anche per il furto del portafoglio). Un pensiero speciale a chi mi ha visto crescere, che non c'è più e che mi manca tanto e a cui non smetterò mai di pensare: Alida, Gianna, babbo Giuseppe, babbo Santo.

Un ringraziamento sconfinato va ai miei amici, gli svalvolati nel mondo, che mi danno la forza di andare avanti, tutti i giorni. Senza di loro la mia vita non avrebbe la stessa forza. Sono loro il mio motore, soprattutto quando c'è un virus in circolazione. Grazie alla mia eterna Mateldina, che ci seppellirà tutti purtroppo per lei e che neanche il coronavirus ha abbattuto (per fortuna), mi butterei nel fuoco per te, amica mia adorata, a Gianluca e al loro nanetto Giovannino, a Michela (che ci vuoi fare Michi, sopravviveremo nonostante le nostre pazzie!), a Chiara (non ti preoccupare, invecchieremo insieme, tu mi aiuterai a entrare in acqua e io continuerò a farti le foto dicendo di coprirti le tette. Mi dà conforto pensarci così. Stacco! Ti sei fidanzata a tre giorni dal trasferimento a Milano!!! E io che sono qui da undici anni, niente! Povero Antonello, o anche Santonello, come amiamo chiamarlo), a Luca, mio adorato. Che mi accogli sempre a Singapore nei momenti più difficili della vita. Solo tu potevi trascinarmi nelle Filippine. Quanto tempo è passato da quando ci guardavamo *Kiss Me Licia*? (in fondo neanche poi così tanto), a Susanna (la nostra forza, il nostro problem solver. Susy, non fosse stato per te, starei ancora a Malpensa. Ci voleva una pandemia per farti svalvolare, ma conto sulla tua eccezionale capacità di ripresa), a Michele che è un padre straordinario e fiero. Ne abbiamo passate tante e mi conforta anche solo pensarlo. A Giulia (gli anni a studiare, a mangiare tanto, a raccontarci di noi. E siamo ancora qui a ridere e a scherzare con il cuore) ad Anna che ne ha passate tante ma che ogni volta trova la forza di rialzarsi e a cui starò sempre vicina. A Marta, ci siamo ritrovate, ci siamo dette tutto e anche di più. Ci siamo sostenute durante questa pandemia. Ma in fondo, ci eravamo mai davvero perse? Quel che si è condiviso in certi momenti non si dimentica mai. Se quei banchi di scuola potessero raccontare la nostra storia... Quei pazzerelli di Filippo e Carlotta (soprattutto le camicie di Filippo e il mercato della finanza, soprattutto Carlotta, che lo sopporta). Il Bozzoloni, nonostante abbia comprato un lavello della cucina a filo che nessuno ha capito cosa fosse. Saretta mia, quando mi sei venuta a trovare a Milano è stata una gioia. Amici cari, non sapete quanto io vi voglia bene e nei mesi in cui temevo che non vi avrei più rivisti, chiusa in Lombardia, mi dicevo che almeno avevo condiviso con voi momenti bellissimi. Siete sempre con me, da più di trent'anni (fa impressione pensarlo e anche scriverlo) e spero lo sarete per gli altri cinquanta, non di più, a venire (perché non credo vivrò così a lungo, per fortuna). Le restanti rate del mutuo le lascio a voi. Ringrazio la mia adorata Montanucci (mi spiace, ormai ti conoscono tutti così), la mia unica e vera congiunta durante la pandemia. Se non ci fossi stata tu accanto a me non so davvero che fine avrei fatto. A tutti quelli che adesso ti chiedono come hai trascorso il lockdown tu rispondi: «Come credete lo abbia trascorso? L'unica persona che vedevo era la Moscardelli!». Lo so è stata dura, ma è finita! Puoi uscire e vedere qualcun altro finalmente! Sei sempre stata la compagna di mille avventure e custode dei miei segreti più intimi (e spinti). Non potrei vivere senza di te, sappilo! E ringrazio i tuoi adorati Marisa, Mario, Milena e la splendida Alice. Non posso non ringraziare la mia cara Veronica e i suoi adorati genitori che mi sopportano tutti i Natali. Soprattutto Bruno e Duilio, attento e sensibile lettore che riesce ancora a farmi sognare, Toni, il papà di Luca, Vittoria, mamma di Anna. Andrea (per i nostri pranzetti milanesi), Antonella, e il loro erede. Alessandro. Non ci sei più, ma ti porterò sempre con me, ovunque andrò. Mi piace pensare che hai vissuto come volevi e te ne sei andato quando lo hai voluto tu. Il Campelli, il mio Pierpino e il mio pazzo e adorato Vignola. Fabiana e Patrizio (a cui ho dato il primo bacio, quello che non si scorda mai). Ringrazio Eloisa per avermi fatto quasi amare l'adolescenza (quasi). E Marco che sì, mi ha rotto la tazza del cesso, ma resta una gran bella persona, un amico sincero. Ringrazio Brunella, che ha sempre creduto in me, a dispetto di tutto. «Mi rimarrai sul groppone» mi ha detto un giorno. In effetti così è stato, poveretta. E continua a esserlo nonostante il trascorrere degli anni. Brunella, mi hai fatto il regalo più importante del mondo e non lo dimenticherò mai! Senza di te non avrei realizzato il mio sogno. Un grazie di cuore a Francesca Longardi, che fin da quando eravamo ragazze mi spronava a scrivere, e ai suoi figli che ormai andranno all'università ma che io non ho visto neanche a due mesi. Valentina Francese, con cui ho condiviso moltissimo, alla mia adorata Marella Paramatti che si prende sempre cura di me a ogni festival di Mantova ormai da quindici, se non di più. Ti voglio bene Marellina mia. E Olivia è bellissima. Ringrazio i miei cugini, Sara, Lorenzo (bello come il sole), Giovanna e Piero. Laura cara, ci siamo ritrovate, e zia Graziella. Giorgio e Lella per l'affetto di sempre. Margherita e Giulio, Sandra e Mario. Ringrazio Valeria, per la sua classe («Meglio piangere in una Rolls Royce che in una Cinquecento» è opera sua), Tiziana e Patrizia, Patty, Paola, Monica, Chicca, Angela, Sabrina, la mia estetista e amica, e Katia, che ha ereditato qui a Milano il suo lavoro. Elisa, che durante un viaggio in Sicilia, ci ha accolte a braccia aperte con cibo meraviglioso e affetto e non ci ha più lasciate. Antonietta, Raffa, Annetta, Gabriellina. Ringrazio i miei colleghi passati, quelli della Pierrecci, la mia amica Lisa Severoni, quelli della Play Press e della Christie's con i quali ho condiviso tanto e le ragazze della Vivalibri: Michela, Agnese, Daila, Claudia e il mitico Angi!!! E Manu che così sapientemente aveva attivato la pagina Facebook sulla Gatta morta. Chiara, per la sua eleganza, che dimentica solo a Mantova, di fronte alle patatine. Francesca, che è cresciuta tantissimo, troppo, nonostante me, e Vanda, i miei amici del mare, che non scorderò mai: Francesca Cavaliere, ci vediamo sempre troppo poco, Claudia e Marilena, Stefano, Massimo, Ale e Paolo. La mia amica d'infanzia Claudia. Laura Mercuri, cara amica. Le mie compagne di classe del mitico liceo De Sanctis, su tutte Laura, che ho ritrovato grazie ai libri, Alessia. I miei professori: chissà se avranno riconosciuto nell'autrice quell'allieva tanto timida che si presentava in classe con le pantofole e, a volte, con la busta dell'immondizia ancora in mano.

E che dire dei miei ultimi undici anni milanesi? Un grazie gigante alla mia Nuvolina che ce l'ha messa tutta per riuscire a scappare da me e alla fine ce l'ha fatta. È andata in Olanda, lei e il suo vestito-tappeto. Ti voglio bene, amica mia, e non mi sfuggirai. Mai. E lo dico senza alcuna minaccia. Sei un pezzo della mia vita ormai. Ringrazio Baccomo che, suo malgrado, è mio amico. Lo so che mi vuoi bene e anche io, tanto! Ti ho conosciuto la mia prima settimana milanese e senza neanche accorgercene (tu forse sì) sono passati undici anni. Sono stata proprio fortunata, anche senza il famoso cinema. Sarai un padre eccezionale della tua tenerissima Eva. Brava Ilaria che con tanta pazienza (ora ha anche la colite) ti sopporta e sopporta me. Ringrazio la mia amata Bosco, che ha pensato bene di fuggire prima della pandemia e che mi è mancata tantissimo, non sai quanto. Sei la mia anima gemella, il bastone della mia vecchiaia. Bosco, un giorno, tu lo sai, noi ne rideremo dalla nostra casa di riposo nel Kentucky con appeso alle nostre spalle il calendario quattro stagioni della Brubi. E abbracciate al cuscino, che forse saranno riusciti a consegnare... Forse. Un posto speciale lo hanno le Combattenti! Maruccia, forte, coraggiosa, nuova compagna di vita e di viaggio, e Anto, unica, inimitabile. Siete donne forti, coraggiose, belle. Diciamocelo! Siete le mie adorate combattenti. Un grazie gigante alla Broc per la sua unicità. Ringrazio la Codeluppi per la nostra amicizia, intensa e solida (e adesso c'è anche Gregorio), Viola che mi manca tanto (anche lei ha Lorenzo). Ora che ci penso, solo io non ho procreato... e ormai... sono in menopausa per fortuna! Ringrazio Coratelli (Fernando, sì, proprio «quel» Fernando) e il suo messaggio! La Ted (e va bene, pure Alí, anche se è un uomo inutile e lui lo sa), la Gabri per le nostre chiacchierate e il suo scoglio che è diventato un po' anche mio. Un grazie speciale al mio amato Capacchione per l'affetto di sempre e per i preziosi suggerimenti. A Eugenio e Gianfranco, che non mi invitano mai a casa loro ma mi amano, io lo so e io amo loro! A Joseph ed Enrico, ai loro capolavori culinari e a tutto il gruppo del tacchino! Vi voglio bene ragazzi! Ringrazio di cuore il mitico signor Amedeo!!! Se non fosse stato per lui, non avrei comprato casa. Lui è il vero principe azzurro. E anche Katia Valastro che mi ha seguito con amore. Ari e Bianca e il mitico dottor Spadaro. La Fiaccarini!!! Non mi ha ancora presentato un uomo ma mi ha fatto una casetta che è una sciccheria. Ma soprattutto mi sopporta e mi fa la Angel cake!! Un grazie alla cara Angela, dell'hotel Broletto! Se a Mantova non ci fossi tu... chi penserebbe a me? Un grazie speciale a Paola. Paola, tu lo sai, un giorno io e te in un Riad a farci massaggiare. Alla faccia di tutti! A Ketty e Orecchiuzze. Ringrazio il mio adorato Max per le chiacchiere, le confidenze e l'amore reciproco, e Sebastian suo amato consorte. Max ci sei sempre, nei momenti più impensati, anche post pandemia. Mi hai salvato le vacanze. La mia cara Deborah, che cerca di restaurarmi ogni volta, e Agostino caro! L'Octopus tour! Soprattutto Manuel e Paolo, mi sembra sia passato un secolo, e forse è così. Il mitico gruppo Islanda 2000. Bruno e l'operazione protocollo, Patatone, il Capitano, Peppiniello e la Marino. Il gruppo del Caucaso! Tutti, nessuno escluso, e quello dell'Iran! Ragazzi, che viaggio incantato e quanto sono belli gli iraniani! Siete stati dei compagni di viaggio stupendi. Ringrazio Ahmed, la luce del mio occhio! Alle ragazze del dottor Bosio e a Caterina (che ha dovuto riaprire lo studio in pieno lockdown per un ascesso al dente), soprattutto Barbarina, Manuela e Morena. Fabiola e Micol! Ringrazio Marchino mio, quanta strada hai fatto? Sei il mio orgoglio. Orsola per le nostre chiacchierate leccesi. Ringrazio le mie colleghe dell'ufficio stampa, e i colleghi (uniti dal dolore). Paolo Perazzolo e Francesca, amici cari. Cristina Taglietti, per l'affetto e le chiacchierate, quando ci riusciamo, la Pezzino (che mi ha fatto dono della madonnina greca, la porto sempre con me e quando me l'hanno rubata...che dolore. Per fortuna è stata ritrovata!) sei una donna forte e lo dimostrerai, io lo so! Sara Rattaro, anime gemelle, amiche. La stanza con i fenicotteri ormai è tua per sempre. Sei una persona speciale, non dimenticarlo mai e ti meriti l'amore. Lucia Caponetto con la sua splendida voce. La Bergy per la sua forza e Valentina, la Maccagni e la Galeani. Barbara Baraldi, ci hanno separate alla nascita, ma ora ci siamo ricongiunte. Bruno Morchio e la sua Genova. Ringrazio i miei vecchi capi, tra tutti Sergio Fanucci, il mio mentore, con cui ho trascorso degli anni intensi e felici e che mi ha insegnato tanto. Non ti dimenticherò mai. Ringrazio Alessandro Dalai, Pietro D'Amore e Stefano Mauri. Un grazie speciale ai miei vecchi colleghi della Garzanti, che comunque mi hanno sopportato per quattro anni (non sono pochi). Fusillino mio, Cecilietta, Barbarina, Mottinelli, mio vicino di casa! La mia adorata e unica Graziella, per l'entusiasmo, la passione e la forza vitale che mette tutti i giorni sul lavoro, l'insostituibile Zanon, Elisabetta e infine Cocco! Che, in fondo in fondo, mi vuole bene. Francesco Colombo e il suo elegantissimo pigiamino a righe, Guglielmone (anche lui, che maschio!), Valentina, che mi cura la pagina Facebook, Luca Ussia e i suoi malumori. Ma nel mio cuore c'è posto solo per LUI, Filippo Vannuccini ultimo maschio rimasto sulla Terra. Ma maschio proprio, eh! Tenero, sexy, ironico, figo! E mi tocca ringraziare anche Carlotta, la moglie, beata lei, per avermi supportato in uno dei momenti più importanti della mia vita: il rogito! Tommasellino mio, Losani, la mia Crosettina, Alberto Rollo, con cui ho condiviso un anno di cammino, bello, intenso, unico. Claudia, Lisi, che sa sempre tutto su qualsiasi argomento, Laura, Francesca. La mia adorata Anna Manfredini. Ce la farai! Benedetta Centovalli e Alessandra Carati. Romano Montroni e la cara Piera che il grande affetto e per le nostre giornate bolognesi, Amanda Colombo e il Gigi (visto che stavolta non l'ho dimenticato? Amica mia, prima o poi mi farete conoscere un maschio alfa della contrada, vero?), Giulia Ciarapica. Ringrazio Andrea Vitali che mi sprona sempre e ha fiducia in me, che si è offerto di ospitarmi al lago (se ne pentirà, forse, quando mi piazzerò da lui!) e Manuela che mi legge sempre! Claudio Magris, per il tempo che abbiamo condiviso e che per me è stato un bene prezioso, Francesco Magris, amico caro e mio grande lettore che mi ha fatto la grande sorpresa di presentarsi a Milano a una mia presentazione, Cristina Caboni, Silvia Meucci, amica cara, compagna di bevute, il mio amato Bertante (prima o poi cederai alle mia avance), Caterina Bonvicini, Paola Zannoner, Vito Mancuso e Jadranka. Joe Lansdale, Karen e Kasey, per l'affetto che sempre mi dimostrano. Antonella Boralevi, per le nostre giornate in via Bagutta, Rita Monaldi e Francesco Sorti e i loro figli, Atto e Teodora. Avete ospitato me e Anna nella vostra favolosa casa a Vienna e abbiamo trascorso una settimana meravigliosa. Ci avete trattato come due regine. Siamo partiti malissimo, ma siamo finiti benissimo! Romana Petri, la mia adorata Clara Sanchez. Ringrazio Giorgio Faletti che non c'è più e che mi manca tanto e Roberta Bellesini. Massimo Carlotto e Colomba Rossi che mi vogliono tanto bene, spero, e mi sopportano. Gian Arturo e Elena per le cene natalizie. Roberta Mazzoni e Susanna Tamaro che mi hanno spronato e dato fiducia. Francesco Cevasco, per una tra le più belle recensioni mai avute su uno dei miei libri! Antonio Troiano e Bruno Ventavoli, che ha creduto in me, e che continua a farlo. Lui sa che potrebbe essere un uomo uscito dalla penna di Nicholas Sparks o il mio Terence! L'adorato Sandro Catani! Stefano Bon, Matteo Cavezzali per tutto, ma soprattutto per quelle due splendide giornate in montagna, Francesco Durante, che non c'è più, uomo colto, gentile ed elegante. Il Panel Lucano!!! Ragazze, con voi ho trascorso quattro giorni meravigliosi, all'insegna dei peperoni cruschi e del sangue!!! Francesca Guido, io e te poi abbiamo una lunga strada davanti, Michela Gallio (Michi, ormai siamo inseparabili, lo sai!), Anita Pietra e Alice Fornasetti.

Ringrazio Maria Cristina Guerra unite per sempre da una comune spada di Damocle sulla testa, sai di che cosa sto parlando, no?

Un grazie gigante alla Foresto del mio cuore. Alla cugina di Matelda Silvia e a Mimmo! Ragazzi, che pazienza… per la prossima pandemia vi conviene trasferirvi lontano da me o staccare il citofono. I miei amici condomini!!! Tutti! Soprattutto quando scrivete in chat che la porta d'ingresso della Moscardelli è spalancata e io sono dentro in pigiama e non mi sono accorta di niente. Prendersi cura di me è faticoso, lo so. Ma voi lo fate egregiamente! Con menzione speciale ai miei dirimpettai, Elena e Max, cari amici, per le serate in cui mi accolgono a cena da loro, per gli aperitivi distanziati durante il coronavirus! Sono stata davvero fortunata a trovarvi, voi forse un po' meno. Ero proprio a cena da voi la sera in cui Conte ha annunciato il lockdown.

Grazie a la Gabri e la Titti della vineria Tut a Post. Se non ci siete ancora stati, bè, andateci di corsa. Si prenderanno cura di voi. Un grazie alla mia dietologa, Paola Mirabelli. Quanto chili mi hai fatto perdere?? E non ho mica finito! Credevate me ne fossi dimenticata? Non potrei, mai. Ci siete voi, le mie lettrici. Che non siete solo delle lettrici, siete delle amiche. Amiche che mi avete sostenuto fino a qui, che mi avete dato la forza di continuare a scrivere anche quando credevo che non ce l'avrei più fatta, quando ero amareggiata e delusa. Delle amiche che spero ogni volta di non deludere e che ringrazio di cuore. Siete voi la mia forza. Grazie per essermi state sempre accanto e avere creduto in me. Su tutte Livia, Loredana e Serena (che prima o poi organizzerà anche il mio di matrimonio!). Il gruppo di Trieste, quello di Bologna e di Torino. Che serate. Alla cara Angela Iantosca che mi ha fatto scoprire un posto straordinario. A tutti gli abitanti di Strangolagalli! Siete fantastici. Mi avete accolto nel vostro piccolo borgo e io mi sono sentita praticamente a casa. Quando ho presentato Teresa Papavero e la maledizione di Strangolagalli in piazza Fica mi avete fatto commuovere (soprattutto per la scelta della location). Questa è la mia seconda avventura nel borgo e ve la affido con il cuore. Grazie ai miei nuovi compagni di avventura in Solferino. Luisa Sacchi, Carlo Brioschi, Michela Gallio (nominata ben due volte nei ringraziamenti), Giovanna Canton, Rossella Biancardi, Beatrice Minzioni, Valentina Ciolfi, Domenico Errico, Virginia Rossetti, sara Botticini, Valeria Fazio, Antonella Acquaviva e Monica Moriggi, unica e insostituibile, Elena Grimi. La mia amata Stella Boschetti, per le confidenze, i pranzi, le chiacchiere. Un giorno mi inviterai a cena?? Se Paolo Soraci è d'accordo…

Un grazie gigante a Caterina Balivo per avermi fatto trascorrere la settimana più emozionante della mia vita. Una settimana in televisione con lei a Vieni da me durante Sanremo. C'è qualcosa che potrei desiderare di più? Hai creduto in me, mi hai voluta e te ne sarò infinitamente grata. A te e a tutti i ragazzi e le ragazze della redazione, su tutte Silvia Tomassetti e il mitico Antonio. Alle truccatrici e alle costumiste che si sono presi cura di me e che mi hanno trasformata in una principessa. Vi farei vedere che lavoro! Da brutto anatroccolo a cigno. Grazie anche a chi mi ha permesso di avventurarmi in una serie tv Fox con *Extravergine*, esperienza bellissima. Sono stata sul set e ho conosciuto Roberta Torre! Un ringraziamento più che speciale a tutti i librai e le libraie che in questi anni mi hanno sostenuta. Siete tantissimi e vi voglio un bene dell'anima. Fra tutti, il bel Fabio Masi (che ha anche una piccola, ma fondamentale, particina nel libro), le ragazze della GiraTempo, della Binaria (e alla loro pizza), della Biblos di Gallarate, Susanna Amoroso, Roberta Rodella, Paola Zoppi e la meraviglia di Courmayeur, Flavio, Simonetta Bitasi, i mitici Laura di Gianfrancesco e Alessandro Barbaglia. Di nuovo Amanda Colombo e le serate in serra. Legnano, sei la mia seconda casa. Laura Busnelli. Un grazie a tutte le ragazze e i ragazzi che lavorano nelle librerie indipendenti, nelle Ubik, nelle Giunti al Punto e nelle Feltrinelli, alle Pieralice (brave, brave), le mitiche Manfrotto, belle e brave, ai Nicolini (Luca, mi mancherai moltissimo, eri una persona speciale), a Lidia Mastroianni e al suo cagnolino, a Metella Orazi, Giuditta Bonfiglioli, Barbara Sardella, Rossella Pompa (sono devastata, lo sai), Valeria De

Vitis, Cinzia Zanfini e Monica (ragazze la nostra Bellaria ci aspetta ormai ogni anno ed è un tempo prezioso che voglio per sempre trascorrere con voi e con l'adorata Cristina, donna fantastica, bella, forte e generosa), Cristina Di Canio, Nadia Schiavini e le sue meravigliose cene con autore, il mitico Giorgio Tarantola, Stefano Tura e tutto lo staff di Cesenatico noir, Alberto Garlini e tutti i ragazzi di Pordenonelegge, Patrizia Pazzaglia di Cervia, Stefano Calogero, le ragazze del Circolo dei lettori di Torino, Mirko Bedogné, in bocca al lupo per la tua nuova avventura, e tutti quelli che mi manderanno una lettera di richiamo perché non li ho nominati e che mi hanno accolta e ospitata in tutti questi anni. Ringrazio tanto le blogger che con il loro impegno e la loro passione rendono il nostro lavoro molto più bello. Infine, e non certo per ordine di importanza, i ringraziamenti a chi mi sopporta tutti i giorni che Dio manda in Terra (capite che cosa comporta?) oltre al mio psicologo, che ha una menzione d'onore per avermi aiutato a capire quanto io sia preziosa. Ringrazio di cuore la mia adorata agente, e amica, Silvia Donzelli, per l'affetto, il sostegno e la forza di una combattente. Ma soprattutto per la pazienza, tanta. Ringrazio la Giunti e tutti coloro che ci lavorano per essersi dedicati con tanta passione a questo libro. In particolar modo Antonio Franchini e Annalisa Lottini, l'ufficio stampa (per ovvie ragioni di solidarietà) e la redazione. E ringrazio la persona con cui ho iniziato il mio percorso di scrittura e che ha creduto in me: Luca Briasco. Luca, ricordati che senza di te tutto questo non sarebbe mai successo!

Non ci crederete, ma ringrazio il coronavirus. Ho imparato tanto stando da sola a casa (tranne quando ero con la povera Montanucci), su me stessa, sugli altri. Soprattutto ho imparato a cucinare. Ovviamente, ringrazio l'uomo della mia vita che è lì fuori da qualche parte e che magari, guardandomi con indosso una mascherina, potrebbe trovarmi attraente dal momento che non mi vede bene. Esci, no??? Mica ti mangio... oddìo, per quanto...

Stampato presso Elcograf S.p.A.
Stabilimento di Cles